BASTEI
LÜBBE
TASCHENBUCH

Weitere Titel des Autors:

OCULUS – Ein John Sinclair Roman
Bd. 1 Oculus – Im Auge des Sturms
Bd. 2 Oculus – Das Ende der Zeit

Der Hexer-Zyklus
Bd. 1 Die Spur des Hexers
Bd. 2 Der Seelenfresser
Bd. 3 Engel des Bösen
Bd. 4 Der achtarmige Tod
Bd. 5 Buch der tausend Tode
Bd. 6 Das Auge des Satans
Bd. 7 Der Sohn des Hexers
Bd. 8 Das Haus der bösen Träume

Die Chronik der Unsterblichen
Bd. 1 Am Abgrund
Bd. 2 Der Vampyr
Bd. 3 Der Todesstoß
Bd. 4 Der Untergang
Bd. 5 Die Wiederkehr
Bd. 6 Die Blutgräfin
Bd. 7 Der Gejagte
Bd. 8 Die Verfluchten
Bd. 9 Das Dämonenschiff
Bd. 10 Göttersterben
Bd. 11 Glut und Asche
Bd. 12 Der schwarze Tod
Bd. 13 Der Machdi
Bd. 14 Pestmond
Bd. 15 Nekropole
Bd. 16 Dunkle Tage

Anubis
Blutkrieg
Der Hammer der Götter/Der Orkling
Der Inquisitor
Der Widersacher
Die Chroniken der Elfen: Elfenblut
Die Chroniken der Elfen: Elfentod
Die Chroniken der Elfen: Elfenzorn
Die Heldenmutter
Die Töchter des Drachen/Der Thron der Libelle
Die Tochter der Midgardschlange
Dunkel
Horus
Thor
Wolfsherz

Titel auch als Hörbuch und E-Book erhältlich

Als E-Book erhältlich
Der Hammer der Götter
Der Hexer, Band 1 – 68
Die Moorhexe
Die Schatten des Bösen
Horror Factory – Pakt mit dem Tod
Intruder
Märchenmond (mit Heike Hohlbein)

Als Hörbuch erhältlich
Als der Meister starb
Auf der Spur des Hexers
Das Haus am Ende der Zeit
Das Paulus-Evangelium
Die Chronik der Unsterblichen
Die Chrono-Vampire
Die Wolf-Gäng
Feuer
Horror-Factory – Pakt mit dem Tod
Intruder
Kevin von Locksley
Kevins Schwur
Tage des Wahnsinns

Über den Autor:

Wolfgang Hohlbein, 1953 in Weimar geboren, lebt mit seiner Frau Heike und seinen Kindern am Niederrhein, umgeben von einer Schar Katzen und Hunde. Er ist einer der erfolgreichsten deutschen Autoren der Gegenwart. Seine Werke wurden in 47 Sprachen übersetzt und mit über zwanzig nationalen und ungezählten internationalen Preisen ausgezeichnet.

Wolfgang Hohlbein

JOHN SINCLAIR
OCULUS

Das Ende der Zeit

Ein John Sinclair Roman

BASTEI
LÜBBE
TASCHENBUCH

BASTEI LÜBBE TASCHENBUCH
Band 20899

Dieser Titel ist auch als Hörbuch und E-Book erschienen

MIX
Papier aus verantwortungsvollen Quellen
FSC® C083411
FSC
www.fsc.org

www.john-sinclair.de

Originalausgabe

Textredaktion: Jan F. Wielpütz, Bergisch Gladbach
Sinclair-Expertise: Florian Hilleberg, Göttingen
Titelillustration: © muratart/shutterstock
Umschlaggestaltung: Thomas Krämer
Satz: two-up, Düsseldorf
Gesetzt aus der Chaparral
Druck und Verarbeitung: CPI books GmbH, Leck – Germany
Printed in Germany
ISBN 978-3-404-20899-9

1 3 5 6 4 2

Sie finden uns im Internet unter www.luebbe.de
Bitte beachten Sie auch: www.lesejury.de

OCULUS

Das Ende der Zeit

Im Inneren des K2. Irgendwann.

Das allererste Gefühl war Erstaunen, und ich wusste nicht einmal worüber. Dann begriff ich es doch, und es war gleich zweierlei: Nämlich überhaupt über irgendetwas staunen zu können, und als logische Konsequenz daraus das Erstaunen, noch am Leben zu sein. Ein ganz kleines bisschen war es wie nach meinem ersten Erwachen in dieser erschreckenden zukünftigen Welt, nur dass es diesmal lediglich wenige Augenblicke dauerte, bis meine Erinnerungen zurückkamen, und das mit solcher Wucht, dass ich wahrscheinlich das Gleichgewicht verloren hätte, hätte ich nicht ohnehin schon flach auf dem Rücken gelegen.

Ich erinnerte mich an alles. Vor allem an den Geschmack meines eigenen Blutes auf der Zunge, und eine nasse, rot besudelte Knochenspitze, die aus meiner Brust ragte.

Ich sollte nicht mehr am Leben sein – und wenn doch, dann mindestens große Schmerzen haben.

»Versuchen Sie nicht, es zu erzwingen, John«, sagte eine Stimme irgendwo über und hinter mir. »Das macht es nur schlimmer.«

Ich hatte keine Ahnung, wovon die Stimme sprach und wem sie gehörte – oder doch, aber das konnte nicht sein –, hatte aber trotzdem das Gefühl, besser auf sie zu hören. Es gelang mir nicht ganz, aber einen Großteil der Erinnerungsfetzen und Bilder und Gefühle, die hinter meiner Stirn durcheinanderwirbelten, konnte ich weit genug ausblenden, um nicht ganz wegzudriften, und nach einigen weiteren Sekunden (oder Stunden, da war ich nicht ganz sicher) wagte ich es immerhin, die Augen zu öffnen, und erlebte ausnahmsweise eine angenehme Überraschung. Wenn ich tot und in der Hölle war, dann war sie nicht besonders aufregend: Ich blickte auf eine der mir schon vertrauten Decken aus nacktem Metall, die in Wände aus ebenso langweiligem Metall übergingen. Etwas stimmte nicht, aber ich war noch nicht wach genug, um sagen zu können was.

Behutsam versuchte ich mich zu bewegen und stellte nicht nur fest, dass ich es konnte, auch der Schmerz, auf den ich instinktiv immer noch wartete, kam nicht. Vermutlich war ich bis unter die Haarspitzen mit Schmerzmitteln vollgepumpt, was mir nicht besonders gefiel, mich aber im Moment trotzdem erleichterte.

»Lassen Sie es langsam angehen, John«, sagte die Stimme noch einmal. Ich erkannte sie jetzt ganz zweifelsfrei, aber das änderte nichts daran, dass es vollkommen unmöglich war: Saron war vor meinen Augen gestorben.

Was ihn nicht daran hinderte, in diesem Moment in mein Blickfeld zu treten und mit einem Ausdruck auf mich herabzusehen, den er wahrscheinlich für ein aufmunterndes Lächeln hielt – auch wenn es eher einem schadenfrohen Grinsen glich.

»Saron?«, brachte ich mühsam heraus. Meine eigene Stimme klang fremd in meinen Ohren, und das Sprechen bereitete mir nicht nur Mühe, sondern Schmerzen. Es fühlte sich an, als wäre in meinem Inneren etwas zerbrochen, dessen Kanten nun bei jedem Atemzug aneinanderscheuerten. »Aber du bist …«

»Tot?« Saron gab sich nicht einmal Mühe, anders als amüsiert zu klingen. Er lachte, aber es wirkte nicht echt, denn er sah tatsächlich aus wie der sprichwörtliche Tod auf Latschen. Er war kreidebleich, und seine Lippen zitterten; genau wie seine Finger, die er rasch zu Fäusten ballte, als er meinen

Blick bemerkte. »Nicht ganz, aber es hätte nicht viel gefehlt, das stimmt.«

Ich versuchte erst gar nicht zu verstehen, was das alles bedeutete, sondern stemmte mich mit zusammengebissenen Zähnen auf beide Ellbogen hoch und sah mit klopfendem Herzen an mir herab. Ich war nackt, was mir einigermaßen peinlich war, aber der Gedanke entglitt mir sofort wieder, als ich an meiner Brust hinabsah. Ich hätte erwartet, einen Verband zu sehen oder auch irgendeinen High-Tech-Schnickschnack, und schlimmstenfalls die schreckliche Wunde, die mich um ein Haar umgebracht hätte.

Nichts von alledem war zu sehen. Dicht unterhalb meines Herzens gewahrte ich eine dünne, halbmondförmige rote Linie, die aussah wie eine schon seit vielen Jahren verheilte Narbe.

»Eure Ärzte haben gute Arbeit geleistet.«

Saron sah mich verständnislos an, und nun musste ich wieder an mein erstes Zusammentreffen mit Admiral Baines denken, die mir einen ebenso verwirrten Blick zugeworfen hatte, als ich sie auf einen Arzt ansprach.

»Es gibt hier doch Ärzte, oder?«, fragte ich unbehaglich.

Saron deutete ein Schulterzucken an.

»So etwas gibt es bei uns nicht«, fügte eine sanfte Stimme aus dem Nichts hinzu.

»Was soll das bedeuten?«, ächzte ich.

»Wir brauchen schon lange keine Ärzte mehr, John«, antwortete Oculus. »Ihr optimierter Körper ist sehr viel robuster als alles, was zu Ihrer Zeit auch nur vorstellbar gewesen wäre. Und er verfügt über enorme Selbstheilungskräfte. Abgesehen von der totalen Vernichtung gibt es nicht viel, was nicht nach einigen Stunden oder allerhöchstens Tagen Ruhe von selbst wieder heilen würde.«

»Und wie lange ... ist es her?«, fragte ich unbehaglich.

»Etwa zwölf Stunden«, antwortete Saron.

»Wir hätten Ihnen mehr Ruhe gegönnt, aber ich fürchte, uns bleibt nicht mehr sehr viel Zeit«, fügte die Computerstimme hinzu.

»Wieso?«

»Ich erkläre dir alles unterwegs«, sagte Saron. »Glaubst du, dass du gehen kannst? Ich kann dich tragen, wenn es sein muss. Ich bin stark genug.«

Das glaubte ich ihm sofort, setzte mich aber mit einem Ruck auf und schwang die Beine von der harten Pritsche, auf der ich aufgewacht war. Vielleicht ein bisschen schnell, denn mir wurde prompt ein wenig schwindelig. Ich versuchte es zu überspielen, und Saron war diskret genug so zu tun, als merke er es nicht.

Schließlich glitt ich behutsam von der Pritsche herunter und deutete an mir hinab. »Soll ich so mitkommen?«

Saron griente nur, doch gleich neben mir erhob sich eine verchromte Metallsäule aus dem Boden, auf der eine Garnitur der hier allgemein üblichen Kleider in fröhlichem Schwarz lag, zusammen mit einem Paar robuster Kampfstiefel und einem schweren Gürtel mit zahlreichen Taschen und Schlaufen – und einem großen Pistolenhalfter, aus dem ein klobiger Griff ragte. Ich legte alles bis auf den Waffengurt an und warf Saron einen fragenden Blick zu. »Eine Waffe?«

»Wir sind in Schwierigkeiten, John«, sagte Saron ernst.

»Und ich dachte, das wäre hier der Normalzustand.«

Saron blieb ernst, und ich legte den Gürtel an. Er wartete, bis ich ihn geschlossen hatte, dann trat er neben mich und zog die Waffe aus dem Halfter. »Es ist ganz simpel«, sagte er. »Sie funktioniert wie eine ganz normale Pistole, wie Sie sie vermutlich kennen. Entsichern. Zielen. Abdrücken.«

Er demonstrierte die Schritte auch gleich routiniert, wobei er das Abdrücken zu meiner Erleichterung nur andeutete.

»Wieso sieht sie so seltsam aus?«, fragte ich mit einer Geste auf den eher an einen Föhn oder einen Entenschnabel erinnernden Lauf, der ein bisschen aussah wie ein normaler Pistolenlauf, der unter eine Hochdruckpresse geraten war.

»Sie verschießt keine Patronen, wie Sie sie kennen, John, sondern Flechettes«, erklärte Saron.

»Ach so«, sagte ich, schwieg eine Sekunde und fragte dann: »Und was ist das?«

Saron lächelte zwar flüchtig, ließ aber auch zugleich das Magazin aus dem Griff schnappen und drehte es so, dass ich seinen Inhalt sehen konnte, der tatsächlich nicht aus Patronen oder irgendwelchen anderen Geschossen bestand, sondern etwas, das man gut für übereinandergestapelte Münzen hätte halten können. Ich legte demonstrativ die Stirn in Falten, und Saron zog – sehr behutsam und mit spitzen Fingern – eines der bizarren Geschosse heraus; eine vielleicht anderthalb Zoll messende Scheibe aus Aluminium oder einem ähnlichen Metall, die kaum so dick sein konnte wie ein Haar. Das Magazin musste Hunderte davon enthalten.

»Sie müssen sehr vorsichtig sein, wenn Sie nachladen«, sagte er. »Sie wären nicht der Erste, der einen Finger verliert. Er wächst zwar nach, aber es tut verdammt weh.«

Wie kam er auf die Idee, dass ich dieses Teufelsding nachladen würde, geschweige denn benutzen?

»Der Rand ist nur unwesentlich dicker als ein Molekül«, fuhr Saron mit einem Unterton von Begeisterung in der Stimme fort, und während er das Magazin wieder einsetzte und mir die Waffe auch gleich ins Halfter schob. Wo sie auch bleiben würde, wenn es nach mir ging. »Sie arbeitet nicht mit Explosivgeschossen, wie die Schusswaffen, die Sie vielleicht aus Ihrer Zeit kennen, sondern mit sehr schnell wechselnden Magnetfeldern.«

»Eine Railgun.«

Saron wirkte zuerst überrascht, dann beinahe beeindruckt. Er nickte. »Ja, ich habe gehört, dass das Prinzip schon zu Ihrer Zeit bekannt war. Zumindest theoretisch. Die Flechettes erreichen gute zehnfache Schallgeschwindigkeit. Die Reichweite ist nicht besonders groß, aber sie sind auch das Einzige, das wirklich effektiv gegen die Shoggoten wirkt.«

»Ideal, um Tentakel abzuschneiden oder andere Körperteile«, bestätigte ich, konnte mich aber eines eisigen Fröstelns auch nicht erwehren. Die Waffe mochte ja effektiv sein, aber ich hatte gesehen, was sie anrichtete, und war nicht sicher, ob ich ein derart brutales Zerstörungsinstrument wirklich benutzen wollte. Nicht einmal gegen einen Shoggoten. Ich wollte eine entsprechende Bemerkung machen, dann besann ich mich eines Besseren und sah ihn ernst an. »Was ist passiert?«

»Wir müssen weg«, antwortete er. »Ich erkläre dir alles auf dem Weg nach oben. Du bist sicher, dass du gehen kannst?«

Das war ich ganz und gar nicht, also trat ich nur forsch an ihm vorbei und nahm das Risiko in Kauf, mir an der Wand die Nase einzurennen, falls sich die unsichtbare Tür nicht an der Stelle befand, an der ich sie vermutete. Aber sie war es – vielleicht öffneten und schlossen sich die Wände hier auch nach Belieben, auch das hätte mich nicht mehr wirklich überrascht –, und dicht vor mir teilte sich die Metallwand entlang einer haarfeinen senkrechten Linie.

Dahinter flackerte rotes Licht. Eine Alarmsirene heulte, nicht besonders laut, aber mit einer schon fast schmerzhaften Frequenz, und die Luft roch nach schmelzendem Kunststoff, heißem Metall und verbranntem Fleisch. Ich meinte, das Prasseln von Flammen zu hören, aber auch entfernte Schreie, durcheinanderhastende Schritte und vielleicht auch Schüsse, und darunter, noch weit entfernt, aber unverkennbar, ein schrilles Pfeifen und Trällern, das mir auf fürchterliche Weise bekannt vorkam. Ich blieb wie angewurzelt stehen.

»Uns bleibt nicht mehr viel Zeit«, sagte Saron.

»Wofür?«

»Wir evakuieren die Festung«, antwortete Oculus. »Sie sollten sich beeilen, John. Die Lovecraft startet in Kürze, und sie kann nicht warten. Nicht einmal auf Sie.«

Ich setzte mich zwar gehorsam in Bewegung, fragte aber trotzdem: »Aber was ist denn passiert? Ich dachte, ihr hättet sie zurückgeschlagen?«

Ein heftiges Zittern lief durch den Boden und die hinter mattem Metall verborgenen Felswände; ein Gefühl, als erzittere der zweitgrößte Berg der Welt bis in seine Grundfesten. Was natürlich vollkommen unmöglich war.

Aber warum erschreckte mich der Gedanke dann so sehr?

Das Licht flackerte. Saron beschleunigte seine Schritte, und ich musste mich sputen, um mit ihm mitzuhalten. Als wir das Ende des Ganges erreichten, betraten wir eine weitere jener winzigen Liftkabinen, die ich schon kannte und die mir nach wie vor suspekt waren.

Die Tür glitt gehorsam hinter uns zu, aber es dauerte eine quälend lange Sekunde, bis die virtuelle Tastatur auf der Wand daneben erschien, und sie flackerte und fluktuierte auf beunruhigende Weise. Eine gute alte Schalttafel mit Knöpfen, die man drücken konnte, hatte doch ihre Vorteile.

Saron brauchte drei Versuche, um die Tasten in dem Moment zu erwischen, in dem sie aufleuchteten, und der Lift setzte sich in Bewegung, zwar so lautlos, wie ich es gewohnt war, aber spürbar zitternd und ruckelnd, und nicht einmal annähernd so schnell wie bisher.

»Ist alles in Ordnung?«, fragte ich.

»Ja«, antwortete Saron. Er war ein erbärmlicher Lügner.

»Also, was ist passiert?«, fragte ich.

»Ich weiß es nicht«, behauptete Saron. »Ich bin erst kurz vor dir aufgewacht. Admiral Baines hat mich geschickt, um dich zu holen.«

»Ja, sicher«, seufzte ich, gab ihm noch ein paar Sekunden, um sich eines Besseren zu besinnen, und sagte dann: »Oculus?«

Ich bekam keine Antwort, abgesehen davon vielleicht, dass sich zum Ruckeln des Aufzuges jetzt auch noch ein erbärmliches Kreischen gesellte.

»Oculus?«, fragte ich noch einmal.

»Die Kommunikation ist beeinträchtigt«, sagte Saron. Diesmal log er vermutlich nicht, aber ich spürte trotzdem, dass es nicht die Wahrheit war.

»Und was heißt überhaupt, ihr evakuiert?«, fuhr ich fort. »Ich dachte, diese Festung ist uneinnehmbar.«

»Ja, das dachten wir bisher auch«, antwortete Saron, »aber wie es aussieht …«

Aus dem Quietschen wurde ein in den Zähnen schmerzendes Kreischen, und der Lift kam mit einem Ruck zum Halten, der uns beide gegen die Wand torkeln ließ. Das Licht flackerte und war jetzt nur noch ein matter Glanz, in dem ich selbst Sarons Gesicht kaum noch erkennen konnte, und plötzlich roch es durchdringend nach verbranntem Öl.

Saron begann lautstark zu fluchen, boxte zwei- oder dreimal dort gegen die Wand, wo jetzt eigentlich die Schalttafel erscheinen sollte, und zog dann seine Waffe. Noch bevor ich auch nur begriff, was er vorhatte, jagte er einen Strom silberner Flechettes in die Wand, und die Geschosse zerfetzten die Tür so mühelos, als bestünde sie aus Papier.

Dahinter kamen grauer Beton und schwarzer Granit zum Vorschein – und ein doppelt handbreiter Streifen aus flackerndem rotem Licht. Die Kabine war zwar zwischen zwei Stockwerken zum Halten gekommen, aber mit ein wenig Glück reichte der Spalt, um sich hindurchzuquetschen. Saron steckte seine Waffe ein, riss die verbogenen Reste der Tür mit bloßen Händen auseinander und zog sich mit einer kraftvollen Bewegung nach oben. Kaum dort angekommen, drehte er sich auf dem Bauch herum und streckte die Hände aus, um mir zu helfen. Ebenso mühelos, wie er gerade das Metall der Tür zerrissen hatte, zog mich Saron durch den Spalt nach oben.

Er hatte es noch nicht ganz getan, da erscholl hinter mir ein Laut, den meine überstrapazierten Nerven zum Anlass nahmen, um mich noch ein bisschen zu quälen, indem sie mir weiszumachen versuchten, es wäre der peitschende Knall eines zerreißenden Drahtseils. Allmählich fragte ich mich, was ich meinem eigenen Unterbewusstsein eigentlich getan hatte, dass es mich ständig auf diese Weise attackierte.

Möglicherweise nichts, denn als ich mich herumdrehte und aufrichtete, war die Liftkabine verschwunden, und hinter der aufgebrochenen Tür gähnte nur die Dunkelheit eines bodenlosen Schachtes.

Ich drehte mich wieder zu Saron herum und schenkte ihm ein dankbares Lächeln. »Das war knapp«, sagte ich. »Ich schulde dir was.«

Saron winkte großmütig ab und zog dann blitzartig seine Waffe und feuerte.

Ein halbes Dutzend silberner Blitze jagte auf mich zu und um Haaresbreite an mir vorbei, um mit einem nassen Klatschen in etwas hinter mir zu stanzen.

Entsetzt fuhr ich herum und sah gerade noch etwas Schwarzes, das keine fünf Meter hinter mir zu einer blubbernden Pfütze zerlief. Ein abgetrennter Tentakel wand sich wie ein getretener Wurm auf dem Boden, und mir rann ein eisiger Schauer über über den Rücken.

»Danke«, sagte ich knapp.

»Wir müssen weiter«, sagte er. »Die Lovecraft wartet nicht, und wir haben noch ein gutes Stück vor uns.«

Ich setzte mich gehorsam in Bewegung.

Eine ganze Weile kamen wir gut voran, ohne auf weitere Hindernisse oder gar Shoggoten zu stoßen, und schließlich erreichten wir einen steilen Aufstieg, dessen Konstrukteure sich anscheinend nicht hatten entscheiden können, ob sie eine Leiter oder eine Treppe bauen sollten. Er führte weit genug nach oben, um mich gehörig außer Atem zu bringen, und mündete in einer runden Kammer mit einer Tür, die jedem begehbaren Safe aus meiner Zeit zur Ehre gereicht hätte. Saron öffnete sie mit einer geschickten Bewegung.

Und auf der anderen Seite wurde alles anders.

Das Licht flackerte, aber es war nicht nur das Blitzen des Alarms, sondern der hektische Schattentanz von Flammen, die an zahlreichen Stellen in der großen Halle tobten, in die wir hineintraten. Auch hier heulte eine Sirene, doch das Geräusch ging beinahe in dem allgemeinen Lärm unter, der wie eine Flutwelle über uns hereinbrach: Schreie, Schüsse und das Krachen von Explosionen und ein machtvolles Tosen und Rauschen, wie das Geräusch einer weit entfernten Feuersbrunst, die sich anschickte, die ganze Welt zu verzehren. Die Luft war so schwer von Hitze und Brandgeruch und dem Gestank von brennendem Plastik, dass sie bei jedem Atemzug wie mit dünnen Messerklingen in die Kehle schnitt und mir die Tränen in die Augen trieb. Überall loderten Feuer, und die Metallverkleidung der Wände war brandgeschwärzt und an zahlreichen Stellen geborsten, sodass der nackte Fels dahinter zum Vorschein kam oder auch zerstörte Apparaturen und zerrissene Kabel aus denen Funken sprühten und brennende Flüssigkeiten tropften. Zahlreiche reglose Körper lagen auf dem Boden, manchmal beinahe friedlich, als hätten sie sich nur zu einem kleinen Schläfchen ausgestreckt, andere so schrecklich zugerichtet, dass mein Blick davor zurückschreckte wie eine Hand vor glühendem Eisen.

»Da lang!« Saron deutete nach links, wo eine womöglich noch steilere Treppe (ohne Geländer) an der Wand in die Höhe führte. Der Anblick weckte unangenehme Erinnerungen in mir, aber immerhin brannte es dort oben nicht; oder wenigstens nicht an allzu vielen Stellen. Und es wurde nicht gekämpft.

Ganz anders als vor uns. In all dem Qualm und zuckenden Feuerschein war es unmöglich, Einzelheiten zu erkennen, aber die Schreie und Schüsse sprachen eine eindeutige Sprache, und dazwischen war auch immer wieder das unheimliche Trällern und Pfeifen der Protowesen zu hören. Und da war noch etwas: Auch wenn ich absolut nichts außer einem allgemeinen brodelnden Chaos erkennen konnte, war mir doch vollkommen klar, dass die Verteidiger verloren. Kaltes Entsetzen griff nach meinem Herzen und lähmte meine Gedanken.

Hintereinander polterten wir die hallende Metalltreppe hinauf, und als hätte es das Schicksal auf eine getreuliche Wiederholung angelegt, tauchte etwas Schwarzes und Peitschendes auf, das mit schnappenden Mäulern und tödlichen Knochenklingen auf uns losstürmte.

Saron schoss es in Stücke, ohne auch nur langsamer zu werden, und stürmte auf eine schmale Galerie hinaus. Zur Rechten war nichts; auf der anderen Seite zweigten in regelmäßigen Abständen große, türähnliche Öffnungen ab. Hinter den meisten herrschte nur lastende Dunkelheit, einige wenige waren aber auch beleuchtet und gewährten mir einen Blick in die dahinterliegenden Räume; winzige kahle Kammern, deren Wände zum Großteil nicht mit Metall verkleidet waren wie hier sonst allgemein üblich, sondern aus dem nackten Fels herausgeschnitten. Sie waren einfach, fast schon primitiv eingerichtet und so winzig, dass man mit ausgestreckten Armen beide Wände hätte erreichen können, wenn man in der Mitte stand, und ein großgewachsener Mann wie Saron konnte sich wahrscheinlich so gerade eben darin aufrichten, ohne gegen die Decke zu stoßen. Hätte es Gitter vor den Ausgängen gegeben, wäre ich sicher gewesen, es mit der zukünftigen Version eines unterirdischen Alcatraz zu tun zu haben. Ich stellte auch eine entsprechende Frage, während ich hinter Saron herhastete, bekam aber nur ein knappes Kopfschütteln zur Antwort, und einen sonderbaren Schulterblick, den ich im ersten Moment nicht richtig deuten konnte.

»Unsere Quartiere«, antwortete er nach einem knappen Dutzend weiterer Schritte dann doch.

»Und wer ist *uns*?«, wollte ich fragen, sprach das letzte Wort aber nicht einmal mehr aus, weil mir die Erkenntnis gar zu schockierend schien. Dass nicht alle Bewohner dieser gigantischen Bergfestung in einer Science-Fiction-Wunderkiste lebten, in der das Mobiliar aus dem Nichts erschien und unsichtbare Kobolde ihnen jeden Wunsch von den Augen ablasen, war mir natürlich klar gewesen, aber dieser Unterschied war... brutal. Es gab wohl doch noch eine Menge über diese Welt, was ich nicht wusste. Und wahrscheinlich auch gar nicht wissen sollte.

Was wir zu meiner Erleichterung nicht fanden, waren Tote. Hier und da waren die Spuren noch nicht lange zurückliegender Kämpfe unübersehbar, aber es gab keine Verletzten oder gar Leichen: Dafür tobte der Kampf unter uns mit umso größerer Verbissenheit, und ich hatte auch nicht vergessen, was uns hier oben erwartet hatte.

Saron eilte weiter so schnell und zielstrebig voraus, dass ich all meinen Atem brauchte, um mit ihm Schritt zu halten, und keine Gelegenheit bekam, eine weitere Frage zu stellen – wie zum Beispiel die, was wir eigentlich hier oben taten, statt den armen Teufeln dort unten zu helfen. Ganz unbeschadet von allem, was ich gerade selbst gedacht hatte, hatte ich längst meine Waffe gezogen und richtete sie mit klopfendem Herzen auf jeden dunklen Durchgang, an dem wir vorbeikamen; ohne es auch nur selbst zu merken.

Am Ende der Galerie angekommen, erwartete uns die nächste steile Metalltreppe, die zu einer weiteren Galerie hinaufführte, über der sich sogar noch eine dritte befand, und darüber eine weitere und vielleicht sogar noch mehr, weil sich mein Blick irgendwo in der Höhe verlor. Über uns mussten sich Hunderte dieser zellenähnlichen Kammern befinden, wenn nicht Tausende. Die Erkenntnis wollte mir etwas sagen, aber alles ging zu schnell, und ich war viel zu aufgeregt, um dem Gedanken bis zu seinem Ende zu folgen.

Statt die nächste Treppe hinaufzueilen, verschwand Saron hinter einer der dunklen Öffnungen kurz davor. Ich hörte ihn einen Augenblick rumoren, dann glomm ein mattes düsterrotes Licht auf, in dem ich Saron auf den Knien im Hintergrund der winzigen Zelle sah. Voller Unbehagen folgte ich ihm; nicht weil ich eine Gefahr befürchtete, sondern weil mir allein die Enge und Ärmlichkeit dieses Lochs in der Felswand den Atem abschnürte. Der Gedanke, dass an einem solchen Ort Menschen leben sollten, war erschreckend. Ich hätte nicht einmal einen Hund hier eingesperrt.

Etwas knirschte, und Saron löste einen Teil der Wandverkleidung und ließ ihn achtlos fallen. Dahinter kam ein rechteckiger Schacht zum Vorschein, in dem die Sparversion des High-Tech-Liftes in die Höhe führte, wie ich sie hier kennengelernt hatte: rostige Leitersprossen, die eher schlampig in den nackten Fels getrieben worden waren.

»Schnell jetzt!« Saron scheuchte mich mit so herrischen Gesten durch die Öffnung, dass ich umgehend gehorchte, folgte mir ebenso rasch und befestigte die Klappe wieder an ihrem Platz, bevor er mich beinahe noch ungeduldiger die wenig Vertrauen erweckenden Leitersprossen hochjagte.

Die Luft war hier drinnen so trocken und verbraucht, dass sie in der Kehle brannte, und meine Fantasie wurde nicht müde, die Dunkelheit über uns mit den ausgesuchtesten Schreckensvisionen zu bevölkern. Wenn uns auch nur eines der Protomonster hier herein folgte, dann waren wir erledigt.

»Die dritte Klappe«, rief Saron von unten. »Sie müssen sie einfach nur aufstoßen!«

Ich hatte keine Ahnung, wovon er sprach, kletterte aber verbissen weiter und erblickte nach einem Dutzend Sprossen tatsächlich ein rostiges Gitter, das kaum groß genug erschien, um mich hindurchzuquetschen. Außerdem gefiel mir die Dunkelheit dahinter nicht.

Tapfer kletterte ich weiter, passierte das zweite Gitter und sprengte das dritte mit zwei, drei entschlossenen Stößen mit dem Handballen heraus. Dahinter wartete ein klaustrophobisch enger pechschwarzer Gang, der sich scheinbar endlos dahinzog. Aber an seinem Ende lockte ein blasses Licht, und das allein reichte, um mich noch einmal mit neuer Kraft zu erfüllen. Irgendwie schaffte ich es nicht nur, nicht stecken zu bleiben, sondern auch das Gitter an seinem Ende aufzustoßen und mich aufzurichten.

Ich fand mich in einer winzigen, hoffnungslos vollgestopften Kammer wieder, die wohl als Vorrats- oder Abstellraum diente, aber auch einen verwüsteten Eindruck machte. Das Licht flackerte, und Brandgeruch lag in der Luft. Ganz schwach drangen Geräusche durch die Wände, nicht genau zu identifizieren, aber beunruhigend.

Saron kroch hinter mir aus dem Lüftungsschacht, richtete sich auf und zog in derselben Bewegung die Waffe. Rasch huschte er an mir vorbei, streckte die Hand nach der (ganz normalen) Tür aus und öffnete sie einen schmalen Spalt.

Er atmete erleichtert auf. »Alles in Ordnung. Sie sind noch nicht hier.«

Mit einem Ruck zog er die Tür ganz auf und schlüpfte hindurch, während er zugleich die Waffe einsteckte. Ich folgte ihm in den dahinter liegenden Gang und durch eine weitere, äußerst massive Tür.

Wir befanden uns wieder in dem gewaltigen Hangar, in dem ich die Lovecraft verlassen hatte. Das riesige Luftschiff hatte sich bereits in die Höhe erhoben, und gerade in diesem Moment glitten die gewaltigen Panzertore auf, und helles Sonnenlicht und dünne, eiskalte Luft strömten herein.

Die Halle wimmelte nur so von Menschen. Hunderte, wenn nicht Tausende, die über Rampen und Leitern an Bord des schwebenden Giganten eilten und auch jetzt wieder einen nicht endenden Strom von Vorräten und Nachschubgütern aller Art verluden. An einer Stelle, nicht einmal sehr weit entfernt, war eine breite Rampe herabgelassen worden, über die eine Art Schlitten nach oben gezogen wurde, auf dem ein gewaltiger schwarzer Quader lag. Der Anzahl der Männer nach zu schließen, die sich mit Stahlseilen und Ketten damit abmühten, musste er eine Tonnen wiegen. Der Anblick erinnerte mich an alte Abbildungen ägyptischer Sklaven, die die gewaltigen Steinquader zum Bau der Pyramiden transportierten, und er hinterließ ein sehr ungutes Gefühl in mir. Ich fragte mich erneut, warum man keine Maschinen für derart schwere Arbeiten einsetzte, kam auch jetzt zu keiner überzeugenden Antwort, jedenfalls keiner, die mir gefallen hätte.

Saron legte mir die Hand auf die Schulter und schob mich mit mehr oder weniger sanfter Gewalt weiter – weniger, je näher wir dem Luftschiff kamen, denn trotz ihrer schon fast absurden Größe war die Halle hoffnungslos überfüllt. Es mussten Tausende sein, zum Großteil Männer in den schwarzen Uniformen, wie ich sie mittlerweile ebenfalls trug, aber auch einige wenige Frauen, und erstaunlicherweise kein einziges Kind oder auch nur ein Halbwüchsiger. Konnte es sein, dachte ich schaudernd, dass der allergrößte Teil der verbliebenen Menschheit aus Klonen bestand?

Je näher wir der Lovecraft kamen, desto schwieriger wurde es, überhaupt noch vorwärtszukommen, und gerade, als ich endgültig stecken blieb, wurde die Menge vor uns rüde auseinandergesprengt, und ein ganzer Trupp schwer bewaffneter Soldaten nahm rings um uns Aufstellung. Ihre Gesichter waren nicht zu erkennen, denn sie trugen klobige Helme mit verspiegelten, insektenhaften Visieren, die ihnen etwas Bedrohliches verliehen; aber ich spürte trotzdem, dass sie meinetwegen gekommen waren, schon bevor sich ihr Anführer an mich wandte.

»Mister Sinclair? Bitte kommen Sie mit uns.«

Sein rüder Ton strafte die Wahl seiner freundlichen Worte Lügen, und dass der Lauf seines Gewehres rein zufällig in meine Richtung wies, trug auch nicht gerade dazu bei, dass ich ihn in mein Herz schloss. Ich machte einen Schritt, blieb wieder stehen und drehte mich um und sah genau das, was ich befürchtet hatte: Saron wollte sich mir anschließen, wurde aber von gleich zwei Soldaten daran gehindert. Er sah sehr wütend aus.

»Was ist mit ihm?«, fragte ich.

Der Mann vor mir schüttelte den Kopf. »Wir haben nur Befehl, Sie zu suchen, Sir.«

Sir klang gut, fand ich. Und schließlich hatte es schon einmal funktioniert.

»Dann befehle ich Ihnen jetzt, ihn ebenfalls mitzunehmen«, sagte ich in genau bemessenem, ganz sacht überheblichem Ton. Mein Gegenüber zögerte, sodass ich noch hinzufügte: »Worauf warten wir?«

Ich konnte spüren, wie es hinter dem verspiegelten Visier arbeitete, doch schließlich fuhr der Mann auf dem Absatz herum und stürmte los. Wir durchquerten die Halle und liefen die Rampe hinauf. Sie führte in einen gewaltigen Laderaum, der aber zugleich auch winzig wirkte, denn er war bis auf den letzten Quadratzentimeter mit Menschen und Material vollgestopft. Wir waren noch nicht ganz oben angekommen, da begann sich die Rampe hinter uns zu schließen, und das Motorengeräusch wurde lauter. Ich meinte auch noch andere beunruhigende Laute zu hören, unwillige Rufe und Schreie, aber wir wurden zu schnell weiter und in einen Aufzug bugsiert.

»Wohin bringen Sie uns?«, fragte ich.

»Admiral Baines und Ratsherr Jarvin möchten mit Ihnen sprechen, John«, antwortete eine wohlklingende Stimme aus dem Nichts. »Sie waren schon in Sorge, dass Sie es nicht mehr rechtzeitig schaffen.«

»Hallo Howard«, sagte ich. »Verrätst du mir, was überhaupt los ist? Wohin fliegen wir? Und was wollen sie von mir?«

»Ich glaube, das möchten Ihnen die Admirale lieber selbst erklären«, erwiderte die Stimme der Lovecraft. »Aber wir sind auch schon da.«

Die Aufzugtüren glitten auf, und Saron und ich traten auf die Brücke der Lovecraft hinaus. Während unsere Bewacher – ich vermute, Jarvin hätte das Wort Eskorte bevorzugt, aber ich fand Bewacher passender – zurückblieben.

Der große Raum summte nur so vor Aktivität. Jedes einzelne Pult war besetzt, überall blinkten Lichter, summte und flackerte und piepste es, und ich blickte in so manches Gesicht, das starr vor Anstrengung und Konzentration war. In dem einen oder anderen Augenpaar meinte ich auch ein ängstliches Funkeln zu erkennen, aber ich zügelte meine Neugier; wenn auch nur mit Mühe. Marisa und Jarvin standen vor der großen Panoramascheibe und schienen uns schon zu erwarten.

Während wir den großen Raum durchquerten, begann sich das Bild hinter der Scheibe zu verändern. Die Hallenwände schienen in die Tiefe zu sinken.

»Wir starten?«, fragte ich überrascht. »Da unten müssen noch Tausende darauf warten, an Bord zu gehen.«

»Ja, und ich hoffe, wir schaffen es noch rechtzeitig«, sagte Jarvin. Seine Meine verfinsterte sich, als er Saron neben mir gewahrte, aber er verbiss sich jeden Kommentar. »Wo zum Teufel waren Sie so lange?«

»Wir mussten durch die Lüftungsschächte nach oben klettern«, antwortete Saron, ehe ich es tun konnte. »Die unteren Ebenen sind überrannt worden.«

»Und Sie haben ihn sicher heraufgebracht.« Baines machte ein anerkennendes Gesicht. »Das haben Sie gut gemacht. Wir sind Ihnen zu Dank verpflichtet, Saron.«

»Ja, das sind wir«, bestätigte Jarvin, unterließ es aber auch nicht, verächtlich die Lippen zu verziehen. »Aber jetzt melden Sie sich bei Ihrer Einheit. Ich bin sicher, es gibt dort irgendeine nützliche Aufgabe für Sie.«

»Es wäre mir lieber, wenn er bleibt«, sagte ich rasch. »Wenigstens bis ich weiß, was hier los ist.«

»Sie scheinen ja einen regelrechten Narren an diesem Zombie gefressen zu haben«, sagte Jarvin verächtlich. »Aber meinetwegen. Wir klären das, sobald wir hier heraus sind. Falls wir es noch schaffen.«

»Sie wollen einfach verschwinden?«, fragte ich fassungslos.

»Wir haben jetzt schon mehr Passagiere an Bord, als eigentlich zu verantworten ist«, mischte sich Marisa ein. »Und ich fürchte, Jarvin hat Recht. Es wird knapp.«

Das gewaltige Luftschiff glitt nun quälend langsam aus dem Berg heraus. Die Panoramascheibe verdunkelte sich automatisch, um uns vor dem grellen Sonnenlicht über den Gipfeln des Himalaja zu schützen, aber ich sah trotzdem die gewaltige Menschenmenge, die sich unter dem startenden Luftschiff versammelt hatte. Natürlich wusste ich, dass es unmöglich war und wir viel zu weit entfernt waren, aber ich bildete mir trotzdem ein, ihre verzweifelten Schreie zu hören und das Entsetzen in ihren Augen zu erkennen, als sie begreifen mussten, dass sie zurück und dem sicheren Tod überlassen wurden.

»Aber das ... können Sie doch nicht tun!«, keuchte ich. »Sie können all diese Leute doch nicht einfach im Stich lassen!«

Marisa sah mich nur traurig an und hob gleichzeitig die Hand, um jemandem hinter mir ein Zeichen zu geben. Das Motorengeräusch wurde schlagartig lauter, und der Boden begann heftig zu zittern, während die Lovecraft einen regelrechten Satz nach hinten machte und aus dem Berg hinaussprang. Mit einer Schnelligkeit, die bei einem Gefährt dieser Größe schier unmöglich schien, raste die Lovecraft von der Flanke des K2 weg, bis selbst die gewaltige Hangaröffnung zur Größe einer Münze zusammengeschrumpft war. Und wir wurden immer noch schneller.

»All diese Menschen ...«, murmelte ich noch einmal, und Marisa führte den Satz mit brechender Stimme zu Ende:

»... sind bereits tot, John, und wir vielleicht auch, wenn wir Pech haben.« Sie hob die Stimme. »Wie lange noch, Howard?

»Eine Minute«, antwortete die körperlose Stimme des Schiffes. »Allerhöchstens.«

»Eine Minute bis wann?«, fragte ich.

Ich bekam keine Antwort, aber in der oberen rechten Ecke der Scheibe erschien eine mattgrüne Anzeige, die einen Countdown ab sechzig begann. Der gigantische Umriss des K2 schrumpfte immer noch weiter zusammen, und als er die dreißig erreichte, begann die Lovecraft zu wenden, sodass der titanische Berg langsam nach links auszuwandern begann und dann scheinbar zurücksprang, denn offensichtlich war auch dieses Fenster kein Fenster, sondern ein riesiger dreidimensionaler Bildschirm.

Bei zwanzig Sekunden meinte ich einen winzigen, unerträglich hell gleißenden Punkt am Himmel zu erkennen, der rasend schnell zu einer zweiten Sonne heranwuchs und immer noch größer und greller wurde. Als der Countdown die zehn unterschritt, verdunkelt sich das Fenster, sodass die Gipfellandschaft des Himalaja zu einem bloßen Schattenriss aus Schwarz vor noch tieferem Schwarz wurde, wie ein Blick in eine mond- und sternenlosen Nacht.

»Achtung, Einschlag«, sagte Howard.

Das Fenster wurde noch einmal dunkler, und im allerletzten Moment schloss ich sogar die Augen.

Aber ich sah trotzdem, wie etwas Weißglühendes von der Größe einer kleinen Stadt mit unvorstellbarer Geschwindigkeit vom Himmel fiel, gegen die Flanke des K2 prallte und den gesamten Berg in einer Explosion aus verzehrendem weißem Feuer auseinandersprengte.

Whitechapel, London. 1937

»Wo hast du eigentlich gelernt, ein Automobil zu fahren?«, fragte Robert.

Rowlf bedachte ihn mit einem stirnrunzelnden Blick, ohne dass sich sein Griff um das Lenkrad auch nur um eine Winzigkeit lockerte. Seine Knöchel stachen wie runde weiße Narben durch die Haut.

»Hab ich auch nicht«, sagte Rowlf. Er hockte mit halb angezogenen Knien und den Kopf so weit gesenkt, dass sein Kinn fast auf dem Steuer lag, auf dem Fahrersitz. »Aber so schwer kann's nicht sein. Ist auch nur 'ne bessere Droschke, nur ohne Pferde und Peitsche.«

Robert behielt wohlweislich alles für sich, was ihm dazu auf der Zunge lag. Rowlfs Fahrkünsten waren bisher beide Kotflügel des Wagens zum Opfer gefallen, der linke Scheinwerfer sowie zwei Straßenschilder und mindestens eine Katze; von den zahlreichen Passanten, die sich mit mehr oder weniger verzweifelten Sprüngen auf das Trottoir gerettet hatten, ganz zu schweigen. Aber sie lebten, und das Automobil fuhr noch, und das war immerhin schon etwas.

»Wohin fahren wir eigentlich?«, fragte Robert.

Bentley – oder was immer er jetzt auch war – war das letzte Mal vor einer Viertelstunde nur ein kleines Stück vor ihnen aufgetaucht, und man hätte meinen sollen, ihn mit dem schnellen Automobil ganz ohne Mühe einholen zu können, und das wäre wohl auch der Fall gewesen – hätte es nicht den Verkehr gegeben, für den das Wort Katastrophe eindeutig nicht mehr ausreichte. Robert hatte geglaubt, in New York den schlimmsten vorstellbaren Verkehr erlebt zu haben, aber das stimmte nur insofern, dass er sich das, was sie in der Themsemetropole vorgefunden hatten, beim besten Willen nicht hätte vorstellen können. Oft genug kamen sie kaum noch im Schritttempo vorwärts, und ein- oder zweimal war der Fahrzeugstrom sogar ganz zum Erliegen gekommen. Robert fragte sich, wohin das noch führen sollte. Was nutzte es, wenn irgendwann vielleicht jedermann ein solches Automobil besaß, aber es dann eben so viele waren, dass der Platz auf den Straßen einfach nicht mehr ausreichte?

Rowlf schien von solcherlei Überlegungen gänzlich unbeeindruckt zu sein und begeisterte sich sichtlich immer mehr für die für ihn neue Erfahrung des Autofahrens, und er gab sich auch weiter zuversichtlich, Bentleys Spur nicht zu verlieren. Was Roberts Meinung nach schon längst geschehen war.

Jetzt, da sie sich mehr und mehr vom Stadtzentrum und den besseren Wohngegenden entfernten, nahm der Verkehr zwar wieder ab, doch seit sie Whitechapel erreicht hatten, wurden die Straßen auch schmaler und unübersichtlicher, und der Moment war abzusehen, an dem sie mit dem Automobil gar nicht mehr weiterkamen.

»Und du bist sicher, dass er hier entlanggelaufen ist?«, fragte er schließlich, und eigentlich nur, um das Thema zu wechseln; und damit Rowlf nicht etwa noch auf die Idee kam, ihm zu demonstrieren, wie wenig er das tonnenschwere Gefährt wirklich beherrschte.

»Nein«, antwortete er auch prompt. »Tut aber nichts machen. Ich weiß, wo er hinwill.«

»Und wohin will er?«, seufzte Robert.

»Dahin wo wir auch hinwollen«, antwortete Rowlf.

Robert schluckte die Antwort herunter, die ihm auf der

Zunge lag. »Und wohin wollen wir? Ich weiß. Zu meinem Grab.«

Er hob rasch die Hand und stützte sich dann um so hastiger am Armaturenbrett ab, als Rowlf am Lenkrad kurbelte und zugleich hart auf eines der zahlreichen Pedale vor sich trat, um einem Velofahrer auszuweichen, der von links die Fahrbahn kreuzte. Soweit sich Robert mit den britischen Verkehrsregeln auskannte, war das sein gutes Recht, aber das hielt Rowlf nicht davon ab, ihn mit einer regelrechten Schimpfkanonade einzudecken. Das Fahrrad entging der breiten Stoßstange des Wagens, aber der Fahrer verriss den Lenker, prallte mit dem Vorderrad gegen den Bordstein und schlug einen uneleganten halben Salto, an dessen Ende er so wuchtig auf dem Rücken landete, dass Robert es selbst im Wageninneren noch zu hören meinte.

»Trottel«, schimpfte Rowlf.

Robert drehte sich hastig auf seinem Sitz herum und verrenkte sich halb den Hals, um nach dem Radfahrer Ausschau zu halten. Zu seiner Erleichterung richtete sich der Mann aber auch schon wieder auf, ein wenig derangiert, aber immerhin noch fähig, wütend eine Faust in ihre Richtung zu schütteln.

»Findest du nicht, dass es an der Zeit wäre, mit dem Unsinn aufzuhören und mir zu verraten, was hier eigentlich vorgeht?«, fragte er.

»Ich hab dir alles gesagt, was ich wissen tu«, behauptete Rowlf wenig überzeugend. »Howard hat mir gesagt, wo wir das Buch finden tun und deinen Stockdegen, und auch wo wir hingehen sollen und wann – und das ist alles.«

»Und die Sinclairs?«, erinnerte Robert.

»Und die Sinclairs«, gestand Rowlf.

»Und Bottwood.«

»Und Bottwood«, räumte Rowlf ein.

»Und?«

»Und nichts«, behauptete Rowlf. Robert wusste, dass er log. Er seufzte sehr tief.

»Es ist gut möglich, dass wir das hier nicht überleben«, sagte er. »Ist dir das klar?«

»Ich wär überrascht, wenn wir's überleben tun«, sagte Rowlf.

»Wenn du das wirklich glaubst«, sagte er ernst, »meinst du nicht, es mir schuldig zu sein, mir die Wahrheit zu sagen?«

»Aber das tue ich«, behauptete Rowlf und ließ den Wagen mit quietschenden Reifen herum und in eine Gasse schleudern, die so schmal war, dass Funken aus den Kotflügeln stoben und beide Spiegel abgerissen wurden. »Ich weiß nur, dass was Schlimmes passieren wird, wenn wir's nicht aufhalten tun.«

Robert gab auf. Rowlf redete oft genug in Rätseln, ohne es zu wollen. Wenn er es noch dazu absichtlich tat, hatte es wenig Zweck, etwas verstehen zu wollen.

Ganz davon abgesehen, dass er das unbehagliche Gefühl hatte, es gar nicht so genau wissen zu wollen.

»Da ist er«, sagte Rowlf. Er gab nicht nur noch mehr Gas, sondern machte auch eine Kopfbewegung nach vorne. Roberts Blick folgte der Geste. Im ersten Moment sah er nichts als vorüberrasende schmutzige Ziegelsteinwände, aber dann gewahrte er einen Schemen ganz am Ende der Gasse – die zu seinem Schrecken nicht wieder ins Freie führte, sondern vor einer massiven Ziegelsteinmauer endete.

»Bentley?«

»Sieht so aus«, bestätigte Rowlf.

Dann geschah alles gleichzeitig. Der Motor brüllte auf, als Rowlf beschleunigte und den Wagen durch die immer enger werdende Gasse jagte. Die vorderen Kotflügel rissen ab und flogen über ihre Köpfe davon. Der Wagen machte einen gewaltigen Satz nach vorne, und Robert stemmte sich mit durchgedrückten Armen gegen das Armaturenbrett und erkannte sogar noch, dass es tatsächlich Bentley war, der vor ihnen an der Mauer stand und dem heranrasenden Wagen ohne die mindeste Furcht entgegensah. Die gewaltige Motorhaube rammte zuerst Bentley, dann die Mauer und pulverisierte mit gut zwei Tonnen Metall und Glas und Leder alles, was ihr im Weg war. Robert hatte das Gefühl, dass seine Ellbogen und Schultergelenke ebenso gesprengt wurden, verlor den Halt auf dem Sitz und flog durch die zerberstende Windschutzscheibe nach vorne und über die lange Motorhaube hinweg. Neben ihm erging es Rowlf ganz genauso, während das gesamte Haus wie unter einem Hammerschlag erbebte und ein Getöse losbrach, als fiele es komplett zusammen.

Mit mehr Glück als wirklicher Absicht kam Robert mit einer Rolle wieder auf die Füße, zehrte seinen restlichen Schwung mit einem halben Dutzend ungeschickter Stolperschritte auf und fuhr am Ende dieser Bewegung herum, um wieder auf ein Knie zu sinken. Der Stockdegen sprang wie von selbst aus seiner Hülle und in seine Hand, und der Kristallknauf mit dem eingebetteten Shoggotenstern wurde warm, dann heiß. Die Luft war so voller Staub, dass er kaum drei Schritte weit sehen konnte. Das ganze Haus zitterte und bebte noch immer. Putz und Steine regneten von der Decke, und er hatte schon wieder das Gefühl von etwas Uraltem und Gefährlichem, das sie beschlich und belauerte.

Neben ihm kam Rowlf hustend wieder auf die Beine und bot einen einigermaßen grotesken Anblick, denn seine Hände umklammerten immer noch das zerbrochene Lenkrad. Sein linker Ärmel war aufgeschlitzt, und Robert konnte die tiefe Schnittwunde erkennen, die er davongetragen hatte. Robert rappelte sich ganz auf, eilte zu Rowlf und streckte die freie Hand aus, um ihm zu helfen, führte die Bewegung aber nicht zu Ende. Etwas regte sich neben ihm. Unter dem Wagen.

Rowlf versuchte einen warnenden Schrei auszustoßen, brachte in der mit Staub geschwängerten Luft aber nur ein atemloses Krächzen zustande, und Robert hätte es wohl auch gar nicht gehört, denn das, was er sah, war einfach zu grässlich, selbst für jemanden wie ihn, der eine lebenslange Erfahrung mit absonderlichen, unheimlichen und vor allem tödlichen Dingen hatte: Was von Bentley übrig war, war hoffnungslos unter der zusammengestauchten Motorhaube des gleichnamigen Luxuswagens eingeklemmt – oder sollte es eigentlich sein.

Stattdessen zerliefen seine zerschmetterten Überreste endgültig zu einer schwarzen Pampe, die blubbernd unter der geborstenen Stoßstange zu einer formlosen glibberigen Pfütze herausfloss, aus deren Mitte sich etwas Großes und Gefährliches mit peitschenden Armen und einem glotzenden Zyklopenauge erhob. Aber nur für weniger als eine halbe Sekunde, dann floss es zu einer originalgetreuen, wenn auch pechschwarzen Kopie von Roberts altem Nachbarn zusammen.

Nun gut, nicht ganz originalgetreu vielleicht. An die aus einer boshaften Intelligenz geborene Mordlust in seinen Augen konnte er sich ebenso wenig erinnern wie an das peitschende, in einer rasiermesserscharfen Klinge auslaufende Ding, das die Stelle seiner Zunge eingenommen hatte und nach Roberts Gesicht schlug, noch während er damit beschäftigt war zu glotzen. So perplex, wie er war, kam er nicht einmal auf die Idee, sich zu wehren oder wenigstens auszuweichen.

Nicht einmal eine halbe Sekunde, bevor sich der tödliche Knochendolch in seinen Hals gebohrt hätte, flog ein zerbrochener Ziegelstein an ihm vorbei und klatschte mit solcher Wucht ins Gesicht des Bentley-Dings, dass die groteske Kreatur einen Schritt weit zurückstolperte und die tödliche Zunge ihr Ziel verfehlte.

Der brutale Angriff beeindruckte das Monster nicht sonderlich, doch der Moment, den es brauchte, um sich wieder zu fangen und erneut zum Angriff überzugehen, reichte Robert, um endlich aus seiner Schreckstarre zu erwachen und die Waffe zu ziehen. Der Shoggotenstern im Knauf des vermeintlichen Spazierstocks leuchtete wie eine winzige gefangene Sonne, und er meinte die verheerende Kraft zu spüren, die in seinem Herzen erwachte und nur darauf wartete, sich auf den verhassten Gegner zu stürzen. Als die Zunge das nächste Mal nach ihm schlug, ruckte die Klinge wie ein silberner Blitz hoch und trennte sie ohne den mindesten fühlbaren Widerstand ab. Das Bentley-Ding prallte mit einem trällernden Schrei zurück, während die abgeschnittene Zunge zu Boden fiel und sich dort in schwarzen Morast verwandelte.

Rowlf schleuderte einen zweiten Stein, der das Monstrum zwar verfehlte, es aber dennoch weiter zurücktrieb. Einen Moment lang trällerte und pfiff es Robert noch wütend an, dann fuhr es auf der Stelle herum und humpelte und floss auf eine vollkommen absurd aussehende, aber erstaunlich schnelle Art davon.

Robert war zum zweiten Mal so perplex, dass er einfach nur dastand. Es war weiß Gott nicht das erste Mal, dass er auf die schrecklichen Dienerkreaturen der Großen Alten traf, aber er hatte noch nie erlebt, dass sie einen einmal begonnenen Angriff abbrachen oder gar die Flucht ergriffen. Dazu waren sie gar nicht in der Lage, waren sie doch keine denkenden Lebewesen, sondern wenig mehr als Ansammlungen formloser Protomaterie, die nahezu jede beliebige Gestalt annehmen konnten – auch wenn sie aus irgendeinem Grund die wandelnder Krakenbäume zu bevorzugen schienen. Aber eines waren sie ganz gewiss nicht: Zu selbstständigem Denken oder gar Entscheidungen fähig.

Dieser hier offensichtlich schon, wie er bereits mit seiner Flucht vom Ashton Place bewiesen hatte.

»Hinterher!«, schrie Rowlf. »Er darf nicht entkommen!«

Nicht ohne noch einen weiteren Ziegelstein geworfen zu haben – der sein Ziel hoffnungslos verfehlte – setzte er unverzüglich zur Verfolgung an, während Robert noch zwei oder drei weitere kostbare Sekunden verstreichen ließ, ehe er sich ihm anschloss. Er hatte Mühe, das flüchtende Ding überhaupt noch zu sehen. Der Raum, in den sie hineingebrochen waren, lag hoffnungslos in Trümmern. Was der Wagen nicht zermalmt hatte, war unter zerborstenem Ziegelstein und den Resten der halb eingestürzten Decke begraben. Die Luft war so voller Staub, dass er kaum zwei Schritte weit sehen und fast nicht mehr atmen konnte, und seine Ohren klingelten immer noch von dem gewaltigen Aufprall. Er war auch nicht ganz so unbeschadet davongekommen, wie es bisher den Anschein gehabt hatte. An mehr als einer Stelle in seinem Körper begannen dumpfe Schmerzen zu erwachen, die das Potenzial hatten, schlimmer zu werden, aber er konnte sich bewegen, und das allein zählte im Moment.

Sich deutlich mehr am Lärmen und Poltern des flüchtenden Ungeheuers und seines Verfolgers orientierend, als in der staubgeschwängerten Luft wirklich etwas sehend, stolperte er los, schlug sich zu allem Überfluss auch noch die Schienbeine blutig und prallte unsanft gegen einen Türrahmen, den er bei der praktisch nicht vorhandenen Sicht auf der falschen Seite ansteuerte. Irgendwo vor ihm brüllte Rowlf etwas, und durch das immer noch anhaltende Klingeln in Roberts Ohren drangen jetzt auch noch andere Laute: Aufgeregte Rufe und Schreie, das noch ferne Schrillen einer Alarmglocke – vielleicht die Feuerwehr – und ein ständiges Rieseln und Poltern, das irgendwie mit dem immer noch anhaltenden Zittern des Bodens unter seinen Füßen zu kommunizieren schien.

Robert fragte sich erschrocken, ob sie das Haus vielleicht ernsthaft beschädigt hatten. Sicher, der Wagen war schwer, ein wahrer Koloss aus Metall, der mühelos durch die massive Ziegelsteinmauer gebrochen war, aber es war ein zweigeschossiges Gebäude, das seit mindestens einem Jahrhundert oder auch länger hier stand und so manchen Sturm und manche Unbill des Schicksals überlebt hatte. Aber vielleicht war ja diese letzte rüde Attacke doch eine zu viel gewesen.

Statt diesem unerfreulichen Gedanken weiterzufolgen, passierte er den Türrahmen jetzt auf der richtigen Seite und fand sich in einem düsteren Treppenhaus wieder. Auch hier war die Luft so voller Staub und aufgewirbeltem Schmutz, dass er kaum noch atmen konnte, und er hörte eine Frau schreien. Rowlfs Schritte und sein immer noch andauerndes Gebrüll kamen vom oberen Ende der Treppe, und Robert folgte ihm, so schnell er konnte.

Mit zusammengebissenen Zähnen humpelte er die Treppe hinauf und sah gerade noch einen Schatten hinter einer Tür verschwinden, hinter der Geschrei und heftiger Kampflärm losbrachen, noch bevor sie ganz ins Schloss gefallen war. Eine andere Tür am Ende des Flures flog auf, und eine kreischende Frau stürmte heraus und ging in ihrer Hysterie auf das erstbeste Opfer los, das sie sah. Ihn.

Robert ergriff sie so fest an den Oberarmen, dass sie schmerzlich die Lippen verzog, und schüttelte die Hysterie aus ihr heraus. »Sie müssen weg hier!«, fuhr er sie an. »Sind noch mehr im Haus?«

»Mein … mein Mann und … meine Kinder«, stammelte sie. Ihre Augen wurden groß, als sie die rasiermesserscharf geschliffene Klinge in seiner Hand sah, und den schwarzen Schleim darauf, den sie für Blut halten mochte. »Und noch der alte Ben von nebenan, aber …«

»Dann bringen Sie Ihre Familie hier raus, schnell!«, unterbrach Robert sie. »Sehen Sie nicht zurück! Um Ihren Nachbarn kümmere ich mich!« Und damit bugsierte er sie unsanft zurück in ihre Wohnung und zog die Tür zu, bevor er wieder zurückeilte, um sich um ihren Nachbarn zu kümmern, wie er es versprochen hatte. Auch wenn er bezweifelte, dass er noch viel für ihn tun konnte. Immerhin hatten Geschrei und Kampflärm hinter der Tür aufgehört, als er sie erreichte.

Die Wohnung, in die er stürmte, war winzig und sah aus, als wäre hier drinnen das letzte Mal kurz vor der Jahrhundertwende sauber gemacht worden. Sie roch auch genauso. Der alte Ben lag mit gebrochenem Rückgrat und Schaum vor dem Mund in den Überresten einer zerbrochenen Chaiselongue. Das einzige Fenster war zerborsten, und weder von Rowlf noch dem Tentakelmonster war eine Spur zu sehen. Aber an den Glasscherben, deren Reste noch im Rahmen steckten, war etwas Schwarzes und Schleimiges zu erkennen.

Rasch eilte er hin, beugte sich behutsam vor, um sich nicht an den scharfkantigen Splittern zu verletzen, und spähte hinaus. Statt in den erwarteten Abgrund blickte er auf das oxydierte Metalldach des Nebengebäudes, das kaum knietief unter dem Fenster lag. Rowlf hockte inmitten eines Durcheinanders aus Glasscherben, zerbrochenem Holz und einer qualmenden schwarzen Masse nur ein kleines Stück entfernt und richtete sich gerade in diesem Moment benommen auf. Schwarzer Morast tropfte von seinen Händen und zerfiel zu flockiger grauer Asche, bevor er den Boden erreichen konnte.

»Alles in Ordnung?«, fragte er, ebenso erleichtert wie verwirrt. Das Leuchten des Kristallknaufs in seiner Hand nahm rasch ab und beantwortete seine Frage schon, bevor Rowlf sich zu ihm herumdrehte und nickte. Aber das sollte nicht so sein, dachte Robert. So erleichtert er auch war, Rowlf nahezu unversehrt zu erblicken, so erstaunt war er zugleich auch. Niemand tötete einen Shoggoten mit bloßen Händen. Nicht einmal Rowlf.

»Das war knapp«, antwortete Rowlf. »Hat sich wohl zu sicher gefühlt, dein alter Nachbar.« Er hob die Hände vor das Gesicht, und was Robert nun beobachtete, war sogar noch beunruhigender: Die Überreste des Tentakelmonsters tropften so schnell von seiner Haut und der Kleidung herab, als fliehe die unheimliche Masse regelrecht vor ihm, was sie aber nicht davor bewahrte, zu grauem Rauch und Asche zu zerfallen.

Robert schob den Degen in seine Umhüllung zurück und wartete, bis das Leuchten des Kristalls vollkommen erloschen war, bevor er den wieder zurückverwandelten Spazierstock benutzte, um die letzten Reste der Scheibe aus dem Rahmen zu schlagen. Dann beugte er sich vor und streckte die Hand aus, um Rowlf zu helfen. Er war nicht wirklich enttäuscht, als er seine Hilfe ausschlug und aus eigener Kraft durch das Fenster hereinkletterte.

»Wie hast du das gemacht?«, fragte er.

»Gemacht?« Rowlf war noch nie ein guter Schauspieler gewesen. »Was?«

»Niemand tötet einen Shoggoten mit bloßen Händen«, antwortete Robert. Es fiel ihm schwer, Ruhe zu bewahren. »Auch du nicht. Also?«

»Keine Ahnung«, antwortete Rowlf mit sogar noch weniger Überzeugung. Er schlug sich mit der flachen Hand auf die Brust. Es klang wie ein Hammer, der auf ein Brett prallte. »Hat vielleicht was mit dem Ding hier zu tun.«

Mit dem Ding meinte er zweifellos das Necronomicon, das er unter sein Hemd geschoben hatte, und Robert war beinahe geneigt, ihm zu glauben – um im gleichen Maße auch nur die bloße Vorstellung als lächerlich von sich zu weisen. Das Necronomicon war ganz ohne Zweifel eines der mächtigsten magischen Bücher, die jemals geschrieben worden waren, und immer für eine Überraschung gut. Meistens für eine böse. Aber zugleich wusste er einfach, dass das nicht die Antwort war. Rowlf verheimlichte ihm etwas. Etwas sehr Wichtiges.

Rowlf ging zur Tür, zog sie einen Spalt breit auf und spähte einen Moment lang hindurch. Dann kam er zurück, um neben dem sterbenden Mann auf ein Knie zu sinken. Robert konnte nicht erkennen, was genau er tat, oder ob überhaupt etwas, doch schon nach wenigen Sekunden schüttelte er den Kopf und stand wieder auf. »Da ist nichts mehr zu machen«, sagte er. »Er stirbt.«

»Wenn wir keine Hilfe rufen, sogar ganz bestimmt«, sagte Robert. »Ich werde die Nachbarn fragen, ob jemand einen Telefonapparat hat, mit dem wir eine Ambulanz rufen können.«

»Sein Kreuz ist gebrochen«, antwortete Rowlf mit einer Stimme, der jegliche Spur von Mitgefühl fehlte. »Dem tut keiner mehr helfen.« Er hob beiläufig die Schultern. »Ich werd anscheinend langsam alt. Früher hab ich mal härter zugeschlagen. Hat mich erwischt, das Miststück, und glatt aus dem Fenster geworfen, bevor ich es zu Ende bringen konnte.«

»Es ist doch nicht deine Schuld ...«, setzte Robert an, doch dann weiteten sich seine Augen. »Moment mal! Willst du mir damit sagen, du hättest ihn umgebracht?«

»Nur ein kleiner Gefallen, um den mich Howard gebeten

hat«, antwortete Rowlf. »Hätte ich schon vor langer Zeit machen sollen.«

Robert starrte fassungslos auf den sterbenden Greis hinab. »Howard hat dich hierher geschickt, um diesen alten Mann zu töten? Das glaube ich nicht! Warum?«

»Weißt du, wer das ist?«

Rowlf deutete auf den Alten, und Robert tat ihm den Gefallen, noch einmal genauer hinzusehen. Er korrigierte seine Einschätzung, was dessen Alter anging, ein gutes Stück nach oben. Er musste neunzig sein, wenn nicht mehr. Und zu seinen besten Zeiten musste er ein wahrer Riese gewesen sein, der sich nicht einmal vor Rowlf hätte verstecken müssen. Jetzt war er nur noch alt und hätte auch ohne den blutig gefärbten Schaum vor seinem Mund und dem gebrochenen Rücken einen erbarmungswürdigen Anblick geboten.

»Nein«, antwortete er, schüttelte den Kopf und nickte gleich darauf. »Doch. Der alte Ben. Sagte jedenfalls die Nachbarin.« Die jetzt wahrscheinlich schon aus dem Haus und dabei war, lauthals schreiend nach einem Polizisten zu suchen.

»So nennt er sich vielleicht heute«, antwortete Rowlf. »Früher einmal hieß er Jack. Also in der Zeit, in der er als Mensch rumlief, heißt das.« Er verzog angewidert das Gesicht.

»Und?«, fragte Robert verständnislos. Das war absurd.

»Du weißt, wo wir hier sin?«, erwiderte Rowlf.

»In London.«

»Genauer gesagt in Whitechapel.«

Robert ächzte. »Du willst jetzt nicht behaupten, das da wäre ...?«

»Ich behaupte gar nichts nicht«, unterbrach ihn Rowlf. »Ich sag nur, was Howard mir gesagt hat. Und ich hab ihn auch nicht umgebracht. Dein Freund Bentley war ja auch nicht mehr dein Freund Bentley. Vielleicht ist er es nie gewesn. «

»Gerade hast du gesagt …«

»Dass ich nicht hart genug zugeschlagen hab, um das Vieh zu erledigen, ja«, unterbrach ihn Rowlf in vage vorwurfsvollem Ton. »Ich bring keinen alten Mann nicht um. Nicht mal so ein.«

Robert glaubte ihm nicht, denn Rowlf wusste so gut wie er, dass das Ding da vor ihnen alles gewesen war, nur kein Mensch, sondern ein mörderisches … Etwas … das durch die Zeit geschickt worden war, um ihnen aufzulauern, und jede beliebige Gestalt annehmen konnte. Aber es war sinnlos, weitere Zeit mit diesem Thema zu verschwenden. Zeit, die sie nicht hatten. Selbst ohne die hysterische Nachbarin konnte der vermeintliche Unfall nicht unbemerkt geblieben sein, und Robert wunderte sich fast, dass es hier nicht bereits von Neugierigen oder auch potentiellen Helfern nur so wimmelte, bis ihm aufging, dass seit ihrem rüden Eindringen in dieses Haus wahrscheinlich erst wenige Minuten vergangen waren.

»Zuerst will ich wissen, was hier los ist«, sagte Robert grimmig. »Das ist doch kein Zufall. Du hast gewusst, dass wir ihn hier finden, habe ich Recht? Und auch, wer in diesem Drecksloch wohnt, nicht wahr? Und sag mir bitte nicht, du hättest es in der Zeitung gelesen!«

»Hab ich aber«, beharrte Rowlf in störrischem Ton. »Aber Howard hat's mir auch gesagt. Schon bevor er die Zeitung bekommen hat.«

»Was?«

»Howard meint, dass sie schon immer hier waren«, antwortete Rowlf. »Schon lange vor den Römern und diesen Druiden und überhaupt den Menschen. Und dass das der Grund sein tut.«

»Welcher Grund? Dass der alte Ben hier sein Unwesen getrieben hat?«

»War ja nicht nur der Ripper«, erwiderte Rowlf. »Howard meint, dass sie alles verderben. Auch die Menschen, die sich da niederlassen, wo sie sind.«

»Darüber reden wir später«, entschied Robert, »und auch über alles andere, was du mir angeblich nicht verheimlicht hast. Jetzt sollten wir von hier verschwinden, bevor wir in die Verlegenheit geraten, zu viele Fragen beantworten zu müssen, die du angeblich gar nicht beantworten kannst.«

Rowlf fiel zwar endgültig in die Rolle zurück, die er Zeit seines Lebens perfekt gespielt hatte, indem er das dümmlichste Feixen auf sein Gesicht zwang, das man sich nur vorstellen konnte. Aber unter diesem dämlichen Grinsen meinte Robert noch etwas anderes zu erkennen – eine tiefe Trauer, deren Grund ihm nicht klar war, aber die ihm einen eisigen Schauer über den Rücken jagte.

»Wird nicht passieren«, behauptete Rowlf.

»Glaubst du.«

»Nee, weiß ich«, antwortete Rowlf. »Ist manchmal ganz praktisch, wenn man die Zeitung von morgen kennen tut.«

Das mochte stimmen oder auch nicht – so oder so spürte Robert, dass Rowlf ihm etwas verschwieg, aber statt noch mehr Zeit mit einer entsprechenden Frage zu verschwenden, machte er eine Geste auf das zerborstene Fenster.

»Wohin geht es da?«

»Zum Fluss runter – glaub ich«, antwortete Rowlf. »Ist aber auch egal. Sie werden uns nicht kriegen.«

»Und das weißt du, weil ...?«

»Weil es sonst in der Zeitung gestanden hätte«, antwortete Rowlf triumphierend. »Ich hab sie auswendig gelernt. Jede Zeile.«

Auch das mochte stimmen oder auch nicht, dachte Robert. Er hatte keine Möglichkeit, das zu überprüfen, spürte dafür aber umso deutlicher, dass da mindestens noch eine Sache in der Zeitung gestanden hatte, die Rowlf ihm wohlweislich nicht sagte. Andererseits war da auch noch die Katastrophe in der Front Street, die den Zeitungen genug Stoff geliefert hatte, um ihre Seiten zu füllen. Es war fraglich, ob nach einem so gewaltigen Unglück auch nur ein einziger Reporter Interesse an einem gestohlenen Wagen hatte, dessen Fahrer die Kontrolle über sein Gefährt verloren hatte; geschweige denn dem Tod eines alten Mannes, von dem niemand wusste, was er vor fünfzig Jahren einmal gewesen war.

Und ihm kam noch ein anderer bizarrer Gedanke, der absurd und erschreckend zugleich war, und vielleicht gerade deshalb etwas ungemein Verführerisches hatte: Sogar vorausgesetzt, dass Rowlf die Wahrheit sagte und tatsächlich eine Zeitung aus der Zukunft gelesen hatte – wovon er immer noch nicht wirklich überzeugt war –, was würde eigentlich geschehen, wenn er etwas tat, das ganz bewusst und drastisch gegen das verstieß, was in dieser Zeitung stand?

Die Vorstellung war ebenso erschreckend wie verrückt, aber irgendetwas in ihm sagte ihm auch, dass es nicht möglich war. Howard hatte ihm oft genug bewiesen, dass der Mensch sehr wohl in der Lage war, die Zeit zu manipulieren, aber er war auch nicht müde geworden, ihm zu versichern, dass sie sich selbst zu schützen wusste.

»Dann los«, sagte er mit einer neuerlichen Geste auf das zertrümmerte Fenster.

Rowlf nickte zwar, rührte sich aber nicht von der Stelle, sondern knöpfte stattdessen sein Hemd auf und zog das riesige Buch unter dem Hosenbund hervor, um es ihm mit beiden Händen zu reichen. Robert machte keine Anstalten, auch nur danach zu greifen, sondern musste sich im Gegenteil beherrschen, um nicht erschrocken zurückzufallen.

»Ich hatte gehofft, dieses Ding nie wieder sehen zu müssen«, sagte er. Schon dieses vermeintliche Buch auch nur anzusehen – das alles war, nur kein Buch – bereitete ihm körperliches Unbehagen; und wenn er es zu lange tat, ganz realen Schmerz, wie er nur zu gut wusste.

»Musst du auch nicht, nach heute Abend.« Rowlf wedelte aufgeregt mit dem Buch, als wäre es eine zusammengefaltete Zeitung und kein zwanzig Pfund schwerer Foliant von der Größe eines Atlasses. »Aber mir wär wohler, wenn ich die Hände frei hätte, falls wir Ärger kriegen tun.«

»Ich denke, das passiert nicht?«

»Nur weil's nicht in der Zeitung stehen tut, heißt das noch lange nicht, dass es nicht passiert ist«, sagte Rowlf nicht nur, sondern drückte ihm das Buch nun so überraschend in die Hände, dass Robert ganz instinktiv zugriff. Aus der gleichen Bewegung heraus drehte Rowlf sich bereits herum und wuchtete sich aus dem Fenster. Robert überlegte eine Sekunde lang ganz ernsthaft, das verfluchte Ding einfach fallen zu lassen, klemmte es sich dann aber lediglich unter den linken Arm und folgte Rowlf, wenn auch deutlich weniger elegant und nicht annähernd so schnell. Außerdem meldeten sich nun die diversen Schrammen, Blessuren und Wehwehchen, um ihn daran zu erinnern, auf welchem noch ungewöhnlicherem Wege sie das Haus betreten hatten; und so ganz nebenbei auch daran, dass er keine dreißig mehr war, wie zu den Zeiten, als er noch aktiv an Rowlfs und Howards Seite gegen das Böse gekämpft hatte.

Aber ihm saßen nicht nur die Strapazen der Reise in den Knochen, obwohl sie mühsam genug gewesen war. Er musste wieder an Howard denken, den vielleicht einzigen wirklichen Freund, den er jemals gehabt hatte – von Rowlf einmal abgesehen, mit dem ihm ein ganz besonderes Verhältnis verband.

Er wusste, dass Howard ihn nicht wiedersehen würde, ganz egal, was er selbst auch behauptet hatte. Es war ein Abschied für immer gewesen.

Der Gedanke schmerzte und würde es noch sehr viel mehr tun, wenn das alles hier vorüber war und er ein wenig zur Ruhe kam. Und er schmerzte noch umso mehr, als ihm immer klarer wurde, dass Rowlf nicht der Einzige war, der ihm etwas verschwieg. Die Erklärung war im Grunde ganz simpel und sehr schlimm. Howard hatte Robert hierhergeschickt, um etwas zu tun, was er niemals getan hätte, hätte er um den Preis gewusst, den Howard dafür bezahlen musste. Ganz plötzlich mit unerschütterlicher Gewissheit wurde ihm klar, dass Howard nicht an übermäßigem Tabakgenuss sterben würde, oder der bösartigen Krankheit, von der die Ärzte behaupteten, sie wäre davon verursacht worden. Nein, was ihn umbrachte, war ganz genau der Grund, aus dem Rowlf und er hier waren. Etwas das sie noch tun würden.

»Wir müssen reden«, sagte Robert unvermittelt; und auch ein wenig außer Atem, weil Rowlf gar nicht daran dachte, auch nur ein bisschen langsamer zu werden, sodass er zu ihm aufholen konnte.

»Ja, ist ein prima Moment dazu«, grummelte Rowlf. Geschickt wie ein Affe turnte er über ein bizarres Metallkonstrukt, das wie ein vorsintflutlicher Stacheldrahtverhau aus den oxydierten Dachflächen wuchs und ganz gewiss irgendeinen Zweck diente, der ihm aber verborgen blieb. Robert folgte ihm deutlich langsamer und sehr viel weniger geschickt, schon weil ihn das schwere Buch unter dem Arm doch mehr behinderte, als er wahrhaben wollte.

Trotz aller Mühe holte er ihn erst nach gut zwei Dutzend weiteren Schritten ein, und das auch nur, weil er auf ihn wartete. Unmittelbar vor Rowlfs Füßen endete das Dach. Unter ihnen gähnte ein anderthalb Stockwerke tiefer Abgrund, der in einen mit allerlei Unrat und Gerümpel vollgestopften Hinterhof hinabführte. Und da sie hier in London waren und nicht etwa in New York oder Boston, gab es natürlich auch keine Feuertreppe oder irgendeine andere Möglichkeit, nach unten zu gelangen, solange man keine Flügel hatte.

Nur einen Moment später wünschte er sich fast, diesen Gedanken nicht gedacht zu haben, denn Rowlf schien ihn zumindest zu erahnen. Er beugte sich weit genug vor, dass man um sein Gleichgewicht fürchten konnte, richtete sich im buchstäblich allerletzten Moment wieder auf und sah mit nachdenklich schräg gehaltenem Kopf zum Dach des benachbarten Gebäudes hinauf.

Es war nicht einmal sonderlich weit entfernt, vielleicht sechs oder sieben Fuß, eine Distanz, die sich Robert ohne Probleme mit einem beherzten Sprung zu überwinden zutraute, aber das Dach lag auch gut zwei Fuß höher; und dem pochenden Schmerz in seinen Hüft- und Kniegelenken hatte der Hindernislauf über das Dach auch nicht gerade gutgetan.

»Das meinst du nicht ernst«, sagte er. »Es sind gut dreißig Fuß bis nach unten.«

»Eher vierzig«, bestätigte Rowlf, machte drei oder vier Schritte nach hinten und sprintete dann mit einem Tempo los, das Robert ihm nicht einmal in seinen besten Zeiten zugetraut hätte. Fast mühelos erreichte er nicht nur das gegenüberliegende Dach, sondern landete auch sicher auf den nassen Ziegeln. Mit einem breiten Grinsen drehte er sich zu ihm um und streckte die Arme aus. »Das Buch!«

Robert warf ihm das Necronomicon nur zu gerne zu. Rowlf fing es mühelos mit nur einer Hand auf, legte es vor sich auf das Dach und streckte dann beide Arme aus.

»Spring! Ich fange dich auf! Du schaffst das!«

»Weil es in der Zeitung gestanden hätte, wenn nicht?«, erkundigte sich Robert.

»Ganz genau.«

Auf dem Weg nach London. Morgen

Die Scheinwerfer des riesigen Trucks schnitten wie leuchtende Messerklingen in die künstliche Nacht, aber ihr Licht reichte nicht annähernd so weit, wie es sollte. Suko war beinahe froh, denn so wenig es ihm gefiel, in einem monströsen Truck zu sitzen, der von Bill mit annähernd siebzig Meilen in eine Mauer aus absoluter Dunkelheit hineingejagt wurde, hätte es ihm vermutlich noch weniger gefallen, was sich in dieser Schwärze verbarg. Dann und wann huschte ein Baum am Straßenrand vorüber oder auch ein größerer Umriss, bei dem es sich um ein liegen gebliebenes Fahrzeug handeln mochte, oder auch ein Gebäude, aber manchmal meinte er auch bizarre Schemen zu sehen, erschreckende Dinge, vor denen das Licht oder möglicherweise auch der menschliche Blick zurückschraken, und die er gar nicht wirklich erkennen wollte, so sehr er auch tief in sich spürte, wie wichtig es gewesen wäre.

Es war nicht so sehr, dass er Angst davor gehabt hätte. Suko war nicht frei von Angst, denn niemand, der seiner Profession nachging und Wert auf sein Leben legte, sollte das sein, aber diese ... Dinge gehörten nicht hierher, nicht auf diese Straße und nicht einmal in diese Welt. Sie waren etwas, das nicht sein sollte, und alles, was menschlich in ihm war, schrak vor ihrer bloßen Existenz zurück. Es war das Unheimlichste, was er jemals erlebt hatte.

»Breaker, Breaker, hier ist Bill Conolly auf der Route ... irgendwo in Richtung London«, drang Bills Stimme in seine Gedanken. Fast erleichtert über die Ablenkung tauchte Suko aus seinen düsteren Überlegungen empor und wandte sich halb auf dem Sitz herum, um ihn anzusehen.

»Irgendwo klingt nicht sehr präzise«, sagte er, »meinst du nicht auch?«

»Weißt du etwa, wo wir sind?«, gab Bill gereizt zurück, drückte die Sprechtaste des CB-Mikrofons so heftig, dass das Plastik ein protestierendes Knirschen von sich gab, und sagte erneut: »Breaker, Breaker, hier ist Bill Conolly auf dem Weg nach London. Kann mich jemand hören?«

Suko war nicht einmal sicher, ob sie sich wirklich noch auf dem Weg nach London befanden. Das hochmoderne Navigationssystem des Trucks hatte nicht etwa den Geist aufgegeben, sondern war erst gar nicht angegangen, und die unnatürliche Nacht, die den Himmel verschlungen hatte, machte es zusätzlich schwer, sich zu orientieren. Sie waren irgendwann von der Straße abgekommen –, Suko wusste nicht einmal mehr genau wann und wo – und seitdem konnten sie nur hoffen, wenigstens ungefähr auf dem richtigen Weg zu sein.

»Und was soll dieses andauernde Breaker, Breaker?«, fragte er, gerade als Bill dazu ansetzte, es erneut zu sagen.

»Das machen Trucker so, wenn sie Funkkontakt aufnehmen wollen«, behauptete Bill.

»Ach, tun sie das?« Suko hörte sogar selbst, wie gereizt seine Stimme klang, und rief sich in Gedanken zur Ordnung. Sie waren beide nervös, und sie hatten beide Angst, aber das Unheimlichste überhaupt war, dass er keinen einzigen Menschen mehr gesehen hatte, seit sie von der Hauptstraße abgebogen waren. Man hätte meinen können, sie wären die letzten Menschen auf dieser ganzen Welt; ein Gedanke, der vollkommen lächerlich sein sollte, es aber nicht war, sondern die nagende Furcht tief in seinem Inneren im Gegenteil noch schürte.

»Hab ich in einem Film gesehen«, antwortete Bill. »*Convoy*. Ist ein Klassiker mit Kris Kristofferson. Wenn du irgendwann mal was übers Truckerleben wissen willst, dann schau ihn dir einfach an.«

Suko sagte nichts dazu. Er war nicht sicher, ob er überhaupt noch einmal einen Film sehen würde, oder irgendein anderer Mensch. Vielleicht existierte die Welt, wie sie sie kannten, ja schon gar nicht mehr.

Etwas Dunkles jagte heulend und von einem rot-orangenen Feuerstrahl angetrieben über sie hinweg, und nur einen weiteren Moment später flammte der Horizont im Rückspiegel in rotem Feuerschein auf; ein weiterer Kampfhubschrauber oder Jet, der mit Waffen gegen einen Feind kämpfte, der mit Waffen nicht zu besiegen war.

»Breaker, Breaker«, begann Bill, steckte das Mikrofon aber augenblicklich wieder weg. Das geliehene Handy gab in der Brusttasche seines Overalls einen Signalton von sich, und er zog es rasch heraus.

»Netz!«, rief er triumphierend. »Wir haben ein Netz!«

Er warf Suko das Handy zu, und dieser wählte mit fliegenden Fingern die Nummer von Scotland Yard.

Suko schaltete den Lautsprecher des Geräts ein. Sie hörten das Freizeichen, und dann ertönte Powells Stimme.

»Powell! Was ist los?«, blaffte er. »Ich habe keine ...«

»Hier ist Suko.«

»Suko!« Powell schrie fast, und im Hintergrund war chaotischer Lärm zu hören: Geschrei und Getöse, das Heulen gleich mehrerer Sirenen und vielleicht Schüsse. »Wo sind Sie? Sind Bill und Shao bei Ihnen? Und wie geht es John?«

»Bill ist bei mir«, antwortete Suko. Seine Hand schloss sich so fest um das Smartphone, als versuche er es zu zerbrechen, und für eine einzelne, aber endlose Sekunde meinte er Shaos wunderschöne Augen hinter dem spiegelnden Display zu erkennen, und das grenzenlose Entsetzen in ihrem Blick, als ihr klar wurde, dass es nichts mehr gab, was sie noch retten konnte. Vielleicht war es auch eine Frage, diese eine, schreckliche Frage, vor der er mehr Angst hatte als vor allen Dämonen der Hölle zusammen: Warum hast du das zugelassen?

»Shao ist tot«, sagte er mit belegter Stimme. »Und wo John ist, wissen wir nicht. Wir sind auf dem Rückweg. Wie sieht es bei Ihnen aus?«

»Tot?«, ächzte Powell. »Um Gottes willen, was ist denn passiert?«

»Wir erklären alles später«, antwortete Suko. »Was ist in London geschehen? Wo ist die Sonne geblieben?«

»Hier ist die Hölle los«, antwortete Powell. »Auf den Straßen herrscht das reine Chaos. Wir wissen nicht, was passiert ist. Die Stromversorgung ist zum Großteil zusammengebrochen, genau wie das Telefonnetz, und irgendetwas tötet die Menschen, aber niemand weiß genau was! Was ist mit John, Suko? Sie müssen ihn finden, hören Sie? Ich glaube, nur er kann uns noch helfen!«

»John hat ...«, begann Suko und spürte selbst, wie sich seine Kehle zusammenzog. *Shao getötet*. Nein, das konnte er unmöglich aussprechen, denn es zu tun hieße es zugleich Wahrheit werden zu lassen, und dazu war er noch nicht bereit. Noch lange nicht.

»Sie müssen uns helfen, Sir«, mischte sich Bill ein, während er Suko zugleich einen fast beschwörenden Blick zuwarf. »Unser Navi ist ausgefallen, und wir haben keine Ahnung, wo wir sind. Können Sie das Handy anpeilen lassen?«

»Ich kann gar nichts mehr«, antwortete Powell. »Hier bricht alles zusammen, und wir ...«

Ein dumpfes Krachen schnitt ihm das Wort ab. Im Hintergrund waren Schreie zu hören, das Bersten von Glas und ein immer weiter anwachsendes Grollen und Rumoren, wie von einem heranrollenden Tsunami. Knisternde Störgeräusche drohten die Verbindung zu überlagern und erloschen im letzten Moment wieder, und Bill trat so erschrocken auf die Bremse, dass der Truck auszubrechen drohte und mit einem markerschütternden ABS-Ruckeln zum Stehen kam.

»Sir?«, rief Bill. Dann schrie er: »Powell?!«

Aus dem Smartphone drang ein Schrei, wie man ihn sich schrecklicher kaum vorstellen konnte, eine ganze Salve krachender Schüsse aus einer automatischen Waffe und wieder das Bersten von Glas und Holz, und ein immer lauter werdender Chor wimmernder Schreie, dann hörten sie noch einmal Powells Stimme, die voller unüberhörbarem Entsetzen schrie: »Glenda! Um Himmels willen, passen Sie …«

Ein durch und durch grässlicher Laut schnitt ihm das Wort ab, ein Geräusch wie eine Guillotine, die durch nasses Holz glitt, und dann noch einmal Powells Stimme, die vor Panik beinahe brach: »Glenda! Mein Gott, Sie ist …«

Die Verbindung brach ab, und auf dem Display erschien ein durchgestrichenes Antennensymbol. Irgendwie spürte Suko, dass das Netz endgültig weg war, was ihn aber nicht daran hinderte, wie wild auf dem Display herumzuhämmern und schließlich die Scheibe herunterzufahren, um das Telefon ins Freie und in die Höhe zu halten. Nichts geschah. Zumindest in der ersten Sekunde nicht. In der zweiten schlug eine schwarze Peitschenschnur aus der Nacht, verfehlte sein Handgelenk um Haaresbreite und verwandelte das Smartphone in eine Explosionswolke aus fliegenden Plastiksplittern, die gegen die Karosserie und seine Schultern und seinen Unterarm prasselten und wie winzige Skalpelle in seine Hand und sein ungeschütztes Gesicht bissen.

Suko riss den Arm mit einem Fluch zurück und betätigte mit der andere Hand den Fensterheber, und Bill rammte mit einem Fluch den Gashebel nach vorne und trat so heftig aufs Gas, dass der Truck einen Satz nach vorne tat und um ein Haar über die Bankette auf der anderen Straßenseite geschossen wäre.

Während Bill wie wild am Steuer kurbelte, um den Wagen wieder unter Kontrolle zu bekommen, fuhr sich Suko angewidert mit beiden Händen durch das Gesicht und spürte Blut, Plastiksplitter und etwas widerlich Zähes wie heißen Rotz, der wie Feuer auf seiner Haut brannte. Aus den Augenwinkeln sah er, wie sich etwas Riesiges und Schwarzes neben dem Wagen aufbäumte, als wäre die Nacht selbst zu zerstörerischem Leben erwacht, und plötzlich erscholl erneut dieses schreckliche, pfeifende Trällern, jetzt aber so laut, dass er meinte, sein Trommelfelle platzen zu hören. Bill schrie etwas, das hoffnungslos im allgemeinen Chaos unterging, kurbelte weiter und vor Anstrengung keuchend am Lenkrad und gab sogar noch mehr Gas, und der Wagen rammte mit solcher Gewalt gegen ein Hindernis, das von einem Atemzug auf den anderen einfach da war, dass Suko gegen das Armaturenbrett geworfen und ihm pfeifend die Luft aus der Lunge getrieben wurde. Dennoch gab Bill sogar noch einmal Gas, und der Wagen fand mit einem Ruck in seine Spur zurück und rumpelte über etwas Unsichtbares hinweg, das in einer matschigen Explosion auseinanderflog und die Scheibe so mit schwarzer Pampe vollspritzte, dass die Scheibenwischer automatisch angingen und im ersten Moment alles noch schlimmer machten. Etwas Gewaltiges tauchte inmitten der schmierigen Schlieren auf, und Bill drehte heftig am Lenkrad und gab Gas, um es über den Haufen zu fahren. Suko hielt instinktiv die Luft an und schickte ein Stoßgebet zum Himmel, dass es kein Baum sein möge. Gleichzeitig tastete er nach dem Sicherheitsgurt und wusste natürlich, dass es viel zu spät war.

Das war es, aber sie hatten Glück, und es war kein Baum, sondern nur etwas, das auch jetzt wieder einfach auseinanderflog; auch wenn es zugleich Funken aus der Motorhaube schlug und eine scharfkantige Knochenklinge einen hässlichen Sprung in der Windschutzscheibe hinterließ. Suko schnallte sich trotzdem hastig an und half auch Bill, den Verschluss des Sicherheitsgurts hineinzufummeln. Die Scheibenwischer arbeiteten hektisch, und die Sicht klärte sich allmählich wieder – auch wenn es im Grunde nicht viel zu sehen gab. Die Dunkelheit schien noch einmal dunkler geworden zu sein, und das meiste von dem, was manchmal schemenhaft darin aufblitzte, wollte er eigentlich gar nicht erkennen.

Einer der Scheinwerfer musste zerbrochen sein oder so mit dem schwarzen Morast besudelt, dass er kein Licht mehr spendete, aber er erkannte immerhin, dass sie sich noch halbwegs auf der Straßenmitte befanden und der Weg vor ihnen frei war – zumindest auf dem kurzen Stück, das er überblicken konnte. Irgendwo sehr weit entfernt meinte er einen trübroten Schein wahrzunehmen, wie ein Feuer, das hinter dem Horizont brannte, war aber nicht ganz sicher.

Eine Zeit lang fuhren sie schweigend durch die unnatürliche Nacht, jeder mit seinen eigenen Gedanken und düsteren Überlegungen beschäftigt.

Ohne Suko anzusehen, fragte Bill: »Was glaubst du, was da passiert ist?«

»In London?« Suko hob die Schultern. Er war jetzt sicher, ein rötliches Flackern am Horizont zu erkennen, konnte aber immer noch nicht sagen, was es bedeutete. Sicher nichts Gutes.

»Sie können doch nicht schon dort sein«, murmelte Bill.

»Scotland Yard? Großer Gott! Wenigstens befinden sich Sheila und Johnny in Sicherheit. Oder?«

Suko schwieg auch dazu. An der Bedeutung dessen, was sie gehört hatten, gab es im Grunde nicht viel zu rätseln, aber es war ihm nicht möglich, es auszusprechen.

Bill sah ihn erwartungsvoll an und wollte auch eine weitere Frage stellen, nahm aber stattdessen Gas weg und brachte den Wagen schließlich mit einem hörbaren Zischen der Druckluftbremsen am linken Straßenrand zum Stehen.

»Was ist?«, fragte Suko alarmiert.

Bill hob nur wortlos die Schultern, aber er wirkte noch einmal angespannter als noch vor einem Moment. Seine Hände umschlossen das Lenkrad mit solcher Kraft, als versuche er es in Stücke zu brechen; oder klammere sich mit aller Macht daran fest, um nicht den Halt in der Wirklichkeit zu verlieren. »Da vorne ist etwas«, murmelte er.

Suko beugte sich vor und versuchte mit zusammengekniffenen Augen, die wirbelnden Schleier mit Blicken zu durchdringen, die wie schwarzer Nebel über die Straße trieben. Waren sie auch gerade schon da gewesen? Er konnte es nicht sagen, aber der Anblick machte ihm Angst.

»Da stimmt was nicht ...«, begann Bill noch einmal und stieß dann zischend die Luft zwischen den Zähnen aus, statt den Satz zu Ende zu sprechen.

Das schwarze Wogen wurde intensiver. Es war kein Nebel, wie Suko im ersten Augenblick angenommen hatte, sondern die Dunkelheit selbst, die sich zu vergänglichen Schwaden und Schlieren zusammenballte, die immer wieder im letzten Moment auseinandertrieben, gerade bevor sie wirklich Gestalt annehmen konnten. Sein Herz begann zu klopfen.

»Was ist das?«, murmelte er.

Es war eine rethorische Frage, auf die er weder eine Antwort erwartete noch bekam. Die treibende Dunkelheit wogte immer heftiger und stärker und bildete jetzt massive Umrisse, die trotzdem keinerlei Substanz zu haben schienen und einen schwindeln machten, wenn man zu lange hinsah, und schließlich trat eine schlanke Gestalt aus der Finsternis hervor, die sie beide erkannten; auch wenn sie auf vollkommen unterschiedliche Art darauf reagierten.

Bill sog noch einmal und so scharf die Luft zwischen den Zähnen ein, dass es schon fast wie ein kleiner Schrei klang, während Suko sogar selbst spürte, wie sein Gesicht zu einer wie aus Stein gemeißelten Maske erstarrte.

Die Gestalt war noch viel zu weit entfernt, um mehr als ein schwarzer Schemen zu sein, aber sie erkannten ihn trotzdem beide und jenseits allen Zweifels.

Es war John.

Alles an ihm war schwarz, seine Kleidung, sein Haar, seine Haut und sein Gesicht, selbst das Weiß in seinen Augen war nicht mehr weiß. Als er näher kam, konnten sie sehen, dass alles an ihm in beständiger, fließender Bewegung zu sein schien, als kämpfe jedes einzelne Molekül seiner gesamten Erscheinung darum, an seinem Platz zu bleiben, ohne genau zu wissen, wo dieser Platz nun eigentlich war. Und er schien auch nicht wirklich zu gehen, sondern auf schrecklich anzusehende Weise zu gleiten, auch wenn dieses Wort zugleich so weit von der Wirklichkeit entfernt war, wie es nur ging.

Suko starrte die näher kommende Gestalt an und wartete vergeblich darauf, irgendetwas zu fühlen, aber da war nichts. Nur eine große, saugende Leere, als blicke er in einen schwarzen Abgrund, der geradewegs bis ins Herz des Universums hinabführte. Da war kein Hass, nicht einmal Zorn, allenfalls ein schlechtes Gewissen, als er an den allerersten Moment nach seinem Aufwachen dachte, und seine grimmige Entschlossenheit, John zu töten – obwohl ihm von der ersten Sekunde an klar gewesen war, dass nicht John Shao umgebracht hatte, sondern lediglich sein Körper, der von etwas Anderem und Bösem besessen war. Dennoch hätte er ihn ohne Zögern getötet, wäre er in diesen ersten Momenten dazu fähig gewesen, ganz einfach weil ihm entsetzlich wehgetan worden war und er einem anderen dafür wehtun musste, und dessen schämte er sich.

»Das ist nicht John«, murmelte Bill stockend.

»Nein«, antwortete Suko mit belegter Stimme. »Das ist er nicht.«

»Das wollte ich nur hören«, sagte Bill.

Dann überfuhr er John.

An Bord der Lovecraft, Mittelmeerraum.
Irgendwann

Das Schiff hatte immer noch spürbare Schlagseite, obwohl es Stunden her sein musste, seit der Himmel explodiert war. Trotz der auf voller Kraft keuchenden Klimaanlage roch die Luft immer noch verbrannt, und der Anteil von verschmortem Kunststoff und heiß gelaufenen Maschinen darin musste höher sein als der von Sauerstoff, denn das Atmen bereitete mir immer noch Mühe. Meine Lider fühlten sich an wie Blei, und ich hatte im Rhythmus meines Herzschlages pochende Kopfschmerzen, die sich nicht so anfühlten, als würden sie bald besser werden; unverkennbare Anzeichen von Sauerstoffmangel, unter dem ich unverkennbar nicht als Einziger litt.

Dennoch wollte ich mich nicht beschweren. Dass sich die Lovecraft überhaupt noch in der Luft hielt, kam einem kleinen Wunder gleich. Wenn ich die Augen schloss, sah ich noch immer den grellen Explosionsblitz, und in meinen Ohren klang noch immer das Dröhnen der ungeheuerlichen Schockwelle, die das riesige Luftschiff getroffen hatte wie ein Hieb von Thors Hammer. Für einige wenige, aber entsetzliche Sekunden war ich fest davon überzeugt gewesen, dass wir abstürzen würden, denn die Lovecraft war wie ein Blatt im Sturm erfasst und so mühelos davongewirbelt worden, dass nur noch eine Winzigkeit gefehlt hätte, und sie hätte sich überschlagen. Es musste allein in diesen ersten Augenblicken Hunderte von Verletzten an Bord gegeben haben und mit Sicherheit auch etliche Tote.

Die riesige Zentrale des Luftschiffs sah aus wie ein Schlachtfeld. Das vermeintliche Panoramafenster hatte sich endgültig als dreidimensionaler Bildschirm geoutet, denn es hatte einen langen Riss bekommen, von dem ausgehend sich unentwegt verändernde Pixelgewitter verschiedenfarbigen Lichts über die vermeintliche Aussicht zuckten. Und ich war nicht einmal sicher, ob die Aussicht, die es zeigte noch der Realität entsprach, denn einige der Wolkenmuster, die hoch über uns über den Himmel zogen, kamen mir mittlerweile doch recht bekannt vor. Was unter uns lag, konnte ich nicht erkennen, denn die Lovecraft flog noch immer viel zu hoch, und unter uns erstreckte sich nichts als eine endlose Ebene aus mit allen nur vorstellbaren Braunschattierungen. Vielleicht war es auch längst nur noch eine Bandschleife, die wir sahen, und die Lovecraft schon auf dem Weg in die Hölle.

»John?«

Ich war nicht einmal sicher, ob ich die Stimme wirklich hörte oder sie direkt in meinen Gedanken erklang. »Oculus?«

»Howard«, antwortete die KI in leicht verschnupftem Ton. »Oculus' zentraler Prozessor konnte gerettet werden, aber es steht noch nicht fest, in welchem Zustand sich seine Erinnerungsspeicher befinden.«

»Du willst damit sagen, er ist tot?«, antwortete ich erschrocken. »Oder liegt in einer Art Koma, und niemand kann sagen, wie er daraus erwacht, ob normal oder als sabberndes Wrack ohne Erinnerungen?«

»Eine sehr ... menschliche Darstellung«, antwortete die Stimme der Lovecraft, »aber im Prinzip trifft es den Kern der Sache, ja.«

Warum erschreckten mich diese Worte eigentlich so sehr? Wir sprachen über einen verdammten Computer! »Das tut mir leid«, hörte ich mich trotzdem antworten, fast zu meiner eigenen Überraschung.

»Das muss es nicht«, sagte Howard. »Sobald wir einen sicheren Ort erreichen, werden sich unsere Spezialisten um ihn kümmern. Unsere Technik ist auf diesem Gebiet sehr weit fortgeschritten.«

Das wiederum beruhigte mich; auch wenn es mir zugleich beinahe noch absurder vorkam. Was hatte mir Saron doch noch über diese schöne neue Welt erzählt? Es gab keine Ärzte mehr, weil man sie nicht mehr brauchte? Stattdessen gab es anscheinend spezielle Psychologen und Chirurgen für denkende Blechbüchsen. Das war so grotesk, dass ich eigentlich darüber lachen sollte; aber tief unter dieser hysterischen Amüsiertheit erschreckte mich die Vorstellung, denn ich hatte das Gefühl, dass mich dieser Gedanke auf einen bestimmten Pfad locken wollte, an dessen Ende nichts Gutes wartete.

»Ich habe nicht nach Ihnen gesucht, um über Oculus zu reden«, fuhr die Stimme des Luftschiffs fort, »auch wenn mich Ihr Mitgefühl ehrlich freut. Admiral Baines und Ratsherr Jarvin möchten mit Ihnen sprechen.«

»Glauben sie immer noch, ich würde meinen Zauberstab schwingen und alles wäre wieder gut?«

»Von einem Zauberstab war eigentlich nicht die Rede«, antwortete Howard. Wenn das Computerhumor war, dann war er nicht besonders komisch.

Statt darauf einzugehen, seufzte ich nur vielsagend und wandte mich dem Ausgang zu. Hinter der Tür, hinter der auf dem Weg hier herauf ein breiter Korridor gewesen war, wartete jetzt eine winzige Liftkabine auf mich, mit der ich mehrere Stockwerke in die Tiefe fuhr. Das Innere dieses fantastischen Luftschiffs musste wohl von Ernö Rubik entworfen worden sein, denn es schien nach Belieben seinen Aufbau ändern zu können. Ich versuchte erst gar nicht, es zu verstehen.

»Wie schlimm ist es?«, fragte ich, während ich darauf wartete, mein Ziel zu erreichen. Der Lift bewegte sich nicht ganz so lautlos wie gewohnt, und das Gefühl erinnerte mich auf unangenehme Weise an meine letzte Aufzugfahrt im K2. Ich fragte mich voller Unbehagen, ob das Schiff vielleicht noch stärker beschädigt war, als ich ohnehin schon fürchtete.

»Die Himalaja-Basis wurde komplett zerstört«, antwortete Howard. »Ich fürchte, dass es keine Überlebenden gibt. Und auch sämtliche Einrichtungen dürften unwiederbringlich verloren sein.«

Nach dem, was ich selbst gesehen hatte, hätte mich alles andere auch überrascht. Trotzdem hatte ich plötzlich einen bitteren Geschmack auf der Zunge, der nichts mit der verbrannten Luft zu tun hatte, die ich atmete, und ich musste mich an die matt verchromte Seitenwand des Aufzugs lehnen, weil mir leicht schwindelte. »All diese Menschen sind ... sind tot?«, murmelte ich.

»Und alles Material verloren, das so dringend für unseren Kampf benötigt worden wäre«, bestätigte Howard. Hätte ich auch nur noch den leisesten Zweifel daran gehabt, mit einem Computer zu sprechen, diese Antwort hätte ihn zerstreut.

»Aber was genau ist denn überhaupt passiert?«, fragte ich, hauptsächlich, um meine Gedanken von der schrecklichen Gewissheit des Todes so vieler Menschen abzulenken.

»Ein Meteorit, John«, antwortete Howard. »Sie haben den Meteoritenschauer in den letzten Tagen doch sicher bemerkt.«

»Das war ein Meteorit?«, antwortete ich.

»Ein Eisenmeteorit mit einem Durchmesser von knappen zweihundertdreißig Metern«, belehrte mich Howard. »Und um Ihre nächste Frage vorwegzunehmen, John: Es war kein Zufall.«

»Was soll das heißen, es war kein Zufall?«

»Ich glaube, darüber wollten Admiral Baines und der Ratsherr mit Ihnen sprechen, John«, antwortete Howard.

Der Lift kam mit einem abschließenden Ruckeln zum Stehen, und die Wand vor mir spaltete sich und glitt zischend auseinander. Dahinter erwartete mich ein Raum, der eine deutlich kleinere, darüber hinaus aber identische Kopie des Konferenzraumes im K2 war. Das riesige virtuelle Fenster zeigte dieselbe Aussicht wie oben auf der Brücke (eingeschlossen derselben Wolken), und der einzige Unterschied war vielleicht, dass nur Marisa und der ewig schlecht gelaunte Ratsherr anwesend waren. Von den beiden anderen Mitgliedern des Rates war nichts zu sehen.

Jarvin funkelte mich nur herausfordernd an, doch Marisa hob besänftigend die Hand und zwang zumindest die Andeutung eines Lächelns auf ihr Gesicht.

»John! Ich bin froh, dass es Ihnen gut geht.«

»Gut trifft es nicht wirklich«, sagte ich spröde, ohne Jarvin auch nur einen Sekundenbruchteil aus den Augen zu lassen. »Und was soll das heißen: Der Meteorit war kein Zufall?«

»Howard! Ich hatte dich gebeten ...«, begann Jarvin, doch ich schnitt ihm mit einer herrischen Geste das Wort ab.

»Ich habe ihn gefragt«, log ich.

Marisa hob ebenfalls die Hand und schickte auch noch einen warnenden Blick hinterher, um Jarvin vollends zum Schweigen zu bringen. »Sie haben ja Recht, John. Wir hätten es Ihnen längst sagen sollen ... aber es ging alles so schnell...«

Ihr Lächeln wurde nur noch einmal eine Spur trauriger, während sie sich setzte und mir mit einer Kopfbewegung bedeutete, dasselbe zu tun. Ich gehorchte, wenn auch erst, nachdem sich Jarvin gesetzt hatte.

»Diese Meteoriten stürzen schon seit Jahren auf die Erde«,

begann Marisa. »Sie sind Teil eines großen Schwarms, durch den dieser Planet zweimal im Jahr zieht.«

»Zweimal im Jahr?«, ächzte ich.

»Wie gesagt: Es ist ein großer Schwarm«, bestätigte Marisa. »Etwas wirklich Großes muss in den Kuiper-Gürtel eingedrungen sein und dort alles durcheinandergebracht haben.«

»Das müsste dann aber etwas von der Größe eines Planeten gewesen sein«, gab ich zu bedenken.

»Ja, das dachten unsere Wissenschaftler auch«, antwortete Marisa. »Wenigstens am Anfang. Howard?«

Aus dem Fenster wurde eine zweidimensionale und nicht maßstabsgerechte Darstellung des Sonnensystems, auf der der Kuiper-Gürtel einen Ring aus glitzerndem Diamantstaub hinter der Umlaufbahn des Neptun bildete. Auf den zweiten Blick fiel mir auf, dass es hinter Neptun gleich noch eine ganze Anzahl weiterer Zwergplaneten zu geben schien, die dort eigentlich nichts zu suchen hatten. Dann wurde mir klar, dass sie zu meiner Zeit einfach noch nicht entdeckt worden waren.

Plötzlich geriet dieser mir bisher unbekannte äußere Teil des Sonnensystems in Unordnung, als etwas Großes und Wirbelndes wie ein kosmischer Taifun hindurchfuhr und alles durcheinanderbrachte. Mindestens einer der namenlosen Zwergplaneten verschwand auf Nimmerwiedersehen in den Tiefen des Universums, und das Diamantendiadem des Kuiper-Gürtels, jenes Ringes aus Milliarden und Abermilliarden kosmischer Trümmerstücke, der die Ekliptik umschloss, explodierte. Was immer es war, das dieses Chaos verursachte, war mächtig genug, um eine Himmelsmechanik zu zerstören, die seit gut vier Milliarden Jahren wie eine riesige zuverlässige Gottesmaschine funktioniert hatte. Der Kuiper-Gürtel brach nicht wirklich auseinander, aber er verlor einen Gutteil seiner Masse, der sich wie eine Lawine von wahrhaft galaktischen Dimensionen in Richtung Sonne ergoss; eine ungeheuerliche Lawine aus kosmischen Felsbrocken, jeder einzelne so groß wie der Mount Everest.

»Das Ganze hat vor einem guten Jahrhundert angefangen«, fuhr Marisa fort. »Am Anfang waren wir noch der Meinung, Opfer eines kosmischen Phänomens geworden zu sein.«

»Am Anfang?«, hakte ich nach.

»Dort draußen ist nichts«, antwortete sie kopfschüttelnd. »Wir haben ein Dutzend Sonden hinaufgeschickt und unsere besten Teleskope und Messinstrumente eingesetzt. Dort draußen ist absolut nichts.«

»Das ist vollkommen unmöglich«, sagte ich zögernd, und jetzt war es Howard, der antwortete.

»Es ist Magie. Oder die praktische Anwendung einer Naturgewalt, die von den meisten Menschen Ihrer Zeit als Magie bezeichnet wurde.«

»Soll das heißen, das waren *sie*?«

»Am Anfang war es nur eine Vermutung – oder eine Befürchtung, je nachdem, welches Wort Sie bevorzugen«, sagte Jarvin. »Aber vor einigen Jahren geschah dann das.« Der Tanz der Lichtpunkte auf dem Monitor veränderte sich. Im ersten Moment schien er einfach nur noch chaotischer zu werden, doch nach einigen weiteren Momenten fiel mir auf: Mehr und mehr der vermeintlichen Funken lösten sich aus der kosmischen Schutthalde, die in Richtung der Sonne stürzte, und nahmen Kurs auf den dritten von acht blinkenden Punkten, die die Sonne umkreisten.

»Etwas lenkt sie«, murmelte ich erschüttert.

»Und es werden immer mehr«, bestätigte Jarvin. »Was immer sie tun, sie werden besser darin. In den ersten Jahren sind die Meteoriten ungezielt niedergegangen und haben kaum Schaden angerichtet.«

»Dann war das vorhin ein Zufallstreffer?«, fragte ich zweifelnd.

Statt zu antworten, drehte sich Jarvin halb auf seinem Stuhl herum, um auf den Monitor zu sehen. Einer der winzigen Punkte hatte zu pulsieren begonnen und nahm dabei einen boshaften leuchtend roten Farbton an. »Das haben wir vor vier Tagen entdeckt.« Der Punkt pulsierte rascher, und eine unterbrochene Linie zeigte den Kurs an, den er nehmen würde. Ich war nicht wirklich erstaunt.

»Das ist der Brocken, der uns getroffen hat«, vermutete ich.

»Wir haben bis zum Schluss gehofft, dass wir uns irren«, sagte Howard. »Der Meteorit wurde gelenkt. Es gab sogar einige Kurskorrekturen.«

»Und das habt ihr gewusst?«, fragte ich, plötzlich kaum noch imstande, mich zu beherrschen angesichts dessen, was dies wirklich bedeutete. »Ihr habt gewusst, wo er einschlagen wird? Und warum dann diese Evakuierung in letzter Sekunde, bei der die Hälfte der Menschen zurückbleiben musste, wenn ihr es seit vier Tagen gewusst habt?«

»Ich fürchte, es waren eher neunzig Prozent, statt der Hälfte«, antwortete die Computerstimme eisig. »Aber ganz davon abgesehen, dass wir gar nicht die Kapazität gehabt hätten, einen nennenswert größeren Anteil der Bevölkerung zu evakuieren, war das Ziel bis vor wenigen Stunden noch ein anderes. Der Angriff galt unserer Bergfestung in den europäischen Alpen. Sie wurde rechtzeitig evakuiert. Aber dann gab es eine Kurskorrektur, und der Meteorit nahm Kurs auf den K2.«

»Eine Falle, weil Sie die Evakuierung bemerkt haben?«, vermutete ich.

Jarvin schwieg, aber ich hatte das Gefühl, dass er es aus

einem ganz bestimmten Grund tat, den ich nicht kannte, der mir aber nicht gefallen hätte.

»Die Kurskorrektur und der Angriff auf den K2 haben nahezu gleichzeitig stattgefunden«, sagte Howard.

Mir war völlig bewusst, dass es weder klug noch konstruktiv von mir war, aber ich konnte nicht anders, als mit einem bösen Blick in Jarvins Richtung hinzuzufügen: »Wir sprechen von demselben Angriff, bei dem sie eine uneinnehmbare Festung ohne Probleme überrannt haben?«

Jarvin setzte zu einer gereizten Antwort an, doch Howard kam ihm zuvor. »Die Wahrscheinlichkeit, dass es sich dabei um einen Zufall handelt, liegt bei unter einem Promill«, sagte er. »Tatsächlich war uns diese Unterart der Shoggoten bisher nicht einmal bekannt.«

»Wahrscheinlich haben sie sie genau für diesen Angriff erst erschaffen«, sagte ich. »Und ich vermute, da ist noch etwas, das Sie mir nicht gesagt haben, weil es nicht wichtig für mich ist?«

Marisa konnte wohl nicht anders, als einen raschen Blick mit Jarvin zu tauschen. Der Ratsherr war ein deutlich besserer Schauspieler als sie, denn er reagierte nicht einmal mit dem Verziehen einer Miene, aber sie verschwiegen mir etwas, dessen war ich jetzt sicher.

»Unglückseligerweise ist da tatsächlich noch etwas«, gestand Marisa schließlich. Auf dem Bildschirm begann ein weiterer Punkt zu blinken und schickte eine unterbrochen Linie voraus.

»Ein weiterer Meteor?«, fragte ich.

»Die statistische Bezeichnung ist ellenlang, und ich vermute, dass nicht einmal Howard sie sich merken könnte«, antwortete Marisa mit einem angedeuteten schmerzlichen Lächeln, »aber wir haben ihn aus gegebenem Anlass Apophis getauft. Wenn er seinen gegenwärtigen Kurs und Geschwindigkeit beibehält, wird er morgen kurz nach Sonnenaufgang einschlagen.«

»Und wo?«, fragte ich. Diesmal war ich sicher, dass mir die Antwort nicht gefallen würde, und ich sollte Recht behalten; wenn auch in anderer Hinsicht, als ich dachte.

»Das ist vollkommen egal«, sagte Jarvin.

Ich starrte ihn an. »Wieso?«

»Weil Apophis einen Durchmesser von über elf Kilometern hat«, antwortete Jarvin. »Es ist vollkommen egal, wo er einschlägt. Apophis ist ein Planetenkiller.«

Es wurde still. Sehr still. Für sehr lange.

»Das heißt, dieses ... Ding ...« Ich musste mich beherrschen, um nicht vollkommen die Fassung zu verlieren, atmete tief ein und setzte noch einmal an.

»Sie glauben, er wird die Erde zerstören?«

»Nicht den Planeten, wenn Sie das meinen«, sagte Howard. »Aber die Folgen für das Leben auf der Erde wären katastrophal. Ein Feuersturm auf dem ganzen Planeten, gefolgt von vielleicht monatelanger Dunkelheit und einem nuklearen Winter zwischen zehn und hundert Jahren. Das Ende jeder höheren biologischen Lebensform auf der Erde, einschließlich der Menschheit.«

Diesmal dauerte das Schweigen sogar noch länger.

»Aber Sie können ihn abwehren«, sagte ich schließlich. Ich hörte sogar selbst, wie nervös meine Stimme klang. »Ich meine, Sie ... Sie schießen eine Rakete auf ihn ab und sprengen ihn in die Luft oder so etwas?«

»Apophis besteht aus massivem Granit, John«, sagte Marisa leise. »Genau wie der Meteorit, der den K2 getroffen hat, und Sie haben gesehen, was er angerichtet hat.«

Das hatte ich.

»Selbst die größten Nuklearwaffen in unserem Arsenal würden ihm nur eine Schramme verpassen«, fuhr Marisa mit ganz leiser, bitterer Stimme fort. »Und selbst wenn es anders wäre und wir ihn zerstören könnten, würden wir nur eine große Gefahr gegen tausend kleinere eintauschen, deren Wirkung möglicherweise noch verheerender wäre. So oder so wäre das Ergebnis dasselbe.«

»Natürlich haben wir Apophis' Kurs verfolgt«, sagte Howard. »Genau wie den aller anderen großen Meteore, die der Erde nahe zu kommen drohen. Bis vor Kurzem war er auf einem Kurs, auf dem er uns um eine halbe Million Kilometer verfehlt hätte.«

»Bis wann war das so?«, fragte ich. Nicht dass ich die Antwort nicht schon ahnte.

»Bis heute Morgen«, antwortete Howard mit einer Erbarmungslosigkeit, zu der wohl nur Maschinen imstande sind. »Apophis scheint seinen Kurs zur gleichen Zeit geändert zu haben, in dem der Angriff auf den K2 begann.«

Was das bedeutete, musste er mir nicht eigens erklären.

»Und was können wir jetzt noch tun?«

»Es gibt noch eine ...«, begann Howard, und Jarvin unterbrach ihn: »Nichts mehr. Wir haben verloren, John.« Er nickte grimmig. »Aber wir können dafür sorgen, dass sie dieser Sieg teuer zu stehen kommt.«

Ich hatte das unbehagliche Gefühl zu wissen, was auch das bedeutete, aber auch, dass ich es gar nicht wissen wollte.

»Aber das ist Wahnsinn«, murmelte ich hilflos. »So verrückt können nicht einmal Sie sein! Was haben sie von einer Welt, auf der nichts mehr lebt?«

»Diese Geschöpfe rechnen in anderen Zeiträumen, John«, antwortete Howard. »Sie können warten. Die Erde wird sich erholen, vielleicht in hundert oder auch erst in tausend Jahren. Welche Rolle spielt das für einen Feind, der schon einmal zweihundert Millionen Jahre lang gewartet hat? Irgendwann wird die Sonne wieder aufgehen, und dann kommen sie aus dem Meer und betreten eine Welt, auf der es niemanden mehr gibt, der sie noch aufhalten könnte.«

»Es muss einen Grund geben, aus dem wir Sie erwecken sollten, John«, sagte Howard. »Wir wissen nicht viel über die Wesen, die uns die Nachricht über Sie geschickt haben und die Sie Dämonen nennen. Nur dass sie sich große Mühe gegeben haben, um Kontakt mit uns aufzunehmen, und es sie enorme Opfer gekostet haben muss. Es muss einen Grund dafür geben.«

»Sie wollen, dass ich sie zurückbringe«, antwortete ich säuerlich. Die höllischen Kreaturen, die ich Zeit meines Lebens mit jeder Faser meiner Selbst bekämpft hatte. Die Tausende, wenn nicht Zehntausende von Menschen getötet, wenn nicht zu einem noch viel schlimmeren Schicksal verdammt hatten und es mit Millionen mehr getan hätten, hätten meine Freunde und ich sie nicht daran gehindert; und nur zu oft unter Einsatz unserer Leben. Und ausgerechnet ich sollte helfen, sie zurückzuholen? Das war absurd. Selbst wenn ich es konnte – was ich bezweifelte –, und selbst wenn es den gewünschten Effekt hätte, was ich noch mehr bezweifelte, nachdem ich mit eigenen Augen gesehen hatte, wozu diese Ungeheuer imstande waren – ich war noch nicht bereit dazu.

Ich dachte an das wunderschöne Antlitz von Asmodina, der Teufelstochter, die zugleich auch in einer anderen, viel grauenhafteren Gestalt in Erscheinung treten konnte, nämlich als Apep, die Höllenschlange. Und Apep war niemand Geringeres als die ägyptische Gottheit Apophis. Welch eine Ironie, dass die Menschen den heranrasenden Planetenkiller ausgerechnet nach ihr benannt hatten.

Mir fiel auf, wie still es schon wieder geworden war, und erst danach, dass diese Stille schon eine ganze Weile andauerte und Marisa und Jarvin mich erwartungsvoll ansahen. Dann begriff ich.

»Sie glauben, dass ich Ihnen etwas verschweige«, sagte ich. »Aber das tue ich nicht. Ich weiß nicht, wie ich Ihnen helfen kann. Ich bin von allen an Bord vermutlich derjenige, der sich am wenigsten auskennt und am wenigsten weiß, wie man diese Ungeheuer aufhalten kann.«

Jarvin verzog nur verächtlich die Lippen, während Marisa so betroffen aussah, dass sich beinahe mein schlechtes Gewissen geregt hätte.

Aber nur beinahe.

»Dann ist es wohl so weit«, sagte Jarvin.

Marisa schüttelte eindeutig erschrocken den Kopf. »Wir waren uns einig, oder? Dass es der allerletzte Ausweg ist.«

»Eben«, antwortete Jarvin grimmig.

»Worüber reden Sie?«, wollte ich wissen, allmählich von einem wirklich unguten Gefühl ergriffen.

»Nur ein ... alter Streit zwischen uns«, antwortete Marisa zögernd. Ich spürte, dass sie log.

In diesem Moment lief ein sachtes Zittern durch den Boden des Schiffs, und mir kam es so vor, als nehme die Schlagseite der Lovecraft noch einmal zu.

»Howard?«, fragte Marisa.

Die improvisierte Sternenkarte erlosch, und das virtuelle Fenster zeigte jetzt wieder dasselbe Bild wie bei meinem Eintreten. Jedenfalls beinahe. Etwas hatte sich verändert, aber ich kam nicht sofort darauf was.

Die Kamera zoomte heran, und der für Logik und Rationalität zuständige Teil in mir bestand darauf, dass das, was ich sah, nicht wahr sein konnte. Dann wurde mir klar, dass

Marisa offensichtlich die Wahrheit gesagt hatte. Wo das Mittelmeer sein sollte, erstreckte sich eine endlose Ebene aus salzverkrustetem Sand und Fels, aus dem einige wenige riesige Berge ragten – die ehemaligen Inseln, nahm ich an –, und was ich für die Silhouetten ferner Gebirge gehalten hatte, waren die fast senkrecht abstürzenden Flanken des ehemaligen Kontinentalsockels.

Das allein wäre schlimm genug gewesen, aber Howard war erbarmungslos und zoomte das Bild noch weiter heran, damit mir auch nicht das winzigste Detail dessen entging, was die Stelle all der ungezählten Trillionen Tonnen Wasser einnahm, die den Meeresgrund eigentlich bedecken sollten.

Es war unmöglich zu sagen, was ich dort wirklich sah. Es konnten Gebäude sein, Türme und Straßen und klaffende schwarze Abgründe und buchstäblich sinnverdrehende Linien und Formen, deren bloßer Anblick Übelkeit und Entsetzen auszulösen vermochte, wenn man den Blick zu lange auf einer bestimmten Stelle verweilen ließ; Gebilde von geradezu obszönen Ausmaßen, zwischen denen sich schwarze Kreaturen mit Tentakeln und glotzenden Zyklopenaugen suhlten, die voller stummem Hass zu uns heraufstarrten. Nur hier und da waren noch verbrannter Meeresboden oder große Schollen aus zerbrochenem Salz zu sehen, die sich noch gegen die schwarze Pest behaupteten, die von den Sternen gekommen war. Doch die Invasoren befanden sich eindeutig auf dem Vormarsch. Nirgendwo war eine Spur von Leben zu entdecken, nicht nach der Definition dieses Wortes, die bisher auf dieser Welt gegolten hatte.

Es war nicht das erste Mal, dass ich so etwas sah, ganz im Gegenteil. Die Bilder, die uns die Sonde vom Heimatplaneten der Großen Alten gezeigt hatte, waren tausendfach erschreckender gewesen, und doch … es war ein fremder Planet gewesen, eine Welt irgendwo im Universum, düster und verheerend, aber nicht Teil unserer Schöpfung. Das hier war die Erde. Die Welt, die die Menschen hervorgebracht hatte und meine Heimat war.

Während die Lovecraft allmählich tiefer sank, kam ein absolut steil in die Höhe ragender Berg vor uns in Sicht – das ehemalige Sizilien, wie mir seine Form auf den zweiten Blick verriet – dessen gebirgiges Plateau wenigstens noch mit einigen grünen Arealen aufwartete, auch wenn sich die schwarze Pest bereits darangemacht hatte, an seinem Sockel emporzuwuchern. Die Ruinen einer verlassenen Stadt kamen in Sicht, die einst an der Küste gelegen haben musste und sich jetzt über einen meilentiefen Abgrund erhob, in dem schwarzer Wahnsinn brodelte.

»Landen wir etwa?«, fragte ich beunruhigt. Zumindest dem erschrockenen Flackern in ihrem Blick nach zu schließen teilte ich dieses Gefühl durchaus mit Admiral Baines, und auch Jarvin wirkte nicht mehr ganz so unberührt wie bisher.

»Vielleicht für eine Stunde oder etwas mehr«, sagte die Stimme des Schiffes. »Es müssen Reparaturen durchgeführt werden, die in der Luft unmöglich sind.«

Das gefiel nun wirklich keinem von uns, wie das anschließende betretene Schweigen deutlich machte, und offensichtlich war es Marisa und den Ratsherren ebenso neu wie mir.

Die Lovecraft glitt über die verheerte Stadt hinweg und folgte eine kurze Zeit dem Lauf eines ausgetrockneten Flusses, verlor noch einmal Höhe und kam schließlich über einer großen Ebene zum Halten, die einstmals eine der für diese Region typischen Olivenplantagen gewesen sein mochte. Jetzt erstreckte sich nur noch ein Meer verdorrter schwarzer Strünke unter uns, wie ein Menetekel dessen, was bald die ganze Welt verschlingen sollte.

Ganz kurz, bevor wir aufsetzten und der Boden endlich wieder in die Waagerechte zurückkippte, blitzte es am Rande meines Gesichtsfelds auf, und einen Sekundenbruchteil später schoss eine gewaltige Feuersäule auf halbem Wege zum Horizont in die Höhe.

»Nur eine verirrte Vorhut«, sagte Howard. »Darüber hinaus scheint das Gelände sicher zu sein.«

In diesem Satz war ein Wort, das mir ganz und gar nicht gefiel, aber ich war es müde, den Spielverderber zu geben, also hielt ich die Klappe und konzentrierte mich darauf, was das angebliche Fenster zeigte. Viel war es nicht. Tote Olivenbäume erstreckten sich in geometrisch präzise gezogenen Reihen bis zum Horizont und wahrscheinlich darüber hinaus, und dahinter dräute etwas Uraltes und Böses, das mit normalen menschlichen Sinnen nicht zu erfassen und mit Worten jedweder menschlichen Sprache nicht zu beschreiben war. Sie waren schon hier und warteten auf uns, begriff ich. Es brauchte keinen Supercomputer aus der Zukunft, um mir das zu sagen.

»Eine Stunde?«, fragte ich nervös.

»Vielleicht etwas länger«, antwortete Howard. »Aber diese Zeit sollte ausreichen.«

Auch in diesem Satz war ein Wort, das mir ganz und gar nicht gefiel. »Sie wissen, dass wir hier sind«, erinnerte ich.

»Sie sind sogar schon auf dem Weg zu uns«, bestätigte das Schiff ungerührt. »Aber unsere Bewaffnung reicht vollkommen aus, um sie in Schach zu halten. Und bevor ihre Hauptmacht heran ist, sind wir bereits wieder in der Luft und in Sicherheit. Zum Glück sind sie nicht schnell.«

»Und können nicht fliegen?«, fragte ich hoffnungsvoll.

»So viel wir wissen nicht«, antwortete Jarvin. »Zumindest sind uns keine fliegenden Kreaturen begegnet.« Er lachte bitter. »Wozu auch? Ganz egal, wie hoch entwickelt unsere Luftschiffe sind, am Ende müssen sie ja doch irgendwo landen.«

»Und irgendwann wird es nichts mehr geben, wo sie landen können, ich verstehe«, seufzte ich, wartete vergeblich darauf, dass er widersprach und wandte mich dann wieder zum Fenster um, als die Geschütze der Lovecraft abermals aufblitzten. Diesmal erfolgte die Explosion ein gutes Stück näher, aber ich tat so, als wäre es mir nicht aufgefallen.

Das Brummen der Motoren erlosch endgültig, und ich bildete mir ein zu spüren, dass das Luftschiff schon wieder eine sachte Schlagseite bekam, behielt diesen Gedanken aber wohlweislich für mich. Zumal Jarvin in diesem Moment auch aufstand und sich mit wichtigem Gesicht zur Tür wandte. »Ich muss die Reparaturen überwachen.«

Als sich die Tür hinter ihm geschlossen hatte, wandte sich Marisa mit unüberhörbar besorgter Stimme an Howard. »Du achtest darauf, dass er nichts Dummes tut?«

»Selbstverständlich«, antwortete Howard. »Und wenn ich darüber hinaus noch ...«

»Privatmodus«, unterbrach Marisa ihn, und der Computer brach mitten im Satz ab. »Wir sind jetzt unter uns«, sagte Marisa. »Wenn Sie also etwas auf dem Herzen haben, das auch unter uns bleiben soll, dann sagen Sie es jetzt.«

»Oder schweigen für immer?«, fragte ich amüsiert, erntete aber nur einen verwirrten Blick und machte eine wegwerfende Geste. »Eine alte Redensart aus meiner Zeit. Und eigentlich hatte ich eher das Gefühl, Ihnen läge etwas auf dem Herzen.«

»Sie sind ein guter Beobachter, John«, antwortete sie. »Oder aber ich bin so leicht zu durchschauen.«

Sie wollte nicht mit der Sprache heraus, so viel war klar.

Was immer sie mir sagen wollte – oder eben auch nicht – musste ihr wirklich schwerfallen. Ich schwieg.

»Wir müssen auf Jarvin aufpassen«, fuhr Marisa nach ein paar Sekunden fort. Sie sah mich dabei nicht direkt an, und auch ihre Stimme klang eher so, als rede sie mit sich selbst. »Ich fürchte, er könnte etwas sehr Dummes tun.«

»Hatten Sie nicht Howard bereits gebeten, ein Auge auf ihn zu werfen?«, fragte ich und kam mir sofort dämlich dabei vor. Jetzt war weiß Gott nicht der Moment für schale Witze.

Marisa schien es nicht einmal gehört zu haben. »Das Schlimme ist, dass er damit vielleicht sogar Recht hat«. fuhr sie fort. »Und dass es nichts gibt, was ich tun könnte, um ihn aufzuhalten.«

Ich wusste zwar immer noch nicht wovon sie redete, fragte aber trotzdem: »Ich dachte, dass Sie ...?«

»Dass ich hier diejenige bin, die das Sagen hat?« Marisa schüttelte den Kopf. »Ich befehlige das, was von unserem Militär noch übrig ist, aber die Entscheidungen trifft der Rat.«

»Dann überzeugen Sie die beiden anderen, ihn zu überstimmen.« Wobei auch immer.

»Malcolm und Sarah haben es nicht geschafft«, antwortete Marisa. »Und ihre beiden Stellvertreter ebenfalls nicht. Im Augenblick besteht der Rat nur aus Jarvin.«

»Wie praktisch«, murrte ich. »Das heißt im Klartext, er hat jetzt hier das Sagen.«

»Und damit hat er praktisch freie Hand ...«, antwortete Marisa düster. »... genau das zu tun, was er vorhin gesagt hat. Dafür zu sorgen, dass es sich für sie nicht mehr lohnt.«

Natürlich war mir klar, wovon sie sprach, aber ich war noch nicht so weit, es zuzugeben. »Unser letztes Gespräch«, sagte ich zögernd. »Die Waffe, mit der die Großen Alten schon einmal geschlagen wurden ... Sie haben sie also gefunden?«

»Nein«, antwortete Marisa, ließ mir gerade genug Zeit, erleichtert aufzuatmen, und fuhr dann fort: »Wir haben eine eigene gebaut. Eine schlimmere.«

»Und Jarvin will sie einsetzen.«

»Dieses Mal würde nichts mehr übrig bleiben.« Marisa nickte. »Nicht einmal mehr der Planet selbst. Wenn sie uns besiegen, dann wird es ein Sieg sein, über den sie sich nicht lange freuen.«

Das Schlimme war, dass ich Jarvin sogar verstehen konnte. Ein Teil von mir fand tatsächlich Gefallen an dieser kindischen Rachefantasie, ihnen den vermeintlichen Sieg gründlich zu vermiesen. Aber einen ganzen Planeten zu vernichten? Allein die Vorstellung war so monströs, dass es mir schwerfiel, diesen Gedanken auch nur zu denken. »Aber noch ist es nicht so weit«, fuhr Marisa fort und klang gezwungen optimistisch. »Jarvin ist weder dumm noch lebensmüde. Aber er wird die ultima ratio wählen, wenn wir verlieren, ja.«

»Das wäre dann morgen kurz nach Sonnenaufgang«, sagte ich düster, schüttelte zugleich aber auch den Kopf. »Wenn ihr eine solche Super-Bombe habt, dann sprengt diesen verdammten Meteor doch aus dem All!«

»Es ist keine Bombe, und Apophis ist nicht das Problem«, behauptete Marisa. »Ihn zu zerstören wäre keine Lösung. Dort draußen sind noch tausend weitere Steine, mit denen sie nach uns werfen können, und viele davon sind sogar noch größer. Wir …«

»Verzeihung, wenn ich mich einmische«, schaltete sich Howard ein, »aber ich habe möglicherweise etwas Wichtiges entdeckt.«

»Was?«, fragten Marisa und ich wie aus einem Mund.

Das Fenster wurde dunkel, erwachte zu neuem Leben und zeigte ein Bild, das ich schon einmal gesehen hatte, nämlich das brennende London, in dem sich Menschen, Dämonen und schwarze Albtraummonster eine erbitterte Schlacht jeder gegen jeder lieferten. Dennoch war etwas anders, auch wenn ich im ersten Moment nicht sagen konnte was.

»Was sehen wir da?«, fragte Marisa.

»Ich habe begonnen, Oculus' Erinnerungsspeicher auszulesen, und bin dabei auf Fragmente gelöschter Dateien gestoßen«, antwortete Howard. »Offenbar handelt es sich um einen Teil der Botschaft, den wir bisher noch nicht gesehen haben.«

»Soll das heißen, er hat euch diese Szenen vorenthalten?«, fragte ich.

»Solange die Oculus-Einheit nicht wieder online ist, kann ich das nicht beantworten«, sagte Howard, der offenbar zwischen einer eigenen Persönlichkeit und einer reinen Software hin und her wechselte, wie es ihm gerade passend erschien. »Möglicherweise hat er sie für irrelevant gehalten.«

»Und was genau ist daran ... relevant?«, fragte ich, ohne den Blick von den chaotischen Szenen auf dem Bildschirm zu nehmen. Howard antwortete nicht darauf, aber der Bildausschnitt änderte sich und zeigte nun eine halb zerstörte Straße, in der ein erbitterter Kampf tobte, ohne dass ich genau erkennen konnte, wer gegen wen kämpfte. Wahrscheinlich spielte es auch gar keine Rolle. Und im nächsten Moment interessierte es mich auch nicht mehr, denn der Monitor zeigte ein Detail, das mir schier den Atem stocken ließ.

Inmitten tobender Explosionen und zuckender Tentakel waren zwei rennende Gestalten zu erkennen, die sehr sonderbare Waffen trugen, mit denen sie silberfarbene Blitze in alle Richtungen schleuderten, und ganz in schwarz gekleidet waren.

Ich kannte die beiden Männer.

Der eine war Saron.

Und der andere ich selbst.

»Aber das ist doch unmöglich«, murmelte Admiral Baines. »Das muss ein Fehler sein! Hast du die Bilder überprüft?«

»Jedes einzelne«, antwortete Howard. »Sie entstammen zweifelsohne derselben Quelle wie der uns bekannte Rest der Botschaft.«

»Aber das kann nicht echt sein«, sagte ich. »Jemand hat sich einen schlechten Scherz erlaubt oder einen Fehler gemacht! Wahrscheinlich ist das auch der Grund, aus dem Oculus diese Sequenz herausgeschnitten hat!«

»Wann können wir ihn dazu befragen?«, fragte Marisa.

»Das ist ungewiss. Ich habe mit der Reaktivierung seiner sekundären Schaltkreise begonnen, aber ...«

»Wann?«, unterbrach ich ihn scharf.

»Auf jeden Fall nicht vor dem nächsten Sonnenaufgang«, antwortete Howard. Das war nicht nur nicht die Antwort, die ich hatte hören wollen, sondern auch eine sehr eigenartige Formulierung für einen Computer; ganz gleich wie hoch entwickelt er auch sein mochte. »Ich arbeite mit Hochdruck daran, Oculus wieder zu aktivieren, aber ohne die Ressourcen der Basis sind meine Möglichkeiten eingeschränkt. Ich bin nicht einmal ganz sicher, ob es überhaupt gelingt, seine höheren Denkroutinen wieder zu aktivieren.«

Das hatte ich sogar noch sehr viel weniger hören wollen, aber mit dem Schicksal zu hadern brachte mich auch nicht weiter. Ich wollte eine Bemerkung machen, doch in diesem Moment ging ein Ruck durch das Bild, und die beiden Gestalten waren wieder am Anfang der brennenden Straße und begannen ihren Spießrutenlauf von vorn.

»Das war die ganze Szene? Und die einzige?«

»Die Oculus-Einheit wurde mit großer Hast aus dem Kontrollzentrum entfernt, und ich fürchte, dass dabei einiger Schaden angerichtet wurde«, sagte Howard. »Ich versuche Zugriff auf seine internen Backup-Systeme zu erlangen, aber bisher …«

»Ja, schon gut«, unterbrach ich ihn. »Mach weiter. Ich muss mit Saron sprechen. Wo finde ich ihn?«

»Saron befindet sich nicht an Bord, sondern …«

»Das ist Unsinn!«, unterbrach ich ihn so erschrocken, dass ich mich zusammenreißen musste, um nicht zu schreien. »Wir sind zusammen an Bord gekommen!«

»Und da war er auch bis vor wenigen Augenblicken«, belehrte mich Howard. Er klang ein bisschen amüsiert, fand ich. »Er ist draußen, um bei den Reparaturen zu helfen.«

Gab es eigentlich irgendetwas, das dieser Bursche nicht konnte? Ich stand auf. »Dann bring mich bitte zu ihm. Oder ruf ihn noch besser her. Vielleicht weiß er ja, was das alles bedeutet.«

»Eine Kommunikation außerhalb des Schiffes ist momentan nicht möglich. Viele meiner Systeme sind leider stark in Mitleidenschaft gezogen, und …«

»Ja, ich verstehe«, sagte ich hastig, bevor er noch Gelegenheit bekam, mir den Schaden an jeder einzelnen Lötstelle im Detail aufzulisten. »Ich gehe nach draußen und suche ihn.«

»Es wäre mir lieber, wenn Sie das nicht tun, John«, sagte Marisa.

»Mir auch, Admiral«, versicherte ich. »Aber ich kann nicht herumsitzen und Däumchen drehen.« Marisa sah mich fragend an, und ich fügte mit einer erklärenden Geste hinzu: »Nichts tun.«

»Dann nehmen Sie auf jeden Fall Ihre Waffe mit«, sagte Marisa mit einer Kopfbewegung auf die schwere Pistole an meinem Gürtel.

»Weil es dort draußen ja vollkommen ungefährlich ist, nicht wahr?«

Ironie schien es auch nicht in diese schöne neue Welt geschafft zu haben, denn Marisa sah mich verständnislos an, und selbst Howards Schweigen wirkte irgendwie irritiert. Immerhin öffnete er mir gehorsam die Tür, und der Lift brachte mich direkt hinunter in die große Halle, durch die Saron und ich das Schiff vorhin betreten hatten.

Auch jetzt summte sie geradezu vor Aktivität. Dutzende, wenn nicht Hunderte von Menschen waren emsig mit Dingen beschäftigt, die ich gar nicht erst zu verstehen versuchte, und mir fiel auch jetzt wieder zweierlei auf: Ich sah nahezu ausschließlich Männer – junge Männer, sehr wenige Frauen und kein einziges Kind –, und ein Großteil der Arbeiten, die ich beobachtete, erschien mir vollkommen sinnlos; zumindest in einer Welt, in der es kein Problem sein sollte, schwere oder monotone Arbeiten von Maschinen erledigen zu lassen.

Ich passierte erneut den großen motorisierten Schlitten, der mir schon beim Einsteigen aufgefallen war, und blieb für einen Moment stehen, um ihn genauer in Augenschein zu nehmen.

Die stachelige Kugel, die darauf thronte, hatte einen Durchmesser von gut zwei Metern und erinnerte an nichts so sehr wie an eine antike Seemine aus dem Ersten Weltkrieg, bestand aber aus irgendeinem High-Tech-Material, an dem der Blick abzugleiten schien wie ein Wassertropfen an Teflon. Vergängliche Lichter schienen sich unter ihrer Oberfläche zu bewegen und immer dann zu erlöschen, wenn ich sie genauer zu fixieren versuchte. Es war, als wollte diese ominöse Kugel nicht gesehen werden.

»Ist das ...?«

Oculus, ja. Diesmal erklang die Stimme des Schiffes eindeutig direkt in meinem Kopf, ohne den Umweg über meine Ohren zu nehmen; zweifellos ein weiteres technisches Wunder, mit dem dieses fantastische Schiff aufwartete.

Seine zentrale Prozessoreinheit, fügte die Stimme an.

Das also war das Gehirn der Basis, die Seele des Computers, mit dem ich noch vor wenigen Stunden gesprochen hatte – jetzt nichts weiter als eine Ansammlung von Schaltkreisen, Silikon und gedruckten Verbindungen und vielleicht noch fortschrittlicherer Technik, die ich mir nicht einmal vorstellen konnte. Eine sonderbare Mischung aus Ehrfurcht und Enttäuschung ergriff mich, während ich näher trat und mich dabei bemühte, den Männern nicht im Weg zu sein, die emsig an der beeindruckenden Maschine arbeiteten.

»Wie sieht es aus?«, fragte ich.

Das kann ich noch nicht sagen. Aber ich fürchte, die Schäden sind umfangreicher, als es im ersten Moment den Anschein gehabt hat.

Natürlich war dieser Gedanke unsinnig – und doch war ich fast sicher, einen deutlichen Unterton von Trauer in Howards lautloser Stimme zu hören. Aber wer sagte eigentlich, dass ein Computer keine Gefühle haben konnte, wenn er nur hoch genug entwickelt war? Wenn man es genau nahm, war das Gehirn eines Menschen ja auch nichts anderes als ein Computer, nur aus Fleisch und Blut statt aus Silikon und Gold.

Ich habe Saron identifiziert, wechselte Howard das Thema. *Aber Sie werden selbst hinausgehen müssen. Im Moment ist es mir nicht möglich, Kontakt mit jemandem außerhalb des Schiffes aufzunehmen.*

Ich war schon auf halbem Wege zur Rampe, bevor er den Satz ganz zu Ende gesprochen hatte, und kniff im ersten Moment geblendet die Augen zusammen. Es war warm, fast schon heiß, und ein trockener, intensiv nach Salz und vermoderndem Tang riechender Wind schlug mir ins Gesicht. Das Licht der hoch stehenden Sonne war so grell, dass es mir fast die Tränen in die Augen trieb, und brannte regelrecht auf meiner Haut. Ich erkannte Dutzende von Gestalten, die in der verbrannten Olivenbaumplantage unter mir herumwuselten, aber sie waren ausnahmslos schwarz gekleidet, und das Licht machte meinen Augen zu schaffen. Unmöglich, ein bestimmtes Gesicht in dieser Menge auszumachen.

»Sind Sie wirklich der Meinung, dass jetzt der richtige Moment für einen Spaziergang ist?«

Da ich nicht nur die Wortwahl, sondern vor allem die Stimme erkannte, machte ich mir nicht einmal die Mühe, mich zu Jarvin herumzudrehen. Eigentlich wollte ich auch nicht antworten, hörte mich dann aber fast zu meiner eigenen Verärgerung doch sagen: »Ich suche Saron. Er muss irgendwo hier draußen sein.«

»Ach ja, ihr Lieblings-Zombie«, sagte Jarvin. Ich hörte seine Schritte auf dem Metall der Rampe hallen, als er näher kam. »Sie scheinen ja wirklich einen Narren an ihm gefressen zu haben. Verraten Sie mir, warum?«

Noch vor wenigen Augenblicken hätte ich fast dazu angesetzt, ihm zu erzählen, was Howard der Admiralin und mir gerade gezeigt hatte, aber seine Worte ärgerten mich über die Maßen, sodass ich nun doch den Kopf drehte und ihn über die Schulter hinweg ärgerlich ansah. »Ich musste nur an unser letztes Zusammentreffen denken«, sagte ich böse. »Es könnte ja immerhin sein, dass Sie wieder jemanden brauchen, der Ihnen das Leben rettet.«

»Ja, das haben Sie in der Tat, vielen Dank«, sagte er in einem Ton, als hätte ich mich lediglich gebückt, um einen fallengelassenen Gegenstand aufzuheben oder etwas noch Banaleres zu tun. »Sie, nicht Ihr Zombie-Freund, wenn ich mich richtig erinnere.«

»Ohne ihn wäre ich nicht einmal in Ihre Nähe gekommen.«

Jarvin hob lediglich die Schultern. Offensichtlich beeindruckten ihn meine Worte nicht sonderlich. »Sie sollten sich Ihre Freunde besser aussuchen, John«, sagte er verächtlich. »Das Leben ist zu kurz, um es mit solchen ... Dingern zu verschwenden.«

»Dinger?« Ich maß die beiden schwer bewaffneten Männer hinter ihm mit einem langen Blick. Ihre Gesichter waren hinter schwarzen Sturmmasken verborgen, wie sie zu meiner Zeit Motorradfahrer oder SEK-Beamte getragen hatten, nur dass sie aus Kevlar oder einem noch widerstandsfähigerem Material bestanden, sodass ich den Ausdruck darauf nicht erkennen konnte. Aber ich war trotzdem ziemlich sicher, dass es sich ebenfalls um zwei dieser ... Dinger... handelte.

»Was ist eigentlich Ihr Problem mit diesen Dingern?«, fragte ich betont. Von denen ich strenggenommen auch eines war.

»Problem?« Jarvin zog verächtlich die Mundwinkel nach unten. »Ich habe kein Problem damit. Aber ich gehöre zu denen, die stolz darauf sind, von einem menschlichen Vater gezeugt und einer menschlichen Mutter geboren worden zu sein. Ihnen mag das nicht viel bedeuten, aber glauben Sie mir, es macht einen Unterschied.«

Seine Worte machten mich zwar immer zorniger, aber ich sah auch keinen Zweck darin, diesen unsinnigen Streit eskalieren zu lassen; und jetzt erst recht keinen mehr darin, ihm etwas von dem zu erzählen, was Baines und ich gerade auf dem Bildschirm gesehen hatten. Vielleicht fand er ja einen richtigen Menschen mit Eltern aus Fleisch und Blut, der es ihm erzählte.

»Ihr Zombie-Freund ist irgendwo dahinten«, sagte Jarvin, nachdem wir uns eine Weile gegenseitig angestarrt hatten. »Duran wird Sie begleiten.«

»Ich brauche keinen Beschützer«, giftete ich.

»Ich weiß«, sagte Jarvin kühl. Zugleich gab er einem der Männer einen befehlenden Wink, woraufhin dieser sein Gewehr von der Schulter nahm und wortlos neben mich trat.

»Ich nehme an, Widerstand ist zwecklos?«, fragte ich.

»Er spricht nicht«, sagte Jarvin.

Das tat ich auch nicht mehr, sondern drehte mich wortlos um, lief die Rampe hinunter und wandte mich in die Richtung, in die der Ratsherr gedeutet hatte. Die Sonne fiel mit noch größerer Wut über mich her, als ich aus dem Schatten des Luftschiffes hinaustrat, und der Boden war so ausgetrocknet, dass unter jedem meiner Schritte kleine gelbe Staubwolken aufwirbelten, die wie Glasstaub auf der Haut brannten, sodass ich mich hütete, sie einzuatmen. Dennoch gewöhnten sich meine Augen an das grelle Licht – was jedoch nicht dazu führte, dass ich Saron etwa entdeckte, sondern mein Mut ganz im Gegenteil mit jedem Schritt weiter sank.

Die Reparaturen waren bereits im Gange. Aus einer der gewaltigen Triebwerksgondeln quoll schwarzer Rauch, und dahinter ergoss sich ein stetiger Wasserfall aus weißen und hellorangenen Funken auf dem Boden, sodass etliche der ausgetrockneten Olivenbaumstrünke schon zu brennen begonnen hatten. Dutzende winziger Gestalten krochen wie Ameisen über die Triebwerksgondel, deren monströse Größe mir erst in diesem Moment richtig bewusst wurde, und eine ganze Anzahl winziger Punkte seilte sich an über die immer noch große Entfernung hinweg unsichtbaren Drahtseilen ab oder stieg auch vermeintlich schwerelos in die Höhe.

Ich ging etwas langsamer, um mich umzusehen, bedauerte

diese Idee aber fast augenblicklich wieder, denn den Anblick als deprimierend zu bezeichnen wäre ihm nicht einmal annähernd gerecht geworden. Die braunschwarze Einöde ringsum war einmal ein lebendiges Feld voller grüner Pflanzen gewesen, die vielleicht schon hier gestanden hatten, bevor die ersten Wikinger nach Nordamerika gesegelt waren; Bäume, die ganze Kulturen hatten entstehen und wieder verschwinden sehen. Jetzt war es ein Leichenhaus, tot bis hinab in die Erdkrume und vielleicht noch tiefer. Hier lebte nichts mehr, und hier würde auch nie wieder etwas leben. Der Wind trug den Geruch toter Erde mit sich, und selbst das Licht, so grell und erbarmungslos es auch sein mochte, schien einen Teil seiner Leuchtkraft einzubüßen, sobald es die vergiftete Erde berührte.

Eine der winzigen Gestalten hatte sich zu Ende abgeseilt und kam nun mit ausgreifenden Schritten auf mich zu. Es war Saron, und ich erkannte einen Ausdruck mühsam zurückgehaltener Sorge auf seinem Gesicht, als er näher kam.

»Was machen Sie hier, John?«, begann er, kaum dass er nahe genug war, um nicht schreien zu müssen. Sein Gesicht glänzte vor Schweiß und Anstrengung, und sein Blick irrte kurz und alles andere als erfreut über die Gestalt meines Aufpassers, der mir in zwei Schritten Abstand folgte, bevor er sich direkt auf mich fokussierte. Was ich in seinen Augen las, gefiel mir nicht.

»Ich muss Sie sprechen«, sagte ich. »Allein. Am besten drinnen und unter vier Augen.«

Im allerersten Moment konnte ich ihm ansehen, dass er nicht einmal verstand, was ich meinte, dann schüttelte er den Kopf. »Er wird nichts sagen, keine Sorge.«

»Ihr kennt euch?«

»Nein. Aber er ist Soldat. Soldaten sprechen nicht.«

Ich starrte ihn mit offenem Mund an und versuchte zu begreifen, was diese Eröffnung bedeutete, doch Saron schnitt mir mit einer Geste das Wort ab, das ich gar nicht hatte ergreifen wollen. »Sie sollten wirklich nicht hier draußen sein.«

»Ich dachte, es droht keine Gefahr?«

»So ist es auch«, antwortete Saron und musste sich für einen Moment unterbrechen, als sich eines der Geschütze der Lovecraft mit einem gewaltigen Donnern entlud. Ich sah nicht hin, meinte aber trotzdem zu erkennen, dass der Einschlag ein gehöriges Stück näher erfolgte als beim ersten Mal. »Aber wir sollten nicht länger hierbleiben, als unbedingt nötig. Und bei den Reparaturen wird jede Hand gebraucht.«

Statt zu antworten, sah ich demonstrativ zu der gewaltigen Triebwerksgondel hoch, die wie ein schwebender Panzerkreuzer ein gutes Stück über uns am Himmel hing. Ich schätzte die Zahl der Männer, die allein auf ihrer Außenseite herumkrabbelten, auf gute drei Dutzend. Es fiel mir schwer zu glauben, dass ein paar helfende Hände mehr oder weniger wirklich einen Unterschied machte. Und selbst wenn:

»Es ist wirklich wichtig. Howard hat etwas entdeckt, das möglicherweise alles ändert.«

Saron sah mich eine Sekunde lang forschend an, doch dann nickte er und machte eine auffordernde Geste in Richtung der Rampe, über die ich das Schiff verlassen hatte. Er sagte auch etwas, doch ich erfuhr niemals was, denn in diesem Moment heulte über uns eine Alarmsirene mit so ohrenbetäubender Lautstärke los, dass ich erschrocken herumfuhr. Aus den Augenwinkeln sah ich, wie mindestens zwei der Männer oben auf dem Triebwerk den Halt verloren und in die Tiefe stürzten, bevor sie von unsichtbaren Sicherungsseilen aufgefangen wurden, und hoch am Himmel über uns erschien eine Nadelspitze aus unerträglich grellem weißem Licht.

»Was ...?«, begann ich, und jetzt war ich es, der nicht zu Ende sprach, denn ich fühlte mich von einer unglaublich starken Hand gepackt und herumgerissen. Ich wäre gestürzt, wäre Saron nicht im selben Augenblick ebenfalls an mir vorbeigestürmt und hätte mich zugleich am anderen Arm ergriffen, sodass ich hilflos zwischen den beiden hin und her gezerrt wurde. Ich versuchte mich sogar ganz instinktiv loszureißen, aber ebenso gut hätte ich versuchen können, die Lovecraft mit bloßen Händen vom Himmel zu holen. Wie erstaunlich stark Saron war, hatte ich ja bereits am eigenen Leibe erfahren, aber Duran übertraf ihn noch einmal bei weitem. Ich war sogar sicher, dass er mich nur nicht wie ein störrisches Kind über die Schulter warf, um mir die Erniedrigung zu ersparen. Ich fühlte mich trotzdem so, als hätte er es getan. Erst als wir die Rampe erreicht hatten und hinaufstürmten, ließen die beiden mich los, sodass ich wenigstens die letzten zwei Dutzend Schritte aus eigener Kraft zurücklegen konnte.

Wir waren noch nicht halb hinauf, da begann die Rampe bereits unter unseren Füßen zu zittern, und die Motoren des Luftschiffs nahmen dröhnend an Fahrt auf. Draußen heulte die Alarmsirene immer noch, und auch hier drinnen begann sich an Panik grenzende Hektik auszubreiten, und das Licht flackerte rot. Jarvin, der sich vorsichtshalber schon an das obere Ende der Rampe zurückgezogen hatte, winkte mir heftig zu, schneller zu laufen, und ich versuchte es immerhin, wenn auch mit eher mäßigem Erfolg.

»Was ist passiert?«, schrie ich. »Ich dachte, wir sind hier sicher?«

Das Wimmern der Alarmsirene und das schlagartig zu einem Tosen explodierende Geräusch der Motoren verschluckte seine Antwort, kurz bevor ich das obere Ende der Rampe erreichte.

Das gewaltige Luftschiff begann sich zu schütteln wie ein fieberndes Tier. Jarvins Lippen bewegten sich, ohne dass ich über den chaotischen Lärm hinweg auch nur ein einziges Wort verstand, und in der nächsten Sekunde musste ich schon wieder um mein Gleichgewicht kämpfen, als die Lovecraft einen regelrechten Satz nach hinten und in die Höhe machte.

Entsetzt fuhr ich herum und weigerte mich im ersten Moment schlichtweg zu glauben, was ich sah. Das Luftschiff gewann so schnell an Höhe, dass die tote Olivenbaumplantage regelrecht in die Tiefe zu stürzen schien.

Die Rampe begann sich zu schließen. Gleichzeitig kippte der Boden schon wieder ein gutes Stück zur Seite, als das Schiff ein Manöver auszuführen begann, für das ein Fahrzeug dieser Größe einfach nicht gebaut war.

»Aber ... aber was tun Sie denn da?«, stammelte ich. »Da draußen sind noch Menschen!«

Statt zu antworten, gab Jarvin den Soldaten hinter mir einen Wink, und ich wurde zum zweiten Mal gepackt und durch die Halle und in den nächsten Lift geschleift. Bevor sich die Türen hinter uns schlossen, hörte ich ein gewaltiges Dröhnen, mit dem sich die Rampe schloss. Und dann raste der Aufzug auch schon los.

Duran blieb angespannt und sehr aufmerksam, falls ich etwa auf die Idee kam, auf Jarvin loszugehen und sein Gesicht ein wenig umzugestalten; wozu ich nicht übel Lust hatte. Immerhin konnte ich ihn anschreien.

»Sind Sie wahnsinnig? Da draußen sind noch Menschen! Wollen Sie sie umbringen?« Falls sie nicht schon tot waren, zumindest die, die an dem beschädigten Triebwerk gearbeitet hatten.

»Wir hatten keine andere Wahl«, sagte Jarvin. »Und es war auch nicht meine Entscheidung.«

»Wessen dann?« Ich glaubte ihm kein Wort.

Meine, erklang Howards Stimme in meinen Gedanken.

Ich war schockiert. »Aber warum? Das ist doch Wahnsinn!«

Howard hüllte sich in Schweigen, doch die Fahrt war auch schon zu Ende, und der Lift hielt mit einem Ruck an, der uns alle ein Stück weit in die Knie gehen ließ.

Die Tür ging auf, und wir traten auf die Brücke hinaus, genau im richtigen Moment, um den letzten und schlimmsten Akt des Dramas mit anzusehen.

Trotz ihrer enormen Größe musste die Lovecraft wie ein moderner Kampfjet aus meiner Zeit beschleunigt haben, denn die Landschaft raste so schnell unter uns dahin, dass sie zu einem Muster aus ineinanderfließenden Farben wurde. Trotzdem erkannte ich, wie dicht wir über die Ruinen der zerstörten Küstenstadt hinwegjagten, und auch, dass etwas mit dem Licht nicht stimmte. Es war zu hell und die Schatten zu scharf und zu dunkel, und da war auch noch eine Erinnerung, doch bevor ich diesen Gedanken ganz zu Ende denken konnte, waren wir auch schon über die Trümmerlandschaft hinweg, nicht einmal eine Sekunde darauf über dem schmalen Schelfstreifen, der dem ehemaligen Hafen vorgelagert war, und unter uns klaffte ein gewaltiger Meilen tiefer Abgrund.

Die Lovecraft stürzte hinein wie ein Raubvogel, der seine Beute attackiert, und im gleichen Sekundenbruchteil wurde die Welt weiß.

Die Explosion erfolgte hinter uns, sonst hätte vermutlich jeder Einzelne hier drinnen sein Augenlicht verloren, aber sie war noch immer so grell, dass ich für die nächsten Sekunden nur noch schwarz-weiß sah und mir die Tränen in die Augen schossen. Es tat so weh, dass ich mit den Zähnen knirschte. Schreie erfüllten den Raum, Glas zerbarst, und etliche Kurzschlüsse sprühten Funken. Das Luftschiff schüttelte sich noch heftiger, und eine entsetzliche Sekunde lang begann die Lovecraft tatsächlich abzustürzen, fing sich dann aber mit aufbrüllenden Motoren wieder und kam der meilenhohen Felsklippe dabei so gefährlich nahe, dass mir vor Schrecken der Atem stockte.

Eine Sekunde später wurde mir klar, dass Howard dieses irrsinnige Manöver mit voller Absicht geflogen hatte, denn über uns schnitt eine Sense aus weißem Feuer und den pulverisierten Überresten einer ganzen Stadt durch die Luft. Der Himmel brannte, so weit der Blick reichte, und zwischen der Lovecraft und der Felswand begannen brennende Steintrümmer in die Tiefe zu regnen. Einige davon mussten das Luftschiff auch treffen, denn die Hülle schien sich plötzlich in eine überdimensionale Glocke verwandelt zu haben, auf die ein ganzes Dutzend Riesen gleichzeitig einhämmerten. Mehr Funken stoben, und etliche Schaltpulte explodierten oder gingen einfach aus. Menschen fielen verletzt zu Boden.

»Was ist passiert?«, fragte ich zum wiederholten Mal, nur um auch jetzt wieder keine Antwort zu bekommen. Jarvin starrte schreckensbleich und aus weit aufgerissenen Augen auf den riesigen Monitor, und Saron war irgendwo im Durcheinander auf der Brücke verschwunden, vermutlich, um sich um Verletzte zu kümmern, von denen es zu viele gab. Auch Howard schwieg.

Der Himmel brannte noch immer, doch der Feuersturm ließ auch fast genauso rasch nach, wie er begonnen hatte, und es regnete weniger Trümmer. Nach einigen weiteren Sekunden trieb das Luftschiff wieder ein Stück weit von der Klippe weg und begann zu steigen. Für den Sturz in die Tiefe hatten wir kaum eine Sekunde gebraucht, der Aufstieg dauerte mindestens eine Minute, und als wir die Klippe schließlich passierten, wünschte ich mir fast, es hätte noch Stunden gedauert, bis ich diesen Anblick ertragen musste.

Die ehemalige Hafenstadt war verschwunden. Nicht zerstört oder niedergebrannt, sondern einfach nicht mehr da. In einiger Entfernung – ich nahm an, ziemlich genau dort, wo sich die Lovecraft noch vor ein paar Minuten befunden hatte – wälzte sich eine gigantische Pilzwolke in den Himmel, in der es ununterbrochen wetterleuchtete und blitzte. Die Erde unter uns bebte so heftig, dass sie sich wie eine sturmgepeitschte Meeresoberfläche zu bewegen schien, und der Rest der Insel stand, soweit ich sehen konnte, in Flammen.

»Was war das?«, flüsterte ich entsetzt. »Noch ein Meteorit?

Ja. Meine Sensoren haben ihn erst erfasst, als er in die Atmosphäre eingedrungen ist. Etwas muss sie blockiert haben.

Ich hatte eine ziemlich genaue Vorstellung davon, was dieses Etwas gewesen war, aber diesem Gedanken entsprang ein weiterer und noch sehr viel erschreckenderer. »Soll das heißen, dieses Ding hat ... genau auf uns gezielt?«

Es sieht so aus, antwortete Howard. *Und das ist noch nicht einmal das Schlimmste. Apophis.*

»Was ist damit?«, fragte ich mit schnell klopfendem Herzen.

Ich verfolge seinen Kurs, seit wir den K2 verlassen haben. Meine Rechenkapazität ist im Moment stark eingeschränkt, aber es ist mir trotzdem gelungen, seinen Kurs zu extrapolieren.

»Lass mich raten«, sagte ich mit leiser, belegter Stimme. »Er hat schon wieder den Kurs geändert?«

Das ist korrekt, sagte die Stimme des Schiffes in meinen Gedanken. *Mehrmals. Das letzte Mal vor weniger als zwei Minuten. Er zielt jetzt direkt auf uns.*

In der Tube, London. 1937

Rowlf kniff die Augen zusammen, beugte sich leicht vor und machte eine Bewegung mit der Linken, wie um eine gar nicht vorhandene Brille auf seiner Nase zurechtzurücken. Im schlechten Licht des U-Bahnhofs hatte er sichtliche Mühe, die winzigen Buchstaben und Zahlen auf dem Fahrplan zu entziffern, aber Robert war ganz und gar nicht sicher, dass das der einzige Grund für die immer größer werdende Ratlosigkeit war, die sich auf seinem Gesicht ausbreitete. Schließlich machte er wieder einen halben Schritt zurück, zog eine Taschenuhr aus der Weste und investierte noch einmal eine gute halbe Minute darin, die Stellung der Zeiger mit der Anzeige der großen Barockuhr zu vergleichen, die über dem Bahnsteig hing.

»Und?«, fragte Robert. »Wann geht der nächste Zug?«

»Das kommt ganz darauf an, wohin Sie möchten, Sir«, sagte eine Stimme hinter ihm.

Rowlf und er drehten sich im gleichen Augenblick herum und blickten jeder auf seine Art gleich verwundert in ein von schütterem Haar eingerahmtes, durchaus freundliches Gesicht, das einem in Ehren ergrauten Mann in der dunkelblauen Uniform der Londoner U-Bahn-Gesellschaft gehörte. In der linken Hand trug er ein Klemmbrett mit einer umfangreichen Loseblattsammlung, die andere spielte mit dem Rand einer antiquiert wirkenden Brille, die er im Gegensatz zu Rowlf auch tatsächlich trug.

»Ähm, zum ... Friedhof?«, erwiderte Rowlf zögerlich und eindeutig im Tonfall einer Frage.

»Und welchem, Sir?«, erkundigte sich der Kondukteur.

Rowlf bedachte Robert mit einem nichts anderes als hilflosen Blick, woraufhin sich die Aufmerksamkeit des freundlichen Mannes vollends auf ihn verlagerte.

»Ja, sehen Sie, Sir, das ist das Problem«, sagte er. »Mein Begleiter und ich sind sozusagen auf einer Familienreise in die Vergangenheit. Wir besuchen die Gräber unserer Vorfahren, und natürlich auch die Orte, an denen sie gelebt und gearbeitet haben.«

»Das ist löblich«, sagte der Kondukteur. »Und einer Ihrer Ahnen hat hier in London gelebt, vermute ich.«

»Mein Urgroßvater«, bestätigte Robert, während er sich zugleich immer verwirrter fragte, was er da eigentlich tat. Aber seltsamerweise konnte er auch nicht anders, als fortzufahren: »Und das ist genau das Problem. Ich weiß, dass mein Urgroßvater hier in London gelebt hat und auch hier beigesetzt wurde, aber leider steht nirgends verzeichnet, auf welchem Friedhof.«

»Darf ich fragen, in welchem Stadtteil Ihr werter Urgroßvater gelebt hat?«

»Ashton Place«, antwortete Rowlf.

»Das ist eine vornehme Gegend«, antwortete der Beamte, »oder war es wenigstens einmal bis vor dem Krieg. War Ihr Großvater ein eher wohlsituierter Mann? Ich frage nur, weil die besseren Herrschaften aus dieser Gegend fast alle auf dem Highgate Cemetery beigesetzt wurden. Sagt Ihnen das etwas?«

Selbst wenn es so gewesen wäre, hätte Robert gar nicht antworten können, denn in diesem Moment sah er es: Nur ein kleines Stück hinter dem Beamten stand ein schlanker Mann fortgeschrittenen Alters und sah ihn an. Nicht irgendein Mann.

Es war Howard.

Natürlich war es nicht Howard. Bei genauerem Hinsehen war die Ähnlichkeit nicht einmal besonders groß. Er war älter, auf eine Art gekleidet, auf die sich Howard nicht einmal unter Androhung körperlicher Gewalt eingelassen hätte, und sah zwar nicht unbedingt aus wie das blühende Leben, aber nicht annähernd so mitgenommen und siech wie Howard bei ihrem letzten Zusammentreffen. Aber es war etwas von Howard an ihm, das unsichtbar war und trotzdem weit über rein körperliche Ähnlichkeit hinausging und jeglichen Zweifel von vornherein ausschloss. Der Fremde sah ihm eine endlose Sekunde lang in die Augen, dann erschien etwas wie ein Lächeln auf seinen Lippen – obwohl sie sich zugleich nicht im geringsten bewegten –, und er nickte ihm kurz und beinahe verschwörerisch zu, bevor er sich herumdrehte und ging.

»Ja«, hörte er sich zu seiner eigenen Überraschung sagen. »Highgate Cemetery, das klingt gut. Jetzt wo Sie es sagen, meine ich, es schon einmal gehört zu haben.«

»Ein wunderschönes Fleckchen Erde«, sagte der Kondukteur. Rowlf starrte ihn nur aus großen Augen an. »Ich selbst gehe manchmal dort Lustwandeln, wenn es meine Zeit und das Londoner Wetter erlauben, versteht sich.«

Da er es für dieses vermeintliche Bonmot offensichtlich erwartete, bedachte Robert ihn mit einem amüsierten Lächeln, und der Beamte fuhr mit einer Kopfbewegung auf den Bahnsteig fort: »Dann nehmen Sie die Linie 9, gleich von diesem Bahnsteig aus. Sie fahren ohne umzusteigen nach Camden. Wenn sie in Camden Central aussteigen, sind es nur noch ein paar Minuten mit dem Taxi … oder eine halbe Stunde, falls Ihnen der Sinn nach einem kleinen Spaziergang steht.«

Rowlf antwortete irgendetwas, worauf Robert aber gar nicht mehr achtete. Er hielt nach dem Fremden Ausschau, der diese unheimliche Ähnlichkeit mit Howard gehabt hatte, konnte ihn aber nirgends mehr sehen, obwohl es in der Richtung, in die er gegangen war, eigentlich keinen Ausgang gab, und auch kein Hindernis von entsprechender Größe, hinter dem er sich etwa verstecken konnte. Seltsam.

»... wünsche ich Ihnen noch viel Erfolg bei Ihrer Suche«, schloss der Kondukteur mit einem Nicken in Rowlfs und einem leicht irritierten Blick in Roberts Richtung. Ohne eine Reaktion abzuwarten, drehte er sich um und ging, um nach einem neuen Opfer Ausschau zu halten, dem er seine Hilfe aufdrängen konnte.

»Das war ... sonderbar«, murmelte Robert.

»Also ich fand ihn nett«, sagte Rowlf, der seine Antwort natürlich falsch verstand.

»Das meine ich nicht, sondern ...« – dass ich gerade Howard gesehen habe, der eigentlich viertausend Meilen entfernt im Sterben liegt? Nein, das konnte er nicht einmal Rowlf sagen.

»Und wieso weißt du plötzlich von dem Friedhof?«, fragte Rowlf.

»Keine Ahnung«, behauptete Robert. »Aber es klang ... irgendwie richtig.«

»Irgendwie richtig«, wiederholte Rowlf, maß ihn mit einem noch verwirrteren Blick und wandte sich dann mit einem Schulterzucken ab. Was so etwas anging, war er mit Robert schließlich Kummer gewöhnt.

Sich immer wieder verstört umsehend und ein- oder zweimal sogar stehen bleibend folgte ihm Robert, bis sie die Bahnsteigkante erreichten und an derselben imaginären Linie hielten wie alle anderen Passagiere. Vor wenigen Minuten, als sie hier heruntergekommen waren, war der Bahnsteig noch fast leer gewesen, jetzt sammelten sich schon wieder die Passagiere, die auf den nächsten Zug warteten; wie ihm ein rascher

Blick auf den Fahrplan zeigte, tatsächlich die Linie 9 nach Camden. Aber wenn es auch nur noch einige wenige Minuten dauerte, dann würde hier unten wohl genau das hoffnungslose Gedränge herrschen, für das dieses Beförderungsmittel nicht nur in England berüchtigt war.

»Und woher hast du es nun wirklich gewusst?«, fragte Rowlf plötzlich, und ohne ihn anzusehen, fast als wäre ihm unbehaglich dabei zumute, die Frage überhaupt zu stellen.

»Irgendwo müssen wir anfangen, oder?«, erwiderte Robert. Und eigentlich hätte er erwartet, dass Rowlf das wusste. Denn dass er eindeutig mehr wusste, als er zugab, war klar. Robert ärgerte sich mittlerweile über Rowlf, dass er ihn anscheinend für so dumm hielt, das nicht zu merken.

Da er schon lange nicht mehr in der Stimmung war, duldsam zu sein, setzte er zu einer entsprechend unwilligen Entgegnung an, drehte dann jedoch den Kopf und sah stattdessen über die Schulter zurück, denn er hatte schon wieder und diesmal sogar noch intensiver das Gefühl, beobachtet zu werden. Auf einem unterirdischen Bahnhof, der vor Menschen allmählich aus den Nähten zu platzen begann, war das möglicherweise nichts Besonderes, aber dieses Gefühl war ... anders. Er konnte unmöglich sagen wie, aber es war beunruhigend und enervierend; ein bisschen wie gerade, als er geglaubt hatte, Howard zu sehen, nur auf sehr viel bedrohlichere Art; wie eine Warnung. Aber eine Warnung wovor?

Dann sah er ihn wieder, und jetzt wurde es allmählich lächerlich, denn die Gestalt, die er mit Howard identifizierte, war nicht einmal ein Mann, sondern eine dickliche Frau in eher schäbiger Kleidung mit strähnigem grauem Haar, einer rot geäderten Säufernase und tückischen kleinen Augen, die in beständiger Bewegung zu sein schienen, als versuche sie den gesamten Bahnhof und jede einzelne Person darauf zu taxieren. Vielleicht eine Taschendiebin auf der Suche nach Beute.

Und doch war da etwas in ihren Augen, tief unter diesem gierig-taxierenden Blick verborgen, das ihn regelrecht zu rufen schien. Vielleicht schrie es ihm auch eine Warnung zu. Aber wovor?

Das Rollen eiserner Räder auf ebensolchen Schienen kam auf, und das Licht am Ende des Tunnels kam nun rasch näher, und zugleich begann sich nun doch eine vage Unruhe unter den bisher so diszipliniert Wartenden auszubreiten. Der Zug kam. Aber es war Robert immer noch nicht möglich, seinen Blick vom Gesicht der vermeintlichen Diebin loszureißen. Etwas war an ihr, das ihn faszinierte. Vielleicht auch erschreckte, so genau konnte er das im Moment nicht sagen.

Robert zwang sich, die sonderbare Frau noch aufmerksamer anzusehen. Sie erwiderte seinen Blick immer noch so gelassen, als wären sie gute alte Bekannte, die sich zufällig hier auf dem Bahnsteig begegneten, sich aber nichts zu sagen hatten. Dann machte sie einen Schritt auf ihn zu und sagte: »Steig nicht in diesen Zug, Robert.«

»Wie?«, murmelte Robert verdutzt.

»Was?«, erwiderte die Frau.

»Was haben Sie gesagt?«, fragte Robert.

»Nichts.« Die Frau legte die Stirn in Falten. »Ich habe gar nichts gesagt. Hören Sie auf mich zu belästigen. Ich bin eine anständige Frau!«

Unbeachtet ihrer vermeintlichen Empörung schob sie sich durch die Menge weiter auf ihn zu, wobei ihre faltige Rechte wie zufällig über den schäbigen Strickbeutel strich, den sie an der Seite trug. Sie war eine Diebin, begriff Robert, und sie machte sich bereit, die Ablenkung auszunutzen und zuzugreifen. War das nun ganz besonders dumm oder ganz besonders dreist?

Weder das eine noch das andere, wie ihm im nächsten Moment klar wurde, denn er war nicht wirklich ihr Ziel. Während sich die allgemeine Aufmerksamkeit mehr und mehr auf ihn und die Frau fokussierte, reckte sie kampflustig ihr wabbelndes Doppelkinn vor. Das eine oder andere amüsierte Stirnrunzeln folgte ihr, aber auch missmutige Blicke (die zum Teil auch Robert galten), doch er war wohl der Einzige, der sah, was ihre linke Hand tat, während die andere unauffällig-ablenkend über ihren Beutel strich: Eine goldene Taschenuhr verschwand blitzartig unter ihrer Kleidung, eine lederne Brieftasche und ein bestickter Beutel, der gerade noch am Handgelenk einer elegant gekleideten Frau ein gutes Stück hinter ihr gehangen hatte. Selbst Robert, der in einem anderen Leben in derselben Profession unterwegs (und ziemlich gut) gewesen war, hatte Mühe, ihren blitzartigen Bewegungen zu folgen. Sie war gut, das musste er zugeben. Aber was wollte sie von ihm?

»Bitte, Ma'am «, begann er, wurde aber sofort und in weithin hörbarem, keifendem Ton unterbrochen:

»Ich bin eine anständige Frau, haben Sie das verstanden, Sie alter Lüstling?«

»Ma'am, ich weiß wirklich nicht, was Sie von mir ...«, versuchte er es noch ein letztes Mal, wurde aber selbstredend und in sogar noch schärferem Ton unterbrochen:

»Sind Sie Ausländer? Das sind Sie bestimmt! Kein echter englischer Gentleman würde eine Lady so ungebührlich anstarren, und ...«

»Nein, das bin ich nicht, Ma'am«, sagte Robert scharf. »Aber Sie sind eine Diebin.«

Die Frau riss in gespielter Empörung die Augen auf. »Was ... was erdreisten Sie sich?«

Das war die falsche Taktik, erinnerte er sich. Es war lange her, dass er diese Fähigkeit das letzte Mal eingesetzt hatte. Ein halbes Menschenleben, wenn nicht mehr.

»Sind Sie eine Diebin?«, fragte er.

»Natürlich bin ich das«, antwortete sie entrüstet, »und zwar eine verdammt gute.«

Es wurde sehr still. Selbst das näher kommende Rattern der eisernen Räder schien für einen Moment innezuhalten, während sich aller Aufmerksamkeit nun endgültig auf die Alte richtete. Auch noch das allerletzte spöttische Lächeln erlosch, und Robert konnte regelrecht spüren, wie die Stimmung kippte. Hinter ihnen erscholl ein erbärmliches Quietschen, als die Bahn einfuhr und abbremste, und es stank ein bisschen nach verbranntem Metall. Niemand beachtete es.

Die Frau riss die Augen auf, blinzelte ein paarmal und suchte hoffnungslos verdattert nach Worten, die möglicherweise dazu angetan waren, ihren Kopf doch noch einmal aus der Schlinge zu ziehen. »Und außerdem bin ich die Königin von Saba«, fuhr sie mit einem meckernden Lachen fort, »und in meiner Freizeit arbeite ich noch als Tänzerin in der Roten Mühle in Paris, sieht man mir das etwa nicht an?«

Sie war gut, das musste Robert ihr lassen, denn das eine oder andere amüsierte Lachen begann die Spannung aufzubrechen. Er vermutete, dass sie eine gewisse Übung darin hatte, erwischt zu werden und sich rauszureden. Er vermutete auch, dass sich in ihrem voluminösen Beutel nicht nur Diebesgut befand, sondern auch der eine oder andere scharfe oder auch spitze Gegenstand; falls das mit dem Herausreden doch nicht klappte. Er blieb besser auf der Hut. Aber einmal auf den Geschmack gekommen, konnte er der Versuchung auch nicht widerstehen.

»Und Sie kommen regelmäßig her, weil Sie Ihrer Tätigkeit

in dem Gedränge hier unten relativ gefahrlos nachgehen können«, vermutete er.

»Selbstverständlich«, antwortete sie. »Diese Dummköpfe merken nicht einmal, wenn man sie um ihre Geldbörsen und Klunker erleichtert.«

Jemand ächzte. Hinter ihnen fuhr der Wagen endgültig ein, und er konnte hören, wie die Türen aufgingen und die ersten Passagiere ausstiegen. Rowlfs Blicke wirkten jetzt weniger spöttisch als viel mehr ungeduldig und leicht irritiert.

»Und selbst wenn man Sie ertappt, macht das nichts, weil ich annehme, dass sich in ihrem hübschen Kleid eine Anzahl geheimer Taschen befindet, in denen Sie Ihre Beute verstecken können«, fuhr er fort.

»Sind Sie irre, Mister?«, ächzte die Frau. Rowlf berührte ihn am Arm. »Bob.«

Robert ignorierte ihn. »Ist es so?«, fragte er.

»Selbstverständlich ist es so«, antwortete die Diebin, in deren Augen sich allmählich das blanke Entsetzen breitzumachen begann. Aber sie konnte auch nicht anders, als fortzufahren: »Meine Verstecke hat bisher noch keiner gefunden. Und du darfst auf gar keinen Fall in diesen Zug steigen, Robert.«

Robert konnte selbst spüren, wie ihm alles Blut aus dem Gesicht wich. »Wie?«, krächzte er.

»Steigt nicht in diesen Zug, Bob«, sagte sie noch einmal, und so verrückt es ihm sogar selbst vorkommen mochte, Robert hätte in diesem Moment schwören können, dass sie es nicht einmal mit ihrer eigenen Stimme tat.

»Ich wusste es doch!«, sagte jemand hinter ihm. »Die ist mir gleich so bekannt vorgekommen! Mir ist vergangene Woche meine Uhr gestohlen worden, und da war sie auch hier.«

»Ich erinnere mach auch«, pflichtete ihm eine andere Stimme bei. »Sie schleicht fast jeden Tag hier rum!«

»Ist das wahr?«, fragte Robert.

»Natürlich ist es wahr!«, antwortete die Taschendiebin. »Ich bin fast jeden Tag in der U-Bahn. Aber immer auf einer anderen Station, damit mir nicht so was Dummes passiert wie jetzt und mich irgendein blöder Stutzer wiedererkennt.« Sie riss die Augen sogar noch weiter auf und hob den Arm, wie um sich die Hand vor den Mund zu schlagen, wozu sie im Moment vermutlich mehr Lust verspürte als zu irgendetwas anderem. In ihren Augen stand mittlerweile das blanke Entsetzen geschrieben.

»Komm jetzt«, sagte Rowlf unwillig. »Wir müssen.«

Robert überließ die Diebin ihrem immer größer werdenden Entsetzen und dem nicht minder schnell anwachsenden Misstrauen und Murren der anderen Fahrgäste, schenkte ihr noch ein abschließendes Lächeln und nickte Rowlf zu. Während Rowlf begeistert die Rolle des lebenden Eisbrechers übernahm und eine Gasse durch die Passagiere pflügte, folgte er in seinem Windschatten, aber er kam keine drei Schritte weit, bevor ihm eine grauhaarige Gestalt den Weg vertrat, die er bereits kannte.

»Es tut mir leid, Sir«, sagte der Kondukteur, »aber ich muss Sie bitten, noch zu bleiben.«

»Dann verpassen wir unseren Zug!«, protestierte Rowlf.

»Wie gesagt, es tut mir ausgesprochen leid, aber ich fürchte, ich muss darauf bestehen«, erwiderte der Beamte, der plötzlich gar nicht mehr so freundlich und gutmütig aussah, sondern eher energisch. »Sie kennen diese Dame?«

Robert verstand im ersten Moment nicht einmal wirklich, was er meinte, doch dann brach hinter ihm so etwas wie ein kleiner Tumult los, und als er sich herumdrehte, sah er, dass gleich zwei der Männer die Taschendiebin gepackt hatten und festhielten, während ein dritter ihr unsanft die Tasche von der Schulter zerrte und darin zu kramen begann.

»Natürlich nicht«, sagte er entrüstet. »Ich habe mit dieser Person nichts zu schaffen! Und nun lassen Sie mich bitte vorbei! Sie wissen, dass wir es eilig haben.«

»Sie hat Ihren Namen genannt«, beharrte der Mann. Auch noch die allerletzte Spur von Freundlichkeit war aus seinem Blick verschwunden, und er macht auch keinen Hehl mehr aus seinem Misstrauen den beiden Ausländern gegenüber. Robert konnte es ihm nicht einmal verübeln.

»Dann wird sie meinen Freund und mich wohl belauscht haben«, sagte Robert. Er wollte einen Schritt an dem Beamten vorbei und auf den wartenden Wagen zumachen, doch er vertrat ihm abermals den Weg und schüttelte sogar noch energischer den Kopf.

»Ich fürchte, die Angelegenheit bedarf offizieller Klärung, bevor Sie Ihren Weg fortsetzen können, Sir«, sagte er. »Bitte machen Sie keine Schwierigkeiten.«

»Vielleicht gehören die beiden ja zusammen«, mischte sich ein anderer Bursche ein, was zwar nicht den mindesten Sinn ergab, die allgemeine Stimmung aber noch weiter aufheizte. Die Diebin versuchte, sich loszureißen, womit sie den beiden Männern neben sich aber nur einen willkommenen Anlass gab, noch ein bisschen fester zuzupacken. Der dritte Bursche hatte die Tasche mittlerweile komplett ausgeräumt und ihren Inhalt auf den Boden vor sich geworfen. Ganz wie Robert es erwartet hatte, befand sich auch ein zusammengeklapptes Rasiermesser mit einem Perlmuttgriff darunter, allerdings weder eine Brieftasche noch ein Geldbeutel oder irgendwelches andere Diebesgut.

»Das seht ihr ihr es!«, keifte sie auch sofort los, befreite irgendwie ihre linke Hand und stieß anklagend mit dem Zeigefinger in Roberts Richtung. »Der Kerl ist verrückt! Oder boshaft, oder beides! Ich bin eine anständige Frau!«

Robert drehte sich nicht einmal herum, aber er konnte hören, wie sich die Türen des Wagens schlossen und praktisch sofort das Rollen der Räder wieder einsetzte. Sein Ärger wuchs, sowohl auf sich selbst, sich überhaupt auf diesen Unsinn eingelassen zu haben, als auch auf die dreiste Diebin, die letzten Endes schuld an allem war.

»Sie haben geheime Taschen in Ihrem Kleid«, sagte er. »Und Sie verstecken Ihre Beute darin oder tragen sie gar direkt am Leib, damit man sie nicht findet, habe ich Recht?«

»Ja«, antwortete sie in einem Tonfall völliger Fassungslosigkeit, aber auch sichtbar nicht in der Lage aufzuhören. »An den Hüften, unter der großen Falte.«

Einer ihrer Bewacher griff beherzt zu und förderte nacheinander ihr gesamtes Diebesgut zutage, das aus deutlich mehr Teilen bestand als Robert gesehen hatte. Unwilliges Murren wurde laut, und einer der Umstehenden sagte überrascht: »Das ist meine Uhr!«

»Und das mein Geldbeutel«, fügte eine Frauenstimme hinzu.

»Ich habe gesehen, wie sie die Uhr genommen hat«, sagte Robert sogar noch einmal verärgerter, als er aus den Augenwinkeln sah, wie der letzte Wagen im Tunnel verschwand. Rowlf hatte gesagt, dass sie kurz nach Sonnenuntergang auf dem Friedhof sein mussten, um das Necronomicon zu deponieren. Jetzt würde es knapp werden. »Und das ist auch schon alles, was ich mit dieser Person zu tun habe. Ich kenne sie nicht.«

»Ist das wahr?«, wandte sich der Kondukteur an die Taschendiebin. Er bekam nur einen trotzigen Blick zur Antwort, aber das überzeugte ihn vermutlich mehr als alle Worte es gekonnt hätten, denn Robert konnte regelrecht sehen, wie es hinter seiner Stirn zu arbeiten begann. Gerade als er sich zu einem Nicken durchringen wollte, sagte die Frau, die ihren Geldbeutel wiedererkannt hatte:

»Mein Mann ist schon unterwegs, um nach einem Bobby zu suchen. Er kommt bestimmt gleich zurück.«

»Und dann wird sich alles aufklären, da bin ich sicher«, schloss der Kondukteur, sichtlich froh, dass ihm die Entscheidung abgenommen worden war, und schickte auch noch ein Verzeihung heischendes Lächeln hinterher. »Unsere Polizei ist sehr tüchtig, das versichere ich Ihnen.«

»Ja, und sie brauchen allerhöchstens den Rest der Nacht dazu«, knurrte Rowlf. »So viel Zeit tun wir nicht haben.«

»Das ist wahr«, sagte Robert. »Wir müssen ...«

Ein kaum spürbarer Ruck ging durch den Boden, und nicht einmal eine halbe Sekunde später wehte ein dumpfer Knall aus dem Tunnel zu ihnen heraus, der unmittelbar in ein Kreischen und Splittern wie von berstendem Glas und zerreißendem Metall überging. Für eine halbe Sekunde schien jedermann auf dem Bahnsteig einfach zur Salzsäule zu erstarren, und selbst der Lärm aus dem Tunnel hielt inne, als wäre die Zeit stehen geblieben.

Dann und ebenso schlagartig brach das reine Chaos aus. Männer und Frauen begannen zu kreischen oder stürzten einfach kopflos durcheinander, die Taschendiebin nutzte die Gelegenheit, um sich loszureißen und zu verschwinden – und Rowlf sprang mit einem beherzten Satz auf die Gleise hinunter und stürmte los. Robert folgte ihm in wenigen Schritten Abstand, und hinter ihnen schrie der Kondukteur: »Passen Sie auf das Stromkabel auf!«

»Was für ein ...?«, begann Robert, und keine fünf Schritte

vor ihm unter am Eingang des Tunnels trat Rowlf auf irgendetwas, das in einem grellgelben Funkenschauer und einer zischenden Stichflamme explodierte. Wie vom Fausthieb eines unsichtbaren Riesen getroffen flog Rowlf fast zur Tunneldecke hinauf, prallte mit grässlicher Wucht gegen die Wand und schlitterte haltlos daran herab.

»Rowlf!«, schrie Robert und jagte los, war mit weit ausgreifenden Schritten bei ihm und fiel so hart auf die Knie, dass er noch ein gutes Stück durch das Kiesbett rutschte und schmerzhaft mit der Schulter gegen die Wand schlug.

Sein Herz klopfte bis zum Hals, und seine Hände zitterten so sehr, dass er zweimal ansetzen musste, bevor es ihm gelang, Rowlf auf den Rücken zu drehen. Zugleich hatte er Angst vor dem, was er sehen würde. Rowlfs Hosenbeine und Schuhe schwelten, und in seinem Haar hatten sich winzige rote Glutnester festgesetzt. Er konnte nicht mehr leben.

Umso erstaunter war Robert, als es ihm endlich gelang, ihn herumzudrehen und in sein Gesicht zu blicken.

»Also das war ... heftig«, sagte Rowlf benommen, schüttelte den Kopf und schob sich unbeholfen an der Wand in eine halb sitzende Position hoch.

»Du lebst?«, stammelte Robert ungläubig.

»Ja, sieht so aus«, antwortete Rowlf. Benommen tastete er mit den Händen über seinen Körper und kam erst dann auf die Idee, die Glut in seinen Haaren auszudrücken. »Ich bin nur nicht sicher, ob ich mich drüber freuen tun soll.«

Robert hatte immer noch Mühe zu glauben, was er sah, und ihm lief ein zweiter und sogar noch eisigerer Schauer über den Rücken, als er hinter sich blickte und erkannte, wie dicht er ebenfalls an der stromführenden Schiene entlanggelaufen war, die Rowlf diesen gewaltigen Stromschlag zu verdanken hatte. Einen oder zwei Zoll näher, und ...

Er zog es vor, den Gedanken lieber nicht zu Ende zu denken.

»Bist du verletzt?«, murmelte er, mehr perplex als wirklich erschrocken. Wie war das möglich? Er hatte den gewaltigen Kurzschluss gesehen!

»Weiss nicht«, nuschelte Rowlf während er sich weiter hochstemmte und dann ächzend nach vorne beugte, um auch seine qualmende Hose zu löschen. Er stank nach schmorendem Gummi und verbrannter Haut, aber da war noch etwas an dem Anblick, das Robert störte, auch wenn er in seiner Aufregung nicht fähig war, es zu erkennen. »Aber das hat ganz schön gezwiebelt.«

Rowlf versuchte, sich ganz hochzustemmen, und sank mit einem unwilligen Grunzen zurück, sodass Robert hastig den Arm ausstreckte, um ihm zu helfen. Vielleicht war das keine so gute Idee, denn ein knisternder blauer Funke sprang von seiner Schulter auf Roberts Finger über. Es fühlte sich an, als hätten tausend Ameisen zugleich in seine Hand gebissen.

»Du stehst unter Strom«, sagte er verdutzt, die schmerzende Hand schüttelnd.

»Ja, das hat die letzte Lady auch gesagt, mit der ich zusammen war«, grummelte Rowlf, stemmte sich ächzend und aus eigener Kraft in die Höhe und drehte sich so tapsig wie ein angeschlagener Bär herum. »Weiter«, murmelte er.

Während Robert noch damit beschäftigt war, ihn mit offenem Mund anzustarren, ging er bereits los und war schon nach einem Augenblick in der Dunkelheit verschwunden, sodass Robert sich sputen musste, um ihn einzuholen – nachdem es ihm endlich gelungen war, seine Verblüffung zu überwinden. Was ihn allerdings nicht daran hinderte, sorgsam darauf zu achten, wo er hintrat. Wieso Rowlf überhaupt noch lebte und nicht einmal schwer verletzt war, blieb ihm ein Rätsel.

Schon nach wenigen Schritten beschrieb der Tunnel eine sanfte Linkskurve, und nur ein Stück dahinter stand der Zug schräg wie ein gestrandetes Schiff. Die beiden ersten Waggons waren aus den Schienen gesprungen und nur nicht umgefallen, weil sie sich irgendwie ineinander verkeilt zu haben schienen. Etwas brannte, und im tanzenden Feuerschein waren Dutzende von Menschen zu erkennen, die kopflos auf den Gleisen durcheinanderliefen. Es war nur eine Frage der Zeit, bis sich der nächste einen tödlichen Stromschlag einhandelte, dachte Robert erschrocken. Jemand wimmerte vor Schmerz, und die Luft war so voller Rauch, der sie zum Husten reizte.

»Was ist passiert?« Rowlf ergriff den erstbesten Passagier am Schlafittchen, schüttelte ihn, wiederholte seine Frage, und als er nicht sofort eine Antwort bekam, stieß er den Unglückseligen grob gegen die Wand und stürmte weiter, um sich ein anderes Opfer zu suchen. Robert half dem total verdatterten jungen Burschen auf die Füße; schon damit er nicht ebenfalls auf das Stromkabel trat und sich selbst grillte.

»Was ist passiert?«, fragte er. »Ein Unfall?«

Der Mann schüttelte den Kopf, hob die Schultern und nickte, alles in einer einzigen nervösen Bewegung. »Etwas hat den Wagen getroffen«, stammelte er. »Er ist entgleist. Etwas Großes. Ich weiß nicht was. Schwarz.«

Seine Worte erfüllten Robert erneut mit eisigem Schrecken, aber er begriff auch, dass der Mann kurz davorstand, endgültig in Hysterie zu verfallen. Behutsam half er ihm nicht nur vollends auf die Füße, sondern dirigierte ihn auch so weit von der Stromschiene weg, wie es ging. »Holen Sie Hilfe«, sagte er, so ruhig er konnte. »Und treten Sie nicht auf die Schienen.«

Damit setzte er seinen Weg fort. Er konnte nur hoffen, dass der Mann seinen Rat beherzigte. Weitere Menschen kamen ihm entgegen, alle in heller Aufregung und mehr als einer aus hässlichen Schnittwunden blutend oder humpelnd; oder auch beides. Rowlf war irgendwo weit vorne in der Menge verschwunden und tat das, was er am besten konnte, nämlich seine gewaltigen Körperkräfte einsetzen und sowohl zu helfen als dabei auch möglichst viel Chaos zu stiften. Robert sah aus den Augenwinkeln, wie er mit nur einer Hand ein zerknittertes Metallstück von der Größe einer Schranktür zur Seite bog, unter dem eine ältere Frau eingeklemmt war, die lautstark wimmerte. Er legte noch einen Schritt zu, um ihm zu helfen, und blieb dann mitten in der Bewegung und wie vom sprichwörtlichen Donner gerührt stehen, als er sah, was den Wagen getroffen hatte.

Eigentlich sah er es nicht, wohl aber seine Spuren und was es angerichtet hatte. Der Wagen war über und über mit schwarzem Teer besudelt, oder zumindest etwas, das wie schwarzer Teer aussah. Die Wand des hinteren Waggons war eingedellt wie vom Fausthieb eines zornigen Gottes getroffen. Nahezu sämtliche Scheiben waren geborsten und die Tür einfach herausgerissen und verschwunden. Robert verspürte wieder ein eisiges Frösteln, als er begriff, dass es sich genau um den Wagen handelte, in den Rowlf und er eingestiegen wären, hätten der Bahnbeamte und die Taschendiebin sie nicht zurückgehalten.

Etwas bewegte sich hinter den zersplitterten Scheiben, und über den allgemeinen Lärm und die Schreie hinweg meinte er ein Wimmern zu hören, wie von einem weinenden Kind oder einer verletzten Katze. Spontan trat er in den zerstörten Wagen und blieb verblüfft wieder stehen.

Er war leer. Sämtliche Passagiere mussten ihn bereits verlassen haben, und nicht alle waren ungeschoren davongekommen, wie das Blut an den scharfkantigen Glasscherben und auf dem Boden bewies. Er konnte den Verursacher des erbärmlichen Wimmerns, das ganz eindeutig von hier kam, nicht ausmachen.

Sein Verstand meldete sich zu Wort und mahnte ihn nicht nur zur Vorsicht, sondern machte ihm auch klar, dass das hier eigentlich unmöglich war. Da sich die Ereignisse so sehr überstürzt hatten, kam es ihm länger vor, doch in Wahrheit konnten seit der Katastrophe kaum mehr als zwei oder drei Minuten vergangen sein. Es war vollkommen ausgeschlossen, dass alle Passagiere den Wagen bereits verlassen hatten, noch dazu verletzt.

Sie hatten es auch nicht.

Das Licht war ausgefallen, und in dem schwachen roten Feuerschein, der von außen hereinfiel, sah er im hinteren Teil des Wagens zuerst nur Schatten, die sich zu unheimlichen Formen und Umrissen zusammenballten. Doch mit jedem Schritt wurde der Anblick deutlicher und unheimlicher.

Die Passagiere waren hier – über- und nebeneinander gestürzt und zu einem einzigen Wust aus ineinander geknoteten Gliedmaßen und Leibern verstrickt und in etwas wie ein gewaltiges schwarzes Netz eingesponnen, wie die Beute eines höllischen Fischers, der den Styx befuhr. Das Wimmern stammte tatsächlich von einem Kind, das ganz am Fuße des grausigen Hügels lag und sich mit kraftlosen Bewegungen vergeblich loszureißen versuchte, ohne dass es auch nur einen Finger breit von der Stelle kam. Robert eilte hin, streckte die Hände aus, um ihm zu helfen, und prallte im letzten Augenblick zurück, denn was er für ein Netz hielt, war keines, sondern ein Gespinst aus nass glänzenden, lebendigen schwarzen Fäden, die sich alle unabhängig voneinander bewegten und doch einem gemeinsamen Willen zu gehorchen schienen, denn ihrem vermeintlich chaotischen Zittern und

Wogen lag durchaus ein gemeinsames Muster zugrunde, das er nur nicht erkennen konnte.

Statt die schwarze Protomasse zu berühren, bewegte er sich in der Hocke ein gutes Stück zurück, zog den Stockdegen aus seiner Umhüllung und kappte den schwarzen Strang, der den Knöchel des Mädchens fest genug gepackt hatte, um ihr das Blut abzuschnüren. Er schnappte wie ein straff gespanntes Gummiband zurück, während das abgetrennte Ende zischend zu grauer Asche zerfiel. Robert spürte einen Schwall intensiver Hitze, und das Mädchen schrie vor Schmerz auf und fiel in eine barmherzige Ohnmacht, und plötzlich erhoben sich Dutzende von nervendünnen, peitschenden Fäden, wickelten sich rasend schnell zu einer Handvoll fleischiger Tentakel mit gierig schnappenden Mäulern am Ende zusammen und attackierten ihn aus allen Richtungen zugleich.

Robert kappte sie ausnahmslos mit einem einzigen, weit geschwungenen Hieb, sprang endgültig in die Höhe, als er eine Bewegung hinter sich spürte, und rammte den Degen ohne auch nur nachzudenken nach vorn.

Gute drei Finger tief in Rowlfs Leib.

Rowlf ächzte. Seine Augen wurden groß und quollen ein gutes Stück aus den Höhlen, während er zurück und gegen eine halb aus der Verankerung gerissene Sitzbank prallte.

Roberts Herz blieb buchstäblich stehen, während sich eine Mischung aus schierem Entsetzen und Unglauben in ihm breitmachte. Seine Hand begann so heftig zu zittern, dass er um ein Haar den Degen fallen gelassen hätte. Der Shoggotenstern im Inneren des Kristallknaufs glühte mittlerweile so hell, dass er seine eigenen Knochen wie eine Skelettklaue durch das Fleisch schimmern sehen konnte, und hinter ihm bewegte sich etwas Großes und Gefährliches.

»Rowlf!«, hauchte er. »Um Himmels willen, was …?«

»Nix passiert«, presste Rowlf zwischen zusammengebissenen Zähnen hervor. Er stand halb gegen den zerstörten Sitz gelehnt da, sonst wäre er wohl gestürzt, und hatte beide Hände gegen den Leib geschlagen. Trotzdem fuhr er fort: »Alles in Ordnung, und ...« Seine Augen wurden noch größer, und er schrie: »Pass auf!«

Robert spürte die Gefahr sogar, noch bevor Rowlf die beiden Worte auch nur zu Ende geschrien hatte, und wirbelte auf dem Absatz herum, den Stockdegen zum Schlag erhoben.

Er war nicht schnell genug.

Ein Tentakel, so dick wie ein Babyarm, wickelte sich um sein Handgelenk und riss seinen Arm in die Höhe, und eine zweite lebendige Peitschenschnur umschlang seinen Oberkörper und presste ihm nicht nur den anderen Arm mit einer Kraft gegen den Leib, der er absolut nichts entgegenzusetzen hatte, sondern auch jedes bisschen Luft aus der Lunge. Noch während der grelle Schmerz in seinem Rücken und seinen Rippen explodierte, grabschten weitere drei, vier, fünf Tentakel nach ihm und umschlangen seine Beine und den Unterleib, und ein besonders vorwitziger Schlangenarm bäumte sich unmittelbar vor ihm auf und klappte zu einem vor Zähnen nur so strotzendem Maul auseinander, das ihm das Gesicht abzubeißen versuchte.

Wahrscheinlich wäre es ihm sogar gelungen, wäre da nicht plötzlich Rowlf gewesen, der sich mit einem gewaltigen Brüllen an Robert vorbeiwarf und die Tentakel mit bloßen Händen in Stücke zu reißen begann. Das Maul ließ von Robert ab und verbiss sich in Rowlfs Unterarm, vermochte den dicken Stoff seiner Jacke jedoch nicht zu durchdringen, und Rowlf revanchierte sich, indem er den Tentakel abriss und gegen die Wand warf, wo er zu einer übel riechenden schwarzen Pampe zerspritzte.

Roberts Erleichterung hielt allerdings nur einen Sekundenbruchteil an, denn immer mehr und mehr Tentakel bildeten sich, um Rowlf zu attackieren, den sie wohl als den gefährlicheren Gegner ausgemacht hatten, und selbst dessen Titanenkräften waren Grenzen gesetzt. Er zerriss das höllische Gewebe fast so schnell, wie es nachwachsen konnte. Aber eben nur fast so schnell. Schon war eines seiner Beine gefesselt, und als er all seine Kraft aufbot, um sich loszureißen, schlugen Dutzend weitere Tentakel nach seinem anderen Bein und hätten ihn fast aus dem Gleichgewicht gezerrt. Und aus der Mitte der zusammengebundenen Passagiere wuchs etwas Großes und Boshaftes mit einem Kranz peitschender Tentakel anstelle eines Kopfes, einem glotzenden Zyklopenauge und einem halben Dutzend schnappenden Mäulern in die Höhe. Ein wütendes Trällern und Pfeifen erscholl.

Robert stieß den Degen fast bis zum Heft in dieses eine starrende Auge, und das Monstrum zerlief zu schwarzem Brei, der Blasen schlagend herabtropfte und zu grauer Asche verbrannte, noch bevor er den Boden erreichte. Stoff begann zu schwelen, und die eine oder andere Gestalt regte sich und stöhnte vor Schmerz, denn die brennende Vernichtung beschränkte sich nicht nur auf die grässliche Albtraumkreatur, sondern weitete sich rasend schnell über das gesamte unheimliche Netz aus. Es dauerte nicht einmal eine halbe Minute, bis es vollkommen zu grauer Asche und Rauch verbrannt war, nur eine oder zwei Sekunden später erlosch auch das Glühen des Shoggotensternes.

Robert ließ erschöpft den Arm sinken und hatte plötzlich schon fast Mühe, auch nur den Degen festzuhalten. Von einer Sekunde auf die nächste empfand er ein Gefühl so vollkommener Leere, als hätte sich tief in ihm ein Abgrund aufgetan, durch den alle Kraft und jegliche Energie aus im herausfloss.

Mit einer gewaltigen Willensanstrengung drängte er die Schwäche zurück, schob die Klinge in den vermeintlichen Degen und wandte sich mit neu aufkommendem Schrecken zu Rowlf um. »Und dir ist auch wirklich nichts passiert?« Es fiel ihm immer noch schwer, das zu glauben.

»War knapp«, bestätigte Rowlf mit einem Kopfschütteln, und indem er die flache Hand auf seinen Bauch klatschen ließ. Robert sah, dass Jacke und Hemd tatsächlich durchbohrt waren, die Haut darunter aber wie durch ein Wunder nur einen kaum fingernagellangen Kratzer aufwies, der nicht einmal blutete. Überrascht zog er den Degen noch einmal aus seiner hölzernen Scheide und stellte fest, dass auch auf der Klinge kein Blut war. Er sollte erleichtert sein, war es aber nicht.

»Das war wirklich Glück«, sagte er benommen. Da war etwas. Eine Erkenntnis, die an seinen Gedanken kratzte, es aber nicht endgültig schaffte, wahrgenommen zu werden.

»Ja. Gut, dass du nicht mehr so schnell wie früher sein tust«, bestätigte Rowlf mit einem schmerzlichen Verziehen der Lippen. »Vor zwanzig Jahren hätte ich dir jetzt genau sagen können, wie sich ein Schmetterling in der Vitrine fühlen tut.«

Robert fand das nicht lustig. Um ein Haar hätte er Rowlf umgebracht. Aber statt ein einziges Wort davon auszusprechen, schob er den angeblichen Spazierstock endgültig unter seinen Gürtel und ließ sich zum zweiten Mal neben dem Mädchen in die Hocke sinken. Es war immer noch bewusstlos, doch eine rasche Untersuchung zeigte ihm, dass sein Herz ebenso kraftvoll wie gleichmäßig schlug und es wohl bis auf ein paar leichte Verbrennungen unversehrt geblieben war, die ohne Folgen verheilen würden.

»Lebt sie?«, fragte Rowlf.

»Ja, und alle anderen auch, wie es aussieht«, antwortete

Robert. Er stand auf, sah sich noch einmal aufmerksam um und hätte es eigentlich gar nicht gemusst, er spürte, dass die Gefahr vorüber war; wenigstens die durch die Albtraumwesen vom falschen Ende der Zeit.

»Verschwinden wir«, sagte er, »bevor jemand kommt und anfängt, dumme Fragen zu stellen.«

»Also eine hätte ich gleich«, sagte Rowlf.

Obwohl sie ihm bekannt war, fragte Robert: »Und welche wäre das?«

»Woher hast du es gewusst?«

»Das hier?« Robert machte eine weit ausholende Bewegung, wandte sich zugleich aber auch schon ab, um den Wagen zu verlassen. Einige der bisher reglosen Gestalten begannen bereits wieder zu erwachen, und er hielt es für besser, wenn sie niemand hier drinnen sah. »Das ist die falsche Frage. Die richtige lautet: Woher hat *sie* es gewusst?«

Westminster Bridge, London. Morgen

»Uns geht gleich das Benzin aus«, sagte Bill. Es waren die ersten Worte, die einer von ihnen sprach, seit sie das John-Sinclair-Ding überfahren hatten, was ebenso gut zehn Minuten wie zehn Stunden her sein konnte. Zeit hatte jegliche Bedeutung verloren, so wie eigentlich alles.

»Diesel«, antwortete Suko trotzdem, während er weiter am Radio drehte, ohne mit irgendetwas anderem belohnt zu werden als mit demselben monotonen weißen Rauschen, das auf allen Frequenzen und allen Sendeplätzen zu hören war. Das Geräusch hatte etwas Endgültiges, fand Suko, als hätten sich sogar die Naturgesetze geändert, sodass Radiowellen den Menschen nicht länger zur Verfügung standen. Und vielleicht nicht nur sie, denn unmittelbar nach ihrem katastrophalen Telefonat mit Scotland Yard waren nacheinander sowohl das Handynetz als auch der CB-Funk und selbst das Navi des Trucks ausgefallen. Es war auch immer noch dunkel, und es herrschte nicht nur tiefste Nacht zur Unzeit, am Himmel war auch kein einziger Stern zu sehen. Wäre nicht das leicht blaustichige Xenon-Licht der Scheinwerfer gewesen, hätte man meinen können, in einer Dimension gestrandet zu sein, in der nichts von Menschenhand Geschaffenes mehr Bestand hatte.

Und dann waren da noch die beiden Apache-Kampfhubschrauber gewesen, die vor einer Weile über sie hinweggejagt waren.

Und natürlich die ganze Staffel Harrier-Jets, die so tief über die Baumwipfel gedonnert waren, dass sich der gesamte Truck unter der Druckwelle geschüttelt hatte.

»Ich glaube, der Truck fährt mit Diesel«, wiederholte Suko, als Bill auch nach einer geschlagenen weiteren Minute nicht antwortete.

»Dann geht uns eben der Diesel aus«, knurrte Bill und warf einen raschen Blick in den Spiegel.

Suko hätte um ein Haar dasselbe auf seiner Seite getan, verbot es sich aber im letzten Augenblick und konzentrierte sich lieber auf das nutzlose Radio, denn er wusste, was er gesehen hätte. Der Horizont stand in Flammen, als hätte die ganze Welt Feuer gefangen. Vielleicht hatte sie es.

»Und zwar ziemlich bald. Das Ding säuft Sprit, als wäre er umsonst. Kein Wunder, das unsere Welt vor die Hunde geht.«

Darauf antwortete Suko gar nichts mehr. Bill plapperte, um seine Nervosität zu überspielen, und das konnte er ihm nun wirklich nicht verübeln. Ihm selbst erging es kaum besser, auch wenn er zum allergrößten Teil ein Gefühl vollkommener Leere empfand. Nachdem Bill Shaos Mörder überfahren und ihren Tod gerächt hatte, hätte er erwartet, zumindest eine vage Genugtuung zu empfinden, aber eigentlich spürte er gar nichts. Nicht nur weil er wusste, dass es natürlich nicht wirklich John gewesen war, sondern nur etwas, das wie John aussah. Und selbst wenn es anders gewesen wäre: Nun, wo er es am eigenen Leib gespürt hatte, begriff er, wie schal Rache schmeckte und wie wenig Trost sie spendete. Wenn man es genau nahm, dann machte sie alles nur schlimmer, denn sie verhinderte zugleich auch jedes barmherzige Vergessen.

Weitere endlose Minuten vergingen, in denen die Straße vollkommen leer blieb, wie ein endloser schwarzer Tunnel, in dem es nichts als Dunkelheit und die zu tiefenlosen schwarzen Scherenschnitten verblassten Bäume zu beiden Seiten zu geben schien. Bäume, die es gar nicht geben durfte, wie Suko eher beiläufig registrierte. Neben dem Moloch, für den viele

London zu Recht hielten, war die Themsemetropole auch eine erstaunlich grüne Stadt, in der es zahlreiche Parks, Grünflächen und andere naturbelassene Areale gab – aber von einem Wald, durch den man eine halbe Stunde lang fahren konnte ohne auf einen einzigen Menschen zu treffen, hatte er noch nie gehört. Dann und wann glitt ein dunkel daliegender Umriss am Straßenrand vorbei, ein verlassen erscheinendes Wohnhaus, eine dunkle Tankstelle oder ein einsamer Laden hinter einem verwaisten Parkplatz. Nirgends brannte auch nun ein einziges Licht. Kein Mensch war zu sehen. Kein einziger Wagen kam ihnen entgegen oder stand auch nur am Straßenrand, und Suko begann sich ernsthaft zu fragen, ob sein eigener alberner Gedanke von gerade vielleicht gar nicht so albern gewesen war. Was, wenn sie tatsächlich nicht mehr in der Welt waren, wie sie sie kannten? Er hatte so etwas schon erlebt.

Als wäre das Schicksal durch diesen Gedanken zu dem Schluss gekommen, dass es an der Zeit war, einen Gang zuzulegen, begann der Motor zu stottern.

Bill fluchte, trampelte auf Gaspedal und Kupplung herum und schaffte es irgendwie (wahrscheinlich war es purer Zufall) den Motor noch einmal auf Touren zu bringen, sodass der Wagen sogar schneller wurde, statt anzuhalten, und eine sachte Kuppe erklomm. Dann wichen Gebüsch und Bäume plötzlich zur Seite, und zumindest Suko war sicher, dass auch sein Herz zwei komplette Schläge übersprang und dann doppelt so schnell und hart genug weiterhämmerte, dass er es bis in die Haarspitzen spüren konnte.

Die Stadt breitete sich so perfekt unter ihnen aus, als hätte das Schicksal sie eigens zu diesem Umweg gezwungen, um ihnen zu zeigen, was mit London geschah.

Auch der Himmel über der Stadt war so gründlich erloschen, als hätte es dort niemals Sterne gegeben, und dasselbe galt für das elektrische Licht. Dennoch war die Silhouette der Themsemetropole so deutlich wie ein schwarzer Scherenschnitt zu erkennen, denn es brannte an zahllosen Stellen; vor allem an den Ufern des Flusses, der die Stadt unter ihnen wie ein Abgrund aus noch tieferer Schwärze in zwei ungleiche Hälften teilte. Überall flackerte und loderte es, und an zahllosen Stellen blitzten grellgelbe oder rote Funken auf, einzeln oder in langen, unterbrochenen Ketten – Gewehrfeuer, begriff Suko entsetzt, oder vielleicht auch das von weit schwereren Waffen. In der Stadt wurde gekämpft. Überall in der Stadt.

»Aber was ...?«, murmelte Bill und wurde der Verlegenheit enthoben, den Satz beenden zu müssen, denn plötzlich erscholl ein schrilles, rasend schnell lauter werdendes Pfeifen, und ein Schatten ritt auf einem Feuerstrahl über den Himmel heran und explodierte in einer so grellen Feuerblüte am anderen Ufer der Themse, dass sie beide geblendet die Gesichter wegdrehten und Suko dennoch für Sekunden nichts als grelle Nachbilder sah. Ein oder zwei Augenblicke später drang ein gewaltiges Grollen an ihr Ohr, und als er wieder mehr als bunte Blitze erkennen konnte, wälzte sich eine titanische Flammenwolke dicht genug an der Westminster-Bridge in die Höhe, um allein durch ihre Nähe zahlreiche kleinere Brände und Explosionen darauf aufflammen zu lassen. Was mit den Menschen auf der Brücke passieren musste, wagte sich Suko nicht einmal vorzustellen.

»Diese ... diese Irren!«, ächzte Bill. »Sie ... sie schießen Raketen in die Stadt?«

Suko sagte nichts dazu (was auch?), revidierte seine Meinung aber im Stillen. In der Stadt wurde nicht gekämpft, in London tobte eine Schlacht, und wenn es auch nur halb so schlimm war, wie es von hier aus den Anschein hatte, dann war es für London vermutlich vollkommen egal, wer sie gewann. Natürlich war ihm klar, wie unmöglich es war, aber er bildete sich trotzdem ein, einen Chor aus gellenden Schreien und verzweifelten Hilferufen zu hören. Und Schüsse. Immer wieder Schüsse.

»Aber was …«, begann Bill hilflos, ließ den Satz in einem Schulterzucken enden und fuhr weiter.

Sukos einmal von der Leine gelassene Fantasie ließ sich die Gelegenheit natürlich nicht entgehen, ihm ein immer ungesunderes Husten und Keuchen aus dem Motorengeräusch heraushören zu lassen. Auf dem Armaturenbrett begannen gleich mehrere rote Warnleuchten zu blinken, und etwas änderte sich, ohne dass Suko genau sagen konnte was. Aber es war keine Veränderung zum Guten.

Natürlich nicht.

Schon nach wenigen Augenblicken gerieten der Fluss und die Brücke wieder außer Sicht, denn der Hügel war natürlich kein Hügel, sondern allenfalls eine sachte Anhöhe, von der sie in eine der ebenso schmalen wie schäbigen Straßenschluchten hineinfuhren, wie sie für diesen Teil der Stadt typisch waren und die nur selten ein Tourist zu sehen bekommt. Über den Dächern war noch immer roter Feuerschein zu sehen, in dem es manchmal noch heller aufblitzte und -flackerte, davon abgesehen aber herrschte vollkommene Dunkelheit. Und nicht nur das. Trotz allem, was gerade hinter ihnen lag, war es das Unheimlichste, was sie bisher erlebt hatten: Nirgends brannte Licht. Die Häuser reihten sich wie schwarze gestrandete Dinge aus einer feindseligen Welt am Straßenrand, und es war nicht nur kein einziger Mensch zu sehen – Suko empfand darüber hinaus ein intensives Gefühl einer schrecklichen Leere, das ihm jenseits allen Zweifels klarmachte, dass Bill und er das einzige Leben in weitem Umkreis waren.

»Muss ein Stromausfall sein«, sagte Bill, dessen Überlegungen in dieselbe Richtung zu gehen schienen, und wie um ihm beizupflichten flackerte die Armaturenbeleuchtung zweimal und war anschließend deutlich weniger hell. »Hoffentlich hält die Karre noch solange durch.«

Der Motor hustete zustimmend, und Suko klammerte sich ganz instinktiv an den Sitz und fragte: »Bis wohin?«

»Zum Yard«, antwortete Bill. »Wir müssen herausfinden, was mit Powell und Glenda ist.«

Als ob er das nicht wüsste, dachte Suko matt. An der Bedeutung dessen, was sie am Telefon gehört hatten, gab es nicht den geringsten Zweifel. Aber in diesem Punkt erging es Bill vermutlich nicht anders als ihm: Manche Dinge waren einfach zu schlimm, um sie auszusprechen, selbst in Gedanken.

Etwas Großes und Formloses erhob sich vor ihnen auf der Straße und verschwand, bevor das schwächer werdende Licht der Scheinwerfer es erfassen konnte. Zurück blieb nur ein vager Eindruck Gestalt gewordener Grässlichkeit, deren bloße Vorstellung schon die Seele vergiftete. Bill sog scharf die Luft zwischen den Zähnen ein, tat aber so, als hätte er nichts gesehen, und auch Suko sparte sich jeden Kommentar, denn er war nicht einmal sicher, ob dieses … Etwas wirklich da gewesen war. Vielleicht begannen ihm sein Sinne Streiche zu spielen. Vielleicht veränderte sich auch die Welt, denn manchmal meinte er sonderbar beunruhigende Dinge durch die vertrauten Umrisse der Wirklichkeit schimmern zu sehen, unmögliche Dinge, und Linien und Formen, die kein Recht hatten zu existieren.

»Wo sind all die Leute?«, fragte Bill,

Wo ist all das Leben?, verbesserte ihn Suko im Stillen, behielt aber auch das wohlweislich für sich. Manche Dinge sollte man nicht einmal in Gedanken aussprechen, um sie nicht wahr werden zu lassen. Aber es blieb dabei: Sie waren allein. All die Häuser, die die Straße wie schwarze Theaterkulissen säumten, waren nicht einfach verlassen, sie strahlten etwas aus, das ihn davon überzeugte, dass niemals Leben in ihnen gewesen war. Die Welt bewegte sich in eine Richtung, die gar nicht existierte, und in der etwas so Entsetzliches auf sie wartete, dass sich sein Verstand weigerte, es sich auch nur vorzustellen.

Zumindest in einem Punkt schien das Schicksal ein Einsehen mit ihnen zu haben (oder wiegte sie in falscher Hoffnung, nur um sie dann umso härter zu treffen), denn der Motor stotterte und röchelte zwar immer heftiger, hielt aber tapfer durch. Sie fuhren jetzt durch ein heruntergekommenes Industriegebiet, das zum Großteil aus niedrigen Lagerhäusern und rostigen Wellblechschuppen bestand, zwischen denen sich verlassene Parkplätze und anderen leere Flächen erstreckten. Suko hatte längst die Orientierung verloren, und auch wenn Bill sein Möglichstes tat, um Optimismus auszustrahlen, verriet sein Gesichtsausdruck doch, dass es ihm nicht viel anders erging. Dann und wann flammte der Himmel vor ihnen in einem düsteren Rot auf, vor dem sich der eine oder andere vertraute Umriss erhob, sodass sie sich wohl zumindest noch in die richtige Richtung bewegten, aber das war auch schon alles. Sie konnten noch eine Meile vom Fluss entfernt sein, ebenso gut aber auch zehn oder auch eine ganze Welt.

Von ihnen tat sich eine Lücke in der Häuserfront auf, und zugleich zerriss eine weitere rotorangene Explosion die falsche Nacht, sodass sich die Skyline des anderen Themseufers wie ein schwarzer Scherenschnitt vor dem roten Höllenlicht abhob: Die Tower-Bridge, das Parlament mit seinen typischen spitzen Zinnen und der Big Ben – und plötzlich wusste er, wohin die Dämonen sie schicken wollten. Es war so klar, dass er gar nicht verstand, wie er es ...

Ein gewaltiger Schlag traf den Wagen, hart genug, um Suko fast vom Sitz zu schleudern und die Scheibe auf Bills Seite in ein milchiges Spinnennetz aus einer Million Sprünge zu verwandeln. Das Lenkrad wurde Bill aus den Händen gerissen und begann sich wie wild zu drehen, und die gesamte Straße führte einen wilden Veitstanz um sie herum auf. Für eine einzelne, aber durch und durch entsetzliche Sekunde neigte sich der Truck so weit zur Seite, dass er eigentlich umstürzen musste, fiel dann mit einem markerschütternden Krachen zurück, der die Scheibe neben Bill endgültig in einen Wasserfall aus rechteckigen Glasscherben verwandelte, und irgendwie und eigentlich vollkommen unmöglich, gelang es Bill nicht nur, das Lenkrad wieder zu fassen, sondern den schleudernden Truck auch wieder unter Kontrolle zu bringen. Funken sprühten und Metall zerriss, als sie gegen einen stehengelassenen Wagen prallten, der wie ein Spielzeugauto davongeschleudert wurde und sich in der Luft in alle seine sechseinhalbtausend Einzelteile aufzulösen schien. Ein zweiter, kaum weniger harter Schlag traf den Wagen, als die Reifen auf der anderen Seite gegen den Bordstein krachten, dann fanden sie endlich schlingernd in eine halbwegs gerade Spur zurück, und Bill trat das Gaspedal bis zum Boden durch. Die sieben- oder achthundert PS des Trucks brüllten auf, und der Wagen machte einen Satz, bei dem so mancher Sportwagen vor Neid blass geworden wäre.

Diesmal sahen sie es ganz deutlich. Ein Scheinwerfer war erloschen, aber das Licht des anderen riss den Giganten mit jedem noch so winzigen schrecklichen Detail aus der Nacht, der plötzlich vor ihnen auftauchte: Ein haushohes, groteskes

Ungetüm, wie eine allen Gesetzen der Natur und Logik spottende Kreuzung zwischen einem Kraken und einem verkrüppelten Baum, der sich entschieden hatte, das Laufen zu lernen, und aus einem riesigen Zyklopenauge aus zwanzig Fuß Höhe auf sie herab glotzte.

Bill tat etwas vollkommen Wahnsinniges: Statt auszuweichen oder abzubremsen, schaltete er einen Gang zurück und versuchte sogar, noch mehr Gas zu geben, und der Wagen machte einen zweiten und sogar noch gewaltigeren Satz und rammte das Ungeheuer.

Es zerplatzte wie ein zu stramm aufgeblasener Luftballon. Abgerissene Tentakel von der Größe junger Bäume flogen umher, und ein Schwall aus schwarzem Modder regnete auf den Wagen herab; begleitet von einem so überwältigend widerlichen Gestank, dass Suko all seine Willenskraft brauchte, um sich nicht zu übergeben. Bill schlug mit einem schmerzerfüllten Zischen die Hand gegen den Hals und hätte um ein Haar doch noch die Gewalt über den Truck verloren. Ein zweiter Wagen wurde unsanft den Bordstein hinauf und in den nächsten Vorgarten geschleudert, als die tonnenschwere Zugmaschine Funken sprühend daran entlangschrammte, und etwas wie ein gepeinigter Schrei erscholl, der aus der größten Kehle der Welt zu stammen schien. Der Wagen rumpelte ein Stück weit über den Bürgersteig, walzte irgendetwas platt, das Suko nicht erkannte, und hüpfte auf die Straße zurück.

Für einen Moment, dann platzten beide Reifen auf Sukos Seite, und der Truck verwandelte sich endgültig in einen Kreisel, der Furchen in den Asphalt fräste und endgültig umzustürzen drohte. Suko hörte jemanden schreien (wahrscheinlich sich selbst), prallte hart genug mit der Stirn auf das Armaturenbrett, um Sterne zu sehen, und hielt sich gegen jede Wahrscheinlichkeit irgendwie auf dem Sitz; jedenfalls so lange, bis der Wagen mit einem gewaltigen Schlag gegen ein geschlossenes Rolltor und eine halbe Sekunde später hindurchkrachte.

Vollkommene Dunkelheit umgab sie, abgesehen von einem winzigen rechteckigen grauen Fleck auf der anderen Seite. Suko rappelte sich auf und hatte genug damit zu tun, sowohl seine letzte Mahlzeit als auch seine wichtigsten inneren Organe bei sich zu behalten, um großartig auf seine Umgebung zu achten, meinte aber trotzdem zu erkennen, dass sie sich in einer Art Lagerhalle voller riesiger Regale befanden. Was darin lag, konnte er nicht erkennen, aber er meinte, schlängelnde Bewegung zwischen den Regalreihen auszumachen und etwas wie eine unsichtbare Last zu spüren, die sich auf seine Seele legte und sie zu ersticken begann.

Bill musste es wohl ganz ähnlich ergehen, denn er nahm nun endgültig keine Rücksicht mehr auf ihr geliehenes Beförderungsmittel und jagte den protestierenden Wagen im ersten Gang und mit überdrehtem Motor auf den rettenden Ausgang zu. Beißender Gestank nach schmorendem Gummi und heißem Metall drang aus den Lüftungsschlitzen, und in das gequälte Kreischen des Motors mischte sich jetzt ganz eindeutig ein Geräusch wie von sich festfressenden Lagern und zerbrechendem Metall.

Sie rumpelten über ein Hindernis, das mit einem trockenen Knacken zerbrach, schlingerten weiter und zogen nun Fontänen aus grellen Funken hinter sich her, als sich einer der geplatzten Reifen in Wohlgefallen auflöste und der Wagen auf der blanken Felge weiterrumpelte.

Beinahe hätten sie es sogar geschafft.

Kaum einen halben Steinwurf vor dem rettenden Tor erscholl ein peitschender Knall, und die Motorhaube wölbte sich wie von einer Schrotladung getroffen nach außen und flog davon. Der Wagen stellte sich quer, und eine gewaltige Dampfwolke quoll aus dem geplatzten Motorblock.

Suko stieß die Tür auf, ließ sich aus dem Wagen fallen, noch bevor er ganz zum Stehen gekommen war und eilte um die zerstörte Motorhaube herum. Die Tür auf der anderen Seite hatte sich verklemmt, sodass er Bill helfen musste, sie überhaupt aufzubekommen, und danach fiel er ihm mehr in die Arme, als dass er ausgestiegen wäre.

Etwas stimmte nicht mit ihm, doch Suko blieb keine Zeit, sich nach seinem Befinden zu erkundigen. Etwas Schwarzes und sehr Großes schlängelte sich in ihre Richtung, sodass er Bill hastig in die Höhe und hinter sich herzerrte. Er sah nicht hinter sich, und sie hatten noch keine zwei Schritte getan, da erscholl hinter ihnen ein schweres, fleischiges Klatschen, als schlüge eine monströs große nasse Hand auf Beton.

Dann waren sie draußen, aber nicht in Sicherheit.

Die Halle grenzte an einen kopfsteingepflasterten Uferstreifen. Das Wasser lag wie ein Abgrund voller halb erstarrtem Teer unter ihnen und atmete einen den Magen umstülpenden Gestank aus, und ... Dinge bewegten sich darin, groteske Geschöpfe mit peitschenden Armen und schnappenden Papageienschnäbeln, die aus hasserfüllten Augen in die neue Welt hinausstarrten, die zu erobern sie gekommen waren. Andere und kleinere, aber nicht minder scheußliche Kreaturen bevölkerten die Ufer gleich zu Tausenden, krochen riesigen schwarzen Schnecken gleich an den Uferbefestigungen hinauf oder wankten auf lächerlich anmutenden verkrüppelten Füßchen dahin, und noch immer war nirgendwo auch nur eine Menschenseele zu erblicken.

»Sie kommen aus dem Wasser«, murmelte Bill. »Großer Gott, sie ... sie sind überall!«

Und das war nicht übertrieben. Auch wenn sich durch

nichts als einen glücklichen Zufall keines der Monster in ihrer unmittelbaren Nähe befand, begriff Suko dennoch, dass sie in der Falle saßen. Es mussten Tausende sein, allein auf dem Bereich des Ufers, den sie übersehen konnten, und Millionen, wenn sich das Grauen auf die gesamte Themse erstreckte.

»Und wir haben nicht einmal eine Waffe«, fügte Bill noch hinzu, was Suko einigermaßen lächerlich vorkam. Welche Waffe schwebte ihm denn vor, angesichts dessen, dem sie sich gegenübersahen – eine Wasserstoffbombe?

Der Verzweiflung nahe sah er sich nach einem Fluchtweg um und deutete schließlich auf die Brücke. Sie waren zu weit entfernt, um Einzelheiten zu erkennen, aber die meisten Feuer waren bereits wieder erloschen, und zumindest von hier aus waren keine Monster zu sehen.

Was immer das bedeuten mochte.

Bill nickte zwar und machte auch einen gehorsamen Schritt, geriet aber dann ins Straucheln und wäre womöglich gestürzt, wäre Suko nicht rasch hinzugesprungen und hätte ihn aufgefangen.

»Was ist mit dir?«, fragte er besorgt.

»Nichts.« Bill machte sich unwillig los und schüttelte zusätzlich den Kopf, hob aber zugleich auch den Arm und presste die Hand gegen den Hals. Unter seinen Fingern war etwas Dunkles, das sich zu bewegen schien. Dann begriff Suko, und ein eisiger Schauer lief ihm über den Rücken.

»Das muss passiert sein als die Scheibe geplatzt ist«, sagte er zögernd. »Es ist ... seltsam.«

»Was?«, fragte Suko. Als er keine Antwort bekam, griff er nach Bills Handgelenk und drückte seinen Arm mit sanfter Gewalt herunter. Auf Bills Hals prangte ein doppelt münzgroßer schwarzer Fleck, der ihn auf erschreckende Weise an den Anblick erinnerte, den John geboten hatte, als er ihn am

Morgen in seinem Bett gefunden hatte. Auf den allerersten Blick sah er fast harmlos aus, kaum beeindruckender als ein wenig Schmutz oder ein Teerspritzer.

Aber nur auf den allerersten Blick, denn irgendwie bewegte er sich. Nicht der Fleck selbst, aber etwas unter ihm, als wäre ein Teil der unheimlichen Masse tief in Bills Haut und vielleicht schon in seinen Körper vorgedrungen.

»Tut es weh?«, fragte Suko unbehaglich.

»Nein«, antwortete Bill. »Aber ... «

»Aber?«

Bill hob hilflos die Schultern. »Es ist ... pass auf! «

Er schrie die letzten beiden Worte und versetzte ihm zugleich einen Stoß mit den flachen Händen vor die Brust, der Suko haltlos zurückstolpern ließ. Der mit einer mörderischen Knochenklinge versehene Tentakel verfehlte ihn um Haaresbreite, statt ihm den Kopf von den Schultern zu schlagen. Aus derselben Bewegung heraus ergriff ihn Bill auch schon am Arm und fing ihn nicht nur auf, sondern zerrte ihn auch herum und ein halbes Dutzend Schritte weit mit sich, bevor es Suko auch nur gelang, hinter sich zu sehen.

Er hatte sich nicht getäuscht. In der Halle war etwas gewesen, und hinter ihnen quollen gleich ein halbes Dutzend der grässlichen Protomonster ins Freie, die ihnen schon an der Tankstelle um ein Haar zum Verhängnis geworden wären. Genau wie dort waren sie nicht besonders schnell, dafür aber so hartnäckig wie Maschinen, die, einmal auf eine Aufgabe programmiert, gar nicht aufgeben konnten; ganz einfach weil ihnen die Bedeutung dieses Wortes nicht einmal bekannt war.

Suko riss sich los und fiel neben Bill in einen Kräfte sparenden Trab, der die Distanz zwischen ihnen und den herantaumelnden Geschöpfen rasch vergrößerte.

Nebeneinander und so dicht an der Kaimauer, wie sie es bei

dem kaum vorhandenen Licht gerade noch wagten, stürmten sie weiter, und erneut fiel Suko auf, wie unnatürlich still es trotz allem war: Vom Fluss wehte das Geräusch des Wassers herauf, durchdrungen von einem mannigfaltigen Plätschern und Gluckern, von dem sich Suko mit wenig Erfolg einzureden versuchte, dass es von all den Schiffen und Wasserfahrzeugen stammte, die die Themse normalerweise in schier unübersehbarer Zahl befuhren, aber auch einem tierischen Grunzen, Pfeifen, Trällern, Trompeten und Heulen und hundert anderen Angst machenden Lauten, die kein Recht hatten, in dieser Welt zu erklingen.

Der Wind trug nicht nur den Gestank einer verbotenen Welt des Verfalls und der Fäulnis mit sich, sondern klapperte auch mit losen Dachplatten aus Metall und Unrat, und da waren auch noch tausend andere Laute, die sich zu einer Kakophonie des Grauens summierten. Aber etwas fehlte, eine ganze Facette der Wirklichkeit, die durch ihre bloße Abwesenheit etwas vollkommen Falsches und fast schon Bedrohliches aus der Welt machte: Es war kein von Menschen gemachter Laut zu hören.

Abgesehen von den Explosionen und den ununterbrochen krachenden Schüssen, die vom anderen Themseufer herüberwehten.

Einmal darauf aufmerksam geworden, meinte Suko nun auch Schreie zu hören, einen ganzen Chor entsetzter Rufe, in denen etwas Schlimmeres als nur Todesangst mitschwang und der ebenfalls ausnahmslos vom anderen Ufer stammte, als hätte eine unfassbare Macht die Welt in zwei Hälften gespalten, die des Lichts und des Lebendigen und die der Dunkelheit und des Todes.

Suko warf einen hastigen Blick über die Schulter und sah zwar, dass ihr Vorsprung noch einmal größer geworden war, legte aber trotzdem noch einmal Tempo zu und stürmte so schnell eine steile Steintreppe hinauf, dass Bill beinahe Mühe hatte, mit ihm Schritt zu halten. »Woher hast du das gewusst?«, fragte er.

»Was?«, antwortete Bill kurzatmig.

»Das Ungeheuer hinter mir.« Bill hatte es auf gar keinen Fall sehen können, so wie er neben ihm gestanden hatte.

»Nur ein Zufall.« Bill schickte noch ein bekräftigendes Schulterzucken hinterher, sagte aber dann trotzdem: »Irgendwie habe ich es gespürt. Frag mich nicht.«

»Das tue ich aber«, beharrte Suko, allerdings erst, nachdem sie das obere Ende der Treppe erreicht und einen Moment angehalten hatten, um zu Atem zu kommen. Ein rascher Blick in die Tiefe zeigte ihm, dass die Ungeheuer die Verfolgung zwar nicht aufgegeben hatten, aber weiter zurückgefallen waren. Sie mochten gefährlich sein, aber sie waren auch erbärmlich langsam. Nicht dass ihn dieser Gedanke auch nur im Geringsten beruhigt hätte. »Also?«

»Nur ein Gefühl«, sagte Bill noch einmal, schüttelte zugleich aber auch den Kopf. »Etwas ... stimmt nicht, aber ich weiß nicht was.«

»Und was genau soll das ...?«, begann Suko und wurde von einem gewaltigen Krachen unterbrochen, das irgendwo zur Linken erscholl. Sie beide fuhren erschrocken herum, aber es war zu dunkel, um mehr als Schatten zu erkennen. Aber etwas bewegte sich dort. Etwas Großes.

»Weiter.«

Brandgeruch schlug ihnen entgegen, und ein allgemeines Gefühl von Bedrohung, das eine schon fast körperliche Intensität annahm, je weiter sie sich der Mitte des altehrwürdigen Bauwerks näherten. Vielleicht lag es auch schlicht an einem Umstand, der ihm erst jetzt wirklich auffiel – die Stadt war auch noch in einer anderen Hinsicht geteilt: Die Kämpfe tobten nur auf einer Seite des Flusses. Der, der sie sich näherten.

Sie kamen besser voran, als er zu hoffen gewagt hätte, zumindest bis zur Flussmitte. Was sie aus der Entfernung gesehen hatten, hatte schlimmer ausgesehen als es war, denn sie fanden lediglich eine Handvoll schwelender Autowracks und ein paar rauchende Trümmer, aber auch hier keinen einzigen Menschen, weder lebendig noch tot. Letzteres hätte Suko beruhigen sollen, steigerte seine Besorgnis aber nur noch mehr, und als sie in der Mitte der Brücke angekommen waren, begann er sich ernsthaft zu fragen, ob sein verrückter Gedanke von vorhin vielleicht gar nicht so verrückt gewesen war: Was, wenn der Welt etwas viel Schlimmeres zugestoßen war als nur eine Invasion irgendwelcher Monster?

»Da vorne ist was!« Bill blieb stehen, und auch Suko strengte die Augen an, erkannte aber nichts als Schatten.

»Ich sehe nichts«, sagte er.

»Ich auch nicht«, antwortete Bill. »Aber ich kann sie spüren.«

Das Schlimme war, dass Suko ihm glaubte. Und das machte ihm Angst.

Wie sich zeigte, zu Recht.

Etwas traf die Brücke, nicht einmal besonders hart, aber so machtvoll, dass das ganze gewaltige Bauwerk zu seufzen schien, und diesmal brauchte er Bills vermeintliche Ahnung nicht, um es zu spüren. Etwas kam.

Und es war wahrhaft gigantisch. Das Licht reichte nicht aus, um Einzelheiten zu erkennen, aber vielleicht war es gerade das, was den Anblick so schrecklich machte, denn es ließ der Fantasie mehr Spielraum, als ihr in einem Moment wie diesem zustehen sollte. Es hätte eine Schlange sein können, die sich gigantisch und peitschend aus dem Wasser erhob und über das steinerne Geländer reckte, wäre da nicht plötzlich noch ein zweites und drittes monströses, mit tellergroßen Saugnäpfen übersätes Etwas gewesen, das sich triefend aus dem Wasser erhob und nach dem Brückengeländer tastete, um sich daran festzuklammern. Stein zerbrach knirschend, und die gesamte Brückenkonstruktion neigte sich ein spürbares Stück zur Seite, als sich der Krake aus dem Wasser zog, ein monströses, pumpendes Ding, breiter als die Brücke selbst und hoch wie ein Haus, unter dem verbrannte Automobile und qualmende Trümmer zermalmt wurden und sich die gesamte Brücke ein weiteres Stück zur Seite neigte. Ein einzelnes riesiges Auge bewegte sich suchend in der Mitte des aufgeblähten nassen Balgs.

Bevor sein Blick sie erfassen konnte, stürmten Suko und Bill nebeneinander los, wobei zumindest Suko das sehr sichere Gefühl hatte, sehenden Auges in eine Falle zu laufen. Aber sie hatten keine Wahl.

Und keine Chance, wie ihm im nächsten Moment klar wurde, denn auch am anderen Ende der Brücke erhoben sich plötzlich drohende Schatten unter einem Wald wütend peitschender Schlangenarme, und ein rascher Blick über die Schulter zeigte ihm, dass sich das Ungeheuer schwerfällig auf einem Nest gewaltiger fleischiger Tentakel herumdrehte und hinter ihnen herzukriechen begann. Seine Bewegungen wirkten schwerfällig und waren es auch, aber die enorme Größe des Kraken machte diesen vermeintlichen Nachteil mehr als wett. Statt zurückzufallen, holte das Monster mit jeder mühsam platschenden Bewegung auf, und ...

Das Rauschen gewaltiger Flügel zerschnitt die Nacht wie eine Messerklinge, und Suko fühlte, wie ein Paar unmenschlich starker Hände ihn packten und in die Höhe rissen, keine Sekunde, bevor etwas Gigantisches und Schwarzes dort durch die Luft zischte, wo Bill und er gerade noch gewesen waren, und das massive Brückengeländer zu Staub zermalmte. Die Welt begann einen wahnsinnigen Tanz in alle Richtungen zugleich aufzuführen.

Trotzdem sah er, wie knapp sie dem sicheren Tod entkommen waren, denn dem ersten Monstertentakel folgten unmittelbar zwei, drei, vier weitere peitschende Arme, die das massive Geländer in schierer Raserei über die entgangene Beute zu zertrümmern begannen, und aus der anderen Richtung stürzten Dutzende Tentakel schwingender Ungeheuer mit schnappenden Mäulern und glotzenden Zyklopenaugen heran, die kaum einen Steinwurf von ihrer letzten Position entfernt auf sie gewartet haben mussten. Der Fluss kippte seitlich unter ihnen weg und in die Höhe, schien für eine magenverdrehende halbe Sekunde am Himmel entlangzufließen und fiel dann wieder in seine ursprüngliche Lage zurück, dann sprang ihnen der Boden mit solcher Schnelligkeit entgegen, dass Suko sich anspannte und auf einen Knochen zertrümmernden Aufprall wartete.

Dieser kam auch, schüttelte ihn aber nur gründlich durch und bescherte ihm eine Anzahl schmerzhafter Prellungen und Abschürfungen, ging aber ansonsten fast glimpflich ab, denn der Todesengel spreizte im letzten Moment die Flügel und nahm dem Sturz so die allergrößte Wucht. Dennoch rollte er meterweit herum, schlug mit Gesicht, Schläfe und Hinterkopf hart genug auf, um Sterne zu sehen, und scheuerte sich beide Handflächen blutig, und für die Dauer zweier oder dreier entsetzlicher Sekunden drohte er das Bewusstsein zu verlieren. Schüsse, Schreie und das Krachen von Explosionen waren auf dieser Seite ungleich lauter und gellten wie der Klang der Hölle selbst in seinen Ohren, und alles roch verbrannt und schmeckte nach Blut.

Eine eiskalte Hand krallte sich in seine Schulter und riss ihn so brutal in die Höhe, dass seine Kiefer hart genug zusammenschlugen. Er wäre gestürzt, hätte ihn nicht eine zweite kalte Hand im Nacken ergriffen und mit brutaler Kraft festgehalten. Neben ihm erging es Bill kein bisschen besser.

Dann sah Suko, was vor ihm stand, und vergaß für einen Moment alles andere. Es war einer von Asmodinas Todesengeln, bewaffnet mit Pfeil und Bogen sowie einem Schwert, das in einer Scheide am Gürtel der hauteng anliegenden Lederhose hing. Der Inspektor war nicht einmal mehr wirklich überrascht, als eine zweite Gestalt aus den Schatten trat, die der ersten wie ein Spiegelbild ähnelte, und das wortwörtlich, denn auch sie trug zusätzlich zu Pfeil und Bogen noch ein Schwert am Gürtel.

Hinter ihnen raschelte es, und Suko hörte das Geräusch schwerer Schritte, unter denen Steine zerbrachen und Glas zermalmt wurde. Er musste sich nicht herumdrehen, um zu wissen, dass auch hinter ihnen Todesengel aufgetaucht waren. Möglicherweise mehr als zwei.

Eine dritte, etwas größere, aber ungleich erschreckendere Gestalt trat zwischen die beiden Todesengel. Bill sog scharf die Luft zwischen den Zähnen ein.

»Asmodina?«, murmelte Suko fassungslos. »Aber das ist ... unmöglich! Du bist ... «

»Tot?«, führte die Teufelstochter den Satz zu Ende, als Suko es nicht tat. Sie nickte, und der rote Feuerschein aus der Stadt spielte wie Blut auf den beiden gewaltigen schwarzen Hörnern, die aus ihrer Stirn wuchsen. »Ja, das ist wahr. Der Tod ist auch nicht mehr das, was er einmal war, nicht? Selbst der Spuk ist sich der Bedrohung durch diese Großen Alten bewusst. Wenn nicht er, wer dann? Schließlich ist er der letzte Vertreter der atlantischen Ur-Dämonen, die dieselbe Bezeichnung trugen. Und er hat mir sozusagen freies Geleit gegeben. Diese Überraschung wollte ich mir eigentlich für meinen Freund John aufheben, aber ich fürchte, unsere gemeinsamen Feinde haben mir den Spaß verdorben.«

»Hör auf damit«, sagte Bill. »Bring uns um, wenn du das willst, aber hör auf zu reden – es sei denn, du willst uns zu Tode langweilen.«

»Charmant wie immer, unser Mister Conolly«, sagte Asmodina kopfschüttelnd. »Aber auch ein bisschen dumm, meine ich. Wenn ich euren Tod wollte, würden wir dieses Gespräch jetzt wohl kaum noch führen. Das hätte ich leichter haben können.«

»Was willst du dann?«

»Ich dachte, das wäre klar«, antwortete Asmodina. »Eure Hilfe.«

»Unsere Hilfe?«, fragte Suko. »Ist das ein Scherz?«

»Wobei?«, fragte Bill.

Die letzte Andeutung eines Lächelns verschwand aus ihren so grausam schönen Augen und machte etwas Anderem und durch und durch Bösem Platz. »Dabei, uns zu retten. Uns und unsere gesamte Welt ... oh ja, und auch eure Welt, wenn wir schon einmal dabei sind.«

»Und warum sollten wir das tun?«, schnaubte Bill. Er versuchte, sich loszureißen, aber der Todesengel hinter ihm hielt ihn in einem eisernen Griff. Sie mochten wie zierliche Frauen aussehen, doch sie besaßen unverkennbar übermenschliche Kräfte.

»Weil wir keine Chance haben, Conolly«, antwortete die Höllenfürstin. »Sie besiegen uns. Wahrscheinlich noch heute.«

Der Schatten hinter Bill bewegte sich fort, dann verschwand auch die Hand von Sukos Schulter, und sie waren frei.

»Zuerst schlagen sie uns. Und danach euch«, fuhr Asmodina unbeeindruckt fort. »Die Zeit reicht nicht, um es zu erklären, aber ihr solltet mir einfach glauben, dass wir alles sind, was noch zwischen euch und eurer vollkommenen Auslöschung steht.«

»Das wird sich zeigen«, schnaubte Bill und machte eine trotzige Geste in die Richtung, aus der Feuerschein und das Krachen von Explosionen zu ihnen herüberwehten.

»Ja, ihr Menschen wart ja schon immer stolz auf eure Waffen, nicht wahr?«, fragte Asmodina abfällig. »Korrigier mich, Bill, wenn ich falsch liege, aber hat es die allermeisten Opfer all eurer Waffen nicht immer auf eurer Seite gegeben?«

Bill machte ein trotziges Gesicht, aber er schwieg, und auch Suko musste sich eingestehen, dass es ihm ganz genauso erging: So sehr sich auch alles in ihm dagegen sträubte, es zuzugeben, spürte er doch tief in sich, dass Asmodina die Wahrheit sagte. Die Welten der Menschen und die der Dämonen mochten noch so unterschiedlich und so verfeindet sein, aber sie waren letzten Endes doch nur zwei gegensätzliche Seiten ein und derselben Schöpfung. Das, was jetzt über sie gekommen war, war etwas vollkommen Fremdes, so anders und unverständlich – und feindselig – dass eine Koexistenz einfach nicht denkbar war.

»Du schlägst uns so etwas wie einen Burgfrieden vor?«, brachte Suko es auf den Punkt.

»Dazu ist es zu spät, fürchte ich«, antwortete Asmodina. »Es gibt nur noch einen, der sie aufhalten kann. Ich glaube, ihr wisst, wen ich meine.«

»John?«, ächzte Bill. »Du sprichst nicht von John, oder?«

Asmodina antwortete nicht, aber ihr Blick bohrte sich in den Sukos, und auch wenn er es noch vor einem Augenblick für vollkommen unmöglich gehalten hätte, las er jetzt nichts als Ehrlichkeit – und Angst in ihren Augen.

»John ist tot«, sagte er.

»Etwas von ihm ist noch da«, erwiderte Asmodina. »Es muss so sein, denn wenn es anders wäre, dann wäre alles verloren. Aber er kann es nicht allein tun. Ihr müsst ihm helfen.«

Asmodina machte eine Geste, und nur eine Sekunde später wurde erneut das Geräusch riesiger schlagender Flügel laut, und zwei weitere Todesengel senkten sich wie gigantische Vögel vom Himmel. Sie trugen eine mit zerschrammtem Eisen beschlagene Kiste zwischen sich, deren Gewicht selbst ihre enorme Körperkraft an ihre Grenzen zu bringen schien.

»Was ist das?«, fragte Bill misstrauisch.

Statt zu antworten, machte Asmodina eine auffordernde Geste, trat zugleich aber auch einen Schritt zurück, und es gelang ihr trotz aller Anstrengung auch nicht, das Unbehagen ganz zu verhehlen, das ihr allein die Nähe des eisernen Behältnisses bereitete.

Suko gab sich einen Ruck, ging hin und ließ sich in die Hocke sinken. Sein Herz klopfte, als er die Hände nach dem Deckel ausstreckte und ihn hochklappte. Dann riss er die Augen auf. Er wusste selbst nicht, was er erwartet hatte, aber nicht das, was in der Kiste lag.

Ein silbernes Kreuz.

Und nicht irgendein Kreuz.

»Das ... das ist nicht möglich«, behauptete Bill. »Das ist Johns Kreuz!«

»Das ist richtig«, antwortete Asmodina. Ihre Stimme bebte ganz sacht, und Suko sah ihr an, wie schwer es ihr fiel, nicht noch weiter von der geöffneten Kiste zurückzuweichen oder wenigstens den Blick abzuwenden.

»Wie habt ihr das geschafft?«, fragte Bill. »Keiner von euch kann das Kreuz auch nur berühren!«

»Es hat uns zwanzig unserer Besten gekostet«, bestätigte

Asmodina bitter, »und noch mehr, es hierherzubringen. Aber weiter können wir uns ihm nicht nähern. Ihr müsst es zu John bringen.«

»John«, vergewisserte sich Suko. Er erschrak fast selbst ein bisschen vor dem Klang seiner Stimme.

»Ich weiß, was in dir vorgeht, Suko«, sagte Asmodina. »Aber nichts davon darf deine Entscheidung beeinflussen. Wir haben diese eine Chance. Wenn ihr sie verspielt, ist alles aus. Nicht nur für uns, sondern für alle.«

Sie wiederholte ihre auffordernde Geste, und Suko zögerte zwar noch ein allerletztes Mal, griff aber dann mit beiden Händen in die Kiste und nahm das Kreuz heraus. Er spürte rein gar nichts – und hatte es auch nicht erwartet, denn die gewaltige magische Kraft des Kreuzes war für Menschen so harmlos wie für die dämonischen Bewohner der Hölle tödlich –, aber Asmodina wich nun doch einen weiteren Schritt zurück, und einer der beiden gestürzten Todesengel kroch mit ungelenken Bewegungen ein Stück weit davon. Der andere rührte sich gar nicht mehr.

»Und was genau sollen wir damit anfangen?«, fragte Suko.

»Mir würde da schon das eine oder andere einfallen«, sagte Bill böse.

Asmodina ignorierte ihn. »Wir können uns ihm nicht weiter nähern, denn unsere Kraft schwindet«, sagte sie. »Aber wir halten euch den Rücken frei, so lange wir es können. Es wird nicht mehr lange sein, denn mit jedem Krieger, den sie in unsere Welt bringen, nimmt unsere Magie ab und ihre Kraft zu. Ihr müsst euch beeilen. Bringt das Kreuz zum Auge.«

»Und was zum Teufel soll das sein?«, fragte Bill.

Asmodina machte eine weitere deutende Geste, und Suko und Bill drehten sich gehorsam in die angegebene Richtung.

Und sahen das Auge.

Highgate Cemetery, London. 1937

Natürlich hatten sie die Diebin nicht mehr zu fassen bekommen, denn sie hatten allein gute zehn Minuten gebraucht, um sich zum Bahnsteig zurück und die Treppe hinauf ans Tageslicht zu kämpfen, obwohl Rowlf sehr wenige Hemmungen gehabt hatte, zuerst seine beeindruckende Stimme und dann auch seine noch viel beeindruckenderen Körperkräfte zum Einsatz zu bringen. Dennoch hatte Robert das Gefühl, grün und blau geschlagen zu sein, als sie endlich oben angekommen waren, und damit war es nicht ausgestanden. Wie Wellen eines ins Wasser geworfenen Steins hatten sich Aufregung und Panik auch oben auf der Straße ausgebreitet, und an mindestens einer Stelle war es auch zu einem kleinen Tumult gekommen, obwohl von den daran Beteiligten ganz gewiss keiner unten auf dem Bahnsteig oder gar Zeuge der Katastrophe gewesen war.

Die Taschendiebin war in der Menge verschwunden; falls sie das allgemeine Chaos nicht sogar ausgenutzt hatte, um in aller Ruhe ihrer kriminellen Profession nachzugehen. Gewundert hätte es Robert nicht.

Letztendlich hatten sie es aufgegeben und sich einen guten Häuserblock entfernt, um nach einem Taxi zu suchen und ihr eigentliches Ziel anzusteuern.

»Da wären wir, die Herren«, drang die Stimme des Taxifahrers in seine Gedanken. »Macht ein Pfund Sixpence.

Robert griff nach seiner Geldbörse und überlegte einen Moment, großzügig auf zwei Pfund aufzurunden, entschied sich dann aber für ein bescheideneres Trinkgeld. Zu viel Großzügigkeit sorgte ebenso dafür, dass sich die Leute an einen erinnerten wie zu großer Geiz, und er hatte das Gefühl, dass man sich besser nicht an sie erinnern sollte.

Auch wenn das ein recht kühner Gedanke war, wenn man in der Begleitung eines Mannes wie Rowlf reiste.

Während er bezahlte und darauf wartete, das Wechselgeld zu bekommen hievte sich Rowlf bereits schnaubend auf der anderen Seite aus dem Wagen, wobei er zugleich das sperrige Buch unter seinem Hemd so auffällig zurechtrückte, dass der Fahrer schon blind sein musste, um es nicht zu sehen. Robert schluckte alles herunter, was ihm dazu auf der Zunge lag, bedankte sich mit einem artigen Nicken und wollte aussteigen, doch der Fahrer hielt ihn noch einmal zurück.

»Soll ich auf Sie warten, Sir?«, fragte er. »Der Friedhof schließt in einer guten Stunde, und es ist manchmal nicht leicht, hier einen Wagen zu bekommen.«

»Wir tun nicht zurückfahren«, kam Rowlf Roberts Antwort zuvor, während er immer noch hektisch an seinem Hemd herumzupfte. Etwas Großes und Rechteckiges zeichnete sich deutlich darunter ab.

Bewegte es sich sogar?

Robert hätte nicht sagen können, wer verdutzter dreinblickte, der Taxifahrer oder er, und Rowlf blinzelte, schlug noch einmal mit der flachen Hand auf sein Hemd, dass es nur so klatschte, und verbesserte sich: »Nicht mitten im Taxi nicht.«

»Was soll das?«, fragte Robert. Rowlf zog es vor, gar nicht zu antworten, und Robert beließ es dabei, wenigstens bis er ganz ausgestiegen und das Taxi abgefahren war.

»Wieso kehren wir nicht zurück?«, fragte er.

»Tun wir doch«, erwiderte Rowlf, seinem Blick ausweichend und derart im Ton einer Ausrede, dass Robert nicht mehr sonderlich überrascht gewesen wäre, bei ihm eine Pinocchio-Nase wachsen zu sehen.

Er zog beredt die linke Augenbraue hoch, und Rowlf wandte sich zwar mit einem Ruck ab und sah ihm nun wohlweislich nicht mehr in die Augen, fuhr aber trotzdem fort: »Außerdem weiß ich nicht, wie lange es dauern tut. Wir tun noch jemand treffen.«

»Tun«, unterbrach ihn Robert.

Rowlf sah ihn mit selbst für seine Verhältnisse dümmlicher Miene an. »Was?«

»Wir tun jemanden treffen *tun*«, sagte Robert ernst. »Wenn du schon den Dummen spielst, dann richtig.«

Rowlf setzte zu einer Entgegnung an, und Robert fuhr eine Spur lauter und mit ärgerlich gerunzelter Stirn fort: »Wir sind allein. Es ist kein Publikum da, und du hast keinen Grund, mich weiter auf den Arm zu nehmen. Es geht mir langsam auf die Nerven.«

»Ich tu überhaupt nie nichts spielen tun«, protestierte Rowlf, aber dann hob er auch schon beschwichtigend die Hand, und sein Gesicht änderte sich so gründlich, wie es nur ging. »Du hast ja Recht. Manchmal finde ich es selbst ein bisschen lästig.«

»Warum gehst du mir dann damit auf die Nerven?«

»Aus alter Gewohnheit?«, schlug Rowlf mit einem breiten Feixen vor.

Robert entschied, lieber nichts dazu zu sagen. »Und wen treffen wir?«

»Das weiß ich nicht«, antwortete Rowlf. »Ich weiß nur eine Grabnummer und eine Uhrzeit. Und zwar ...« Er kramte seine Taschenuhr hervor, klappte den Deckel auf und sah eine Sekunde stirnrunzelnd auf das Ziffernblatt. »Genau jetzt.«

»Dann sollten wir keine Zeit verlieren.«

Durch ein riesiges schmiedeeisernes Tor, das jedem französischen Schloss zur Ehre gereicht hätte, betraten sie den Friedhof, der eher an einen gepflegten Park aus viktorianischer Zeit erinnerte. Die wenigen Gräber, die von hier aus zu sehen waren, glichen kleinen Schlössern oder gotischen Kirchen – es waren aufwändig gestaltete Familiengräber oder Mausoleen, die an einem anderen Ort als ausgewachsene Häuser durchgegangen wären und nicht einmal als die Allerbescheidensten.

Rowlf eilte ein paar Schritte voraus, um auf eine Hinweistafel zu sehen, die ebenso gut auch der Straßenplan einer nicht einmal allzu kleinen Stadt hätte sein können. Robert geduldete sich, obwohl Rowlf den Plan lange genug studierte, um in ihm ernstliche Zweifel aufkommen zu lassen, dass er wirklich wusste, was er tat.

»Und?«, fragte er.

Rowlf nuschelte irgendetwas, das Robert nicht verstand, wandte sich um und fügte noch eine Kopfbewegung in eine beliebige Richtung hinzu. »Es ist nicht weit«, sagte er dann, gerade als Roberts Geduldsfaden endgültig zu reißen drohte.

»Und wer wartet dort auf uns?«, fragte Robert gepresst, schloss sich ihm aber gehorsam an, als er sich in Bewegung setzte.

Gerade so schnell, dass sie (hoffentlich) noch nicht auffielen gingen sie zwischen den Mausoleen und Grabstätten entlang. Es wurde jetzt rasch dunkel, und schon bald schienen sie die einzigen Besucher auf dem weitläufigen Areal zu sein.

Zumindest die einzigen lebendigen Besucher.

Robert versuchte den Gedanken als so unsinnig abzutun wie er klang, doch er konnte sich des unheimlichen Eindrucks nicht erwehren, dass da etwas in den Schatten war, das nicht dort sein sollte und das in gleichem Maße stärker wurde, in dem das Tageslicht schwand. Und es wurde kälter, sehr viel schneller, als dass es nur an der hereinbrechenden Dämmerung liegen konnte.

»Findest du nicht, dass es an der Zeit wäre?«, fragte er nach einigen weiteren Augenblicken, und wenn er ehrlich war wohl eher, um das Flüstern der Stille nicht übermächtig werden zu lassen.

»Wofür?«, fragte Rowlf erwartungsgemäß.

»Mir zu sagen, was zum Teufel wir hier tun? Warum wir wirklich hier sind.«

»Würdest du mir glauben, wenn ich sage, dass ich es nicht weiß?«, fragte Rowlf.

»Nein.«

»Siehst du.« Rowlf beschleunigte seine Schritte noch einmal, sodass Robert zwar noch mit ihm mithalten konnte, ihm aber keine Luft mehr blieb, um lästige Fragen zu stellen.

Aber in einem Punkt hatte er die Wahrheit gesagt: Es war nicht mehr allzu weit. Schon nach wenigen weiteren Minuten wichen sie von dem straßenbreiten Hauptweg ab und gelangten schließlich zu einem abgelegenen Teil des Friedhofs. In der fortschreitenden Dämmerung erkannte Robert schließlich ein blasses Licht, das Rowlf offensichtlich ansteuerte.

Am Ende eines weiteren und von sichtlich neueren Grabstätten gesäumten Weges stand ein betagter Pritschenwagen, auf dessen Motorhaube eine rußende Petroleumlampe leuchtete. Zwei dunkle Gestalten lungerten in den Schatten dahinter herum, und ein weiterer Mann kam ihnen entgegen, das blanke Misstrauen im Gesicht und fast so groß und muskulös gebaut wie Rowlf. Er hielt sich auch nicht mit überflüssigen Freundlichkeiten auf, sondern bedachte Robert lediglich mit einem finsteren Blick und wandte sich dann in ruppigem Ton an Rowlf. »Ihr kommt spät.« Der Mann deutete auf Robert, ohne ihn auch nur anzusehen. »Und wer ist das? Mir wurde gesagt, Sie kommen allein.«

»Und mir, dass Sie keine dummen Fragen stellen«, antwortete Rowlf. »Ist alles vorbereitet?«

»Wenn Sie das Geld haben.«

Robert war fast ein bisschen erstaunt, wie ruhig Rowlf blieb. In einem solchen Ton mit ihm zu reden war normalerweise ein sicherer Weg, um ein paar Zähne zu verlieren. Jetzt jedoch griff er lediglich unter seine Jacke und zog einen Briefumschlag hervor, dem er ein beeindruckend dickes Bündel Banknoten entnahm. Der andere wollte danach greifen, doch Rowlf zog das Bündel so schnell zurück, wie er es hervorgezaubert hatte, und schüttelte den Kopf. »Erst wenn ich alles gesehen habe.«

Es gab einen gefährlichen Moment, in dem der Bursche Rowlf auf herausfordernde Art taxierte, doch dann schien er offenbar zu dem einzigen Schluss zu kommen, der seiner Gesundheit zuträglich war, und rang sich ein trotziges Nicken ab. Wortlos drehte er sich weg und ging, wobei er Rowlf einen knappen Wink gab, ihm zu folgen. Robert bekam allmählich ein wirklich ungutes Gefühl. Die beiden anderen Burschen hielten sich weiter außer Sicht – was gewiss kein Zufall war –, während sie den Wagen umrundeten und sich dem dahinterliegenden Grab näherten. Etwas bewegte sich in den Schatten, schien aber jedes Mal erschrocken zurückzuweichen, wenn Robert es genauer zu erkennen versuchte, und er meinte einen schwachen, aber sehr unangenehmen Geruch wahrzunehmen, der ihm bekannt vorkam, ohne dass er das Gefühl greifen konnte.

»Es ist alles vorbereitet«, sagte ihr Führer, »genau wie Sie wollten.«

»Die Nachtwächter sind bezahlt?«, fragte Rowlf.

»Sie kommen heute nicht hierher«, bestätigte der Mann. »Aber Sie sollten sich trotzdem beeilen. Manchmal kommen nachts irgendwelche Bälger her, um sich zu gruseln oder vor ihren Freunden damit anzugeben, wie mutig sie doch sind.«

»Und Ihre Gehilfen?«

»Sprechen kein Wort Englisch und verlassen das Land mit dem nächsten Schiff, genau wie Sie es verlangt haben.« Der Mann schürzte anerkennend die Lippen. »Was immer das hier bedeutet, muss sehr wichtig für Sie sein, so viel Geld wie Sie es sich kosten lassen.«

»Wichtiger, als Sie glauben, mein Freund«, antwortete Rowlf. »Dieselbe Summe habe ich einem guten Freund gegeben, der sowohl Sie als auch das Grab im Auge behalten wird. Wenn sich irgendjemand an dem Grab zu schaffen macht oder Sie Ihre Zunge nicht im Zaum halten, dann kommt er Sie besuchen. Und er ist kein so netter Kerl wie ich es bin.«

»Wollen Sie mir drohen?«, fragte der Bursche.

»Ja«, antwortete Rowlf.

Diesmal dauerte das Schweigen sogar noch länger, aber dann zwang sich der Mann zu einem nervösen Lachen und streckte die Hand aus. »Ich werde doch einen so guten Kunden wie Sie nicht verärgern. Wer weiß, vielleicht brauchen sie ja irgendwann noch einmal einen Mann, der keine Angst davor hat, sich die Hände schmutzig zu machen.«

»Kaum«, antwortete Rowlf und händigte ihm endlich das Geld aus. »Auch wenn sie offensichtlich gute Arbeit geleistet haben. Aber den Rest erledigen wir selbst. Lassen Sie uns die Laterne hier. Und eine Schaufel. Das ist alles.«

»Ihre Entscheidung«, meinte der Bursche, tippte sich mit zwei Fingern an den Schirm und wandte sich mit einem Schulterzucken zum Wagen. Auf einen Wink hin kletterten seine beiden Gehilfen auf die Ladefläche, und eine Schaufel landete vor Robert und Rowlf im Gras. So viel zu seiner Behauptung, dachte Robert, dass die beiden Männer kein Wort von dem verstanden, was hier gesprochen wurde. Immerhin konnte er erkennen, dass sie beide ziemlich muskulös und unübersehbar slawischer Herkunft waren. Zumindest in diesem Punkt schien er die Wahrheit gesagt zu haben. Vielleicht.

»Dann noch eine gute Nacht, die Herren«, sagte der Bursche, »und viel Spaß, wobei auch immer.« Damit klaubte er die Sturmlaterne von der Motorhaube, drückte sie Rowlf in die Hand und schwang sich hinter das Steuer.

Sie warteten, bis er den Motor gestartet hatte und abgefahren war, und Robert gab auch noch eine gute Minute zu, bevor er fragte: »Und du bist ganz sicher, dass du diesem Kerl trauen kannst?«

»Nicht mal so weit, wie ich ihn werfen könnte«, antwortete Rowlf. »Der Kerl ist ein berüchtigter Dieb und Hehler, und er hat zwei Menschen auf dem Gewissen. Mindestens, wahrscheinlich mehr.«

»Und du gibst ihm trotzdem dein Geld und lässt ihn gehen?«

»Weil er zurückkommen und ein bisschen herumschnüffeln könnte?« Rowlf schüttelte den Kopf und begann sein Hemd aufzuknöpfen und das Buch darunter hervorzuziehen. »Wird er nicht.«

»Weil die Geschichte mit deinem bösen Freund auch wahr ist?«

»Er und die beiden anderen sind morgen früh tot«, antwortete Rowlf. »Sie verraten nichts.«

Robert starrte ihn schockiert an. »Du willst nicht wirklich …?«

»Drei Menschen umbringen?«, führte Rowlf den Satz zu Ende. Die Vorstellung schien ihn zu amüsieren. »Damit würde ich der Welt einen Gefallen tun, glaub mir. Über die beiden anderen weiß ich nichts, aber Thomson ist ein Verbrecher und Mörder, dem keiner auch nur eine Träne nachweint. Aber ich bin kein Mörder, nicht mal, wenn es für einen guten Zweck ist.« Er schüttelte bekräftigend den Kopf, legte das Buch vorsichtig auf den Boden und begann damit, sein Hemd wieder zuzuknöpfen. »Ein schlimmer Unfall. Die drei haben wohl einen Teil meines sauer verdienten Geldes in Schnaps umgesetzt und dann eine elektrische Tram übersehen. Oder werden es, wenn ich es mir recht überlege.«

Robert verstand. »Die Zeitung von morgen?«

»Deshalb haben wir sie engagiert.« Rowlf stopfte sich unordentlich das Hemd in die Hose und hob das Necronomicon auf.

»Weil ihr Tod schon feststand«, sagte Robert schaudernd. »Und du bist nicht auf die Idee gekommen, sie zu warnen?«

»Geht nicht«, behauptete Rowlf. »Was einmal passiert ist, kann nicht mehr geändert werden.«

»Es ist noch nicht passiert«, wandte Robert ein.

»Irgendwo schon«, beharrte Rowlf. »Oder irgendwann. Denk besser nicht zu sehr darüber nach. Davon bekommt man nur Kopfschmerzen.«

Tief in sich spürte Robert, dass Rowlf Recht hatte. Aber das nahm dem Gefühl, mit einem toten Mann gesprochen zu haben, nichts von seinem bitteren Beigeschmack. »Und was tun wir jetzt hier?«

Rowlf sah einen Moment auf das monströse Buch in seinen Händen hinab, als würde er darauf warten, die Antwort auf geheimnisvolle Weise darauf auftauchen zu sehen, dann wandte er sich wortlos um und ging in die Richtung, in der die beiden Burschen vorhin gestanden hatten. Und nicht nur gestanden. Wie sich nach wenigen Schritten zeigte, waren sie fleißig gewesen. Rowlf näherte sich etwas, das Robert auf unangenehme Weise an etwas erinnerte, das ihn an einem Ort wie diesem eigentlich nicht erschrecken sollte, es aber dennoch tat: einem frisch ausgehobenem Grab. Dahinter erhob sich ein fast mannshoher Grabstein, der seltsamerweise mit einer grünen Plane abgedeckt war. »Du willst das Buch beerdigen«, vermutete er. »In geweihtem Boden. Eine gute Idee.«

Rowlf maß ihn mit einem spöttischen Blick und beließ es auch jetzt wieder bei einem angedeuteten Heben der Achseln; was Antwort genug war. Den finsteren Mächten, die diesem verderbten Buch innewohnten, war mit etwas wie geweihtem Boden wohl kaum beizukommen.

Rowlf ging, um die Schaufel zu holen, die er liegengelassen hatte, und wieder glaubte Robert eine Bewegung in der Dunkelheit wahrzunehmen, wie ein lautloses Kriechen und Lauern gerade jenseits des Erkennens. Als er genauer hinzusehen versuchte, war da jedoch nichts, und aus irgendeinem Grund war es ihm auch nicht möglich, um das Grab herumzugehen und genauer nachzusehen; als hätte er Angst vor dem, was er finden mochte.

Statt diesem Gedanken weiter zu folgen und möglicherweise zu einem Ergebnis zu gelangen, das ihm noch weniger gefiel, trat er dichter an das frisch ausgehobene Grab heran. Etwas daran kam ihm nicht richtig vor, aber es dauerte einen Moment, bis er es wirklich greifen konnte: Es hatte nichts mit dem Grab selbst zu tun, sondern eher mit seiner Umgebung. Es gab hier keine frischen Gräber. Ohne dass es ihm aufgefallen war, hatten sie wohl den Teil des Friedhofs erreicht, in dem die Gräber älter und auch nicht ganz so prachtvoll waren wie näher am Eingang. Hier wurde schon lange niemand mehr beigesetzt. Neugierig geworden, ging er nun doch um das Grab herum und trat an den Stein heran, und seine Verwirrung wuchs, als er sah, dass das vermeintliche grüne Tuch kein Tuch war, sondern ein sorgsam ausgeschnittenes Stück Rasensole, aufgerollt wie ein Teppich und mit großer Sorgfalt behandelt, um es später wieder möglichst spurlos an der ursprünglichen Stelle einfügen zu können. Behutsam, um es nicht zu beschädigen, schlug er das Rasenstück zur Seite und stellte trotz des schlechten Lichtes zweierlei fest: Der Grabstein, der darunter zum Vorschein kam, war offensichtlich neu (obwohl sich jemand große Mühe gegeben hatte, ihn alt aussehen zu lassen), und er kannte den Namen, der darin eingraviert war.

»Sinclair?«

»Keine Sorge. Der Stein ist neu, aber in einem Jahr merkt keiner mehr den Unterschied. Und in hundert Jahren schon gar nicht.« Rowlf kam zurück, die Schaufel in der einen und die heftig flackernde Petroleumlampe in der anderen Hand, und sprang, ohne innezuhalten, in das offene Grab hinein.

»In hundert Jahren?« Erst als Rowlf fast bis zur Hüfte in der rechteckigen Grube verschwunden war, fiel Robert endlich auf, was ihm an diesem Grab so falsch vorgekommen war: Es war nicht tief genug, statt der üblichen sechs Fuß allerhöchstens vier, als läge schon ein Sarg darin, der nur mit einer dünnen Schicht Erde bedeckt war. Und das Geräusch, mit dem Rowlf gelandet war, hörte sich auch nicht wirklich nach weicher Erde an.

»So ungefähr«, antwortete Rowlf. »Plusminus ein paar. Nimm die Lampe.« Er hielt Robert die Laterne hin. Als er nicht sofort danach griff, fügte er noch ein widerwilliges »Bitte« hinzu.

Robert nahm die Laterne entgegen und hielt sie am ausgestreckten Arm über die Grube, beugte sich zugleich aber auch neugierig vor und gewahrte etwas wirklich Beunruhigendes: Rowlf hatte die Schaufel zwar mit beiden Händen ergriffen, scharrte aber nur leicht damit über den Boden, und unter der dünnen Krume kam kein weiteres Erdreich zum Vorschein, sondern eine glatte stumpfgraue Fläche. »Was ist das?«

»Was man in einem Grab so allgemein findet«, antwortete Rowlf, während er hektisch mit seiner Schaufel zu scharren begann. Das Quietschen musste bis zum anderen Ende des Friedhofs zu hören sein. »Dein Sarg«

»Wie bitte?«, ächzte Robert.

»Ein Sarg.«

»Du hast gesagt: *Dein* Sarg.«

»Hab ich nicht«, behauptete Rowlf und warf eine Schaufelladung Erde aus dem Grab, sodass Robert einen hastigen halben Schritt zurückweichen musste, um nicht getroffen zu werden. »Außerdem steht auf dem Grabstein nicht Craven, sondern Sinclair.«

Er hatte *dein Grab* gesagt, da war Robert ganz sicher. Und plötzlich fiel ihm noch etwas ein, dem er vorher keine Bedeutung beigemessen hatte... aber auch vorhin in seinem alten Haus am Ashton Place hatte Rowlf dasselbe gesagt.

Rowlf warf eine weitere Schaufel Erde aus dem Grab, legte sein Werkzeug nieder und ließ sich auf die Knie sinken, um mit bloßen Händen weiterzuarbeiten. Nach kaum zwei Minuten hatte er tatsächlich einen großen Sargdeckel freigelegt. Aber es war ein wirklich sonderbarer Sarg, entschieden zu wuchtig und zu groß, und vollkommen schmucklos, und nach einer weiteren Sekunde begriff Robert auch warum. »Ein Bleisarg?«

»Hält mindestens hundert Jahre«, bestätigte Rowlf, während er sich bereits in die Hocke sinken ließ, mit beiden Händen nach dem Sargdeckel griff und ihn ächzend vor Anstrengung aufklappte. »Wir wollen doch, dass du schön frisch bleibst.«

»Das ist ganz und gar nicht komisch«, sagte Robert, und hinter ihm erscholl ein leises Lachen und eine Stimme, die ihm nur zu bekannt war – wobei es zugleich unmöglich war, dass sie hier erklang. Der würzige Geruch einer teuren Zigarre stieg ihm in die Nase, und als er sich herumdrehte, trat ein Schatten aus der Nacht.

»Also ich finde es komisch. Fast so komisch wie die Tatsache, dass du nach all den Jahren immer noch auf seine dummen Witze hereinfällst, Bob«, sagte Howard.

An Bord der Lovecraft, über dem Kanal. Irgendwann

Es war eine neue Erfahrung, allerdings eine, auf die ich liebend gern verzichtet hätte. In den Krieg zu ziehen macht allerhöchstens in amerikanischen Actionfilmen oder Romanen Spaß, nicht in Wirklichkeit, und sogar noch weniger, wenn man tief in sich davon überzeugt ist, keine Chance zu haben. Und so verspürte ich eine dumpfe Furcht, die tief am Grunde meiner Seele nagte und zu echter Panik werden wollte.

Nachdem ich schon einmal gestorben und wiederauferstanden war, hätte man meinen sollen, dass ich keine allzu große Angst mehr vor dem Tod hatte, aber das genaue Gegenteil war der Fall. Mein Herz schlug zwar langsam, aber so hart wie ein mechanisches Hammerwerk, meine Handflächen waren schweißnass, und in meiner Kehle war ein metallischer Geschmack wie nach altem Kupfer. Ich hatte Angst, und das Wissen, damit weder allein zu sein noch mich ihrer schämen zu müssen, nutzte rein gar nichts.

Es lag weniger daran, dass mir mein Verstand sagte, wie wenig wahrscheinlich es war, ein zweites Mal von einer zukünftigen Generation technisch weit fortgeschrittener Menschen aus meinem Grab geholt und wiedererweckt zu werden, sondern mehr an meinen Erinnerungen an die Zeit dazwischen.

In den wenigen freien Augenblicken, die ich seit meinem Erwachen in dieser ebenso erschreckenden wie feindseligen Welt gehabt hatte, hatte ich immer wieder versucht, mich an etwas von dem zu erinnern, was zwischen dem Moment gewesen war, in dem ich das Licht in meinem Apartment in London gelöscht und mich zu Bett begeben hatte, und meinem Erwachen am Rande der verheerten Stadt. Doch unbeschadet aller künstlich aufgebauschten Nahtoderfahrungen, esoterischem Schnickschnack, der meiner Erfahrung nach nur dazu diente, sich aufzuspielen und den Leuten das Geld aus den Taschen zu ziehen, wartete auf der anderen Seite der letzten Grenze nichts. Oder zumindest nichts, das wirkliche Erinnerungen hinterlassen hätte, keine Bilder, Geräusche oder gar Gesichter und Begebenheiten.

Dennoch war da etwas. Etwas Schwarzes, wie eine klebrige Dunkelheit, die in einem Abgrund jenseits meiner Erinnerungen brodelte und sich daranmachte, meine Gedanken zu vergiften und mir auch noch das allerletzte bisschen Mut zu nehmen, Ideen von einem düsteren Himmel, an dem eine Sonne von der Farbe geronnenen Blutes dräute, und manchmal meinte ich mich dem Starren eines riesigen, glotzenden Auges ausgesetzt, das so alt war wie das Universum und nur aus Missgunst und Hass auf alles Lebendige und Fühlende bestand.

»Jetzt mach nicht so ein Gesicht, sondern denk an was Schönes.« Saron versetzte mir einen freundlichen Klaps zwischen die Schulterblätter, der mir nicht nur die Luft nahm, sondern mich auch aus meinen düsteren Überlegungen riss. Eigentlich sollte ich ihm dankbar dafür sein, doch meine Erleichterung hielt sich in Grenzen. Die Wirklichkeit, in der ich mich wiederfand, war auch nicht unbedingt angenehmer.

»An etwas Schönes«, wiederholte ich missmutig. »Du meinst zum Beispiel daran, dass wir in den Krieg ziehen und vermutlich getötet werden?«

»Sie sind eindeutig zu negativ, Mister Sinclair«, feixte Saron, während er mit langsamen Schritten um mich herumging, um mich einer letzten kritischen Musterung zu unterziehen. Was er sah, schien ihm zu gefallen, eine Einschätzung, der ich nicht unbedingt folgen konnte.

Saron hatte die letzten zwanzig Minuten damit zugebracht, mich in etwas zu zwängen, das eine Mischung aus einer mittelalterlichen Ritterrüstung und dem hier angesagten Mad-Max-Outfit erinnerte und auch ganz genau das war: Ein Hightech-Kampfanzug, der seinen Träger vor so ziemlich allem schützte, was auf ihn eindrosch. Jedenfalls hatte Saron das behauptet.

»Und so schnell stirbt es sich nicht,«, fügte er noch hinzu. »Ich habe schon mehr Einsätze hinter mir, als ich zählen kann.«

Das glaubte ich gern, schüttelte aber trotzdem den Kopf. »Und wie oft hat es dich dabei erwischt?«

»Ein paarmal«, gestand er fast fröhlich ein. »Man gewöhnt sich daran, auch wenn es ziemlich unangenehm ist. Also versuch, es nach Möglichkeit zu vermeiden.«

Seltsam – bisher hatte mir seine Art von Humor eigentlich gefallen. »Ich glaube, du vergisst da eine Kleinigkeit, mein Freund«, sagte ich. »Eure kleine Wiederauferstehungsmaschine gibt es nicht mehr. Wenn es dich diesmal erwischt, dann endgültig.«

Saron zog irgendeine Schnalle an meiner Rüstung fester, was zur Folge hatte, dass ich mich zwar kein bisschen sicherer fühlte, dafür aber nun deutlich schwerer Luft bekam. »Ein Grund mehr, noch besser aufzupassen«, sagte er lakonisch, machte aber auch eine verneinende Geste. »Außerdem stimmt das so nicht. Wir haben eine Zombie-Bäckerei an Bord der Lovecraft.«

»Zombie-Bäckerei?« Dann verstand ich. »Lass mich raten: Jarvin hat diesen Begriff geprägt?«

»Waren alle zu deiner Zeit so scharfsinnig wie du?«, feixte Saron.

»Warum hasst er euch eigentlich so sehr?«

Saron wurde ernst. »Ich glaube, das tut er gar nicht. Wenn du mich fragst, dann hat er einfach Angst, dass ihm etwas zustoßen könnte und er als einer von uns wiederkommt.«

»Und was ist daran so schlimm?«, fragte ich. »Also ich habe kein Problem damit.«

»Ich habe ihn einmal sagen hören, dass er es für unnatürlich hält«, antwortete Saron. »Wenn du wissen willst, warum, musst du ihn allerdings selbst fragen.« Er versetzte mir einen weiteren und noch derberen Klaps. »Fertig.«

Ich nahm widerspruchslos meine beiden letzten Ausrüstungsgegenstände entgegen – einen klobigen Helm und ein Flechette-Gewehr – und kam mir vollkommen fehl am Platze vor, als ich ihm aus der Rüstkammer folgte und den Weg zum nächsten Lift einschlug.

Zur Abwechslung gelangten wir diesmal direkt auf die Brücke. Wie das funktionierte, würde ich wohl nie begreifen, auch wenn ich hundert Jahre an Bord blieb. Der Riesenbildschirm gewährte uns einen Ausblick auf ein graues, von turmhohen Wellen gepeitschtes Meer. Irgendwo am Horizont war eine dünne helle Linie zu erkennen, die immer wieder hinter schaumigen Wellenkämmen verschwand, und der Himmel hing so tief, dass man meinen konnte, ihn mit dem ausgestreckten Arm berühren zu können. Er hatte die Farbe von geschmolzenem Blei, in dem es immer wieder grell wetterleuchtete. Ich wusste sofort, wo wir waren, fragte aber trotzdem:

»Der Ärmelkanal?«

»Hat man ihn damals so genannt?«, fragte Marisa, die neben Jarvin vor dem vermeintlichen Fenster stand. Sie wartete meine Antwort nicht ab, sondern fuhr mit einem Nicken fort: »Der englische Kanal, ja.«

Mit einem Gefühl von Verwunderung registrierte ich, dass sie auf dieselbe martialische Weise gekleidet waren wie Saron und ich. Hatten sie etwa vor, sich an dem Kampf zu beteiligen? Was Admiral Baines anging, so kannte ich sie zu wenig, um mir ein Urteil zu erlauben, aber bei Jarvin konnte ich mir das nur schwer vorstellen. Aber vielleicht tat ich ihm ja auch Unrecht, und jeder an Bord bereitete sich auf das Schlimmste vor, jetzt, wo sich unsere Reise ihrem Ende näherte.

Dicht gefolgt von Saron, der es sich immer noch nicht nehmen ließ, meinen Leibwächter zu spielen, durchquerte ich den großen Raum und trat neben Marisa und den Ratsherrn. Die Darstellung war so perfekt, dass ich fast glaubte, den eisigen Wind zu spüren, der die Wellen peitschte, und das Salzwasser zu riechen. Und vielleicht bildete ich mir auch nicht nur ein zu spüren, wie sich das gewaltige Luftschiff unter den unsichtbaren Faustschlägen des Sturms schüttelte.

»Was ist mit dem Wetter los?«, fragte ich. »Sind sie das?«

»Nein«, antwortete Marisa. »Jedenfalls nicht unmittelbar. Die Einschläge im Himalaja und auf Sizilien waren zwar die schwersten, aber es hat noch eine ganze Reihe anderer gegeben. Das Wetter spielt verrückt.«

»Und es wird noch schlimmer, wenn Apophis da ist«, fügte Jarvin hinzu. »Es wird ein langer Winter.«

Seine Worte klangen, als hätte er bereits resigniert und das Ende der Welt als unausweichlich akzeptiert. Gab es denn nichts mehr, was wir tun konnten?

»Wir sind auf dem Weg, etwas zu tun, John«, mischte sich die Stimme des Schiffes ein. »Es ist mir gelungen, die gefundene Datei aus Oculus' Gedächtnisspeicher vollständig zu rekonstruieren.«

Ein kleiner Teil des vermeintlichen Fensters verwandelte sich in einen Bildschirm, auf dem die mir schon bekannte Szene ablief. Die Aufnahme zeigt nicht mehr als das, was wir schon gesehen hatten, war aber von deutlich besserer Qualität, sodass jetzt nicht mehr der mindeste Zweifel daran bestand, dass ich auch wirklich gesehen hatte, was ich gesehen hatte – nämlich mich selbst komplett in der schwarzen Kampfmontur, die ich trug, und in Begleitung eines zweiten Hightech-Ritters, bei dem es sich zweifelsfrei um Saron handelte. Auf der restaurierten Aufnahme war auch noch eine dritte Gestalt zu erkennen, die vorher nicht sichtbar gewesen war, aber ich konnte nicht sagen, wer.

»Das ist alles?«, fragte ich. Und deshalb hatten sie mich hierherbestellt?

»Alles Sichtbare«, antwortete Howard. »Die von mir entdeckte Datei enthielt noch mehr Interessantes. Es gab wohl eine temporäre Anomalie.«

»Eine was?«

»Etwas stimmt mit der Zeit nicht«, sagte Jarvin und ließ sich die Gelegenheit natürlich nicht entgehen, mich erneut verächtlich anzusehen. »Tachyonenemissionen und exotische Gravitationswellen, die ...«

»Ich weiß, was temporäre Anomalie bedeutet«, unterbrach ich ihn. »Bedeutet das, ihr experimentiert mit der Zeit?«

»Leider ohne großen Erfolg«, sagte Jarvin. »Die Idee war, das Übel an der Wurzel zu packen und auszulöschen, bevor es überhaupt zu einem werden kann, aber die Forschung steckt noch in den Kinderschuhen. Wenn wir fünfzig oder hundert Jahre mehr gehabt hätten vielleicht, aber so ...«

Er zuckte bedauernd die Achseln, aber es war ein Bedauern, das ich nicht wirklich teilen konnte. In der Zeit herumzupfuschen barg unvorstellbare Risiken, die niemand eingehen sollte; nicht einmal, wenn es um das Schicksal einer ganzen Welt ging.

»Wir konnten die genauen Koordinaten des Ortes lokalisieren, an dem die Aufnahme entstanden ist«, sagte Howard. »Eine erste Fernabtastung hat ergeben, dass die Anomalie noch immer existiert.«

»Und wir sind auf dem Weg dorthin«, vermutete ich.

»Das ist so ziemlich das Einzige, was wir tun können«, sagte Marisa niedergeschlagen. »Er folgt uns noch immer.«

»Apophis?«

»Ich habe insgesamt viermal den Kurs geändert, aber der Meteor vollzieht jede Kurskorrektur mit«, sagte Howard.

»Dann wird er uns erwischen?«

»Nein«, antwortete die Stimme der Lovecraft. »Von einer unbekannten Macht gelenkt oder nicht, Meteore sind keine präzisen Lenkflugkörper. Spätestens wenn er in die Atmosphäre eintritt, ist eine Kurskorrektur nicht mehr möglich. Die Zeit bis zum Aufschlag ist mehr als ausreichend, um aus der unmittelbaren Gefahrenzone zu entkommen.«

»Bei einem solchen Brocken?«, fragte ich zweifelnd. Der Einschlag eines Meteoriten von der Größe des Mount Everest musste eine Explosion von wortwörtlich unvorstellbarer Gewalt auslösen. Wahrscheinlich wurde alles im Umkreis von fünf- oder sechshundert Meilen zu Asche verbrannt.

Und selbst wenn wir der unmittelbaren Katastrophe entgingen – so wie die Dinge lagen, würde es dann nicht mehr viel geben, wohin wir uns noch zurückziehen konnten. Es war so, wie Jarvin gesagt hatte: Es würde ein langer Winter werden.

»Er wird ganz Europa auslöschen«, sagte ich düster.

»Wenn er an Land einschlägt ja“, antwortete Howard, »doch das wird nicht geschehen. Wir werden Sie und eine kleine Einsatzgruppe in der Nähe des Ziels absetzen und dann Kurs auf den Atlantik nehmen. Es bleiben noch knapp drei Stunden. Zeit genug, Apophis zu einer tiefen Stelle des Ozeans zu lenken."

»Damit mich nicht der Feuerball grillt, sondern mich der größte Tsunami der Weltgeschichte ertränkt? Vielen Dank auch.«

»Die Robert Bloch wird Ihnen Rückendeckung geben«, antwortete er. »Im Notfall nimmt sie Sie auf, bevor die Flutwelle das Land erreicht. Selbst im allerungünstigsten Fall bleibt Ihnen mindestens eine Stunde nach dem Einschlag.«

Um dann aus sicherer Entfernung dabei zusehen zu können, wie die größte Monsterwelle der Zeitgeschichte zuerst die britischen Inseln blankscheuerte und dann halb Europa bis zu den Alpen überschwemmte? Wie ungemein tröstlich.

Marisa machte mich mit einer Geste auf einen dunklen Punkt ein Stück weiter östlich aufmerksam. »Die Robert Bloch. Sie sollten sich jetzt bereitmachen, John. Wir sind fast da.«

Tatsächlich war die Küste schon ein deutliches Stück näher gekommen, sodass ich die englischen Kreidefelsen erkennen konnte. Der Anblick hatte etwas Beruhigendes. Manche Dinge änderten sich scheinbar nie.

»Und was genau tun wir dort?«, hörte ich mich selbst fragen.

Jarvin deutete auf den Bildschirm, auf dem dieselbe Szene immer und immer wieder von vorn begann. »Wie es aussieht, waren Sie wohl dort. Das ist eindeutig eine Szene aus einer anderen Zeit. Es wird passieren, was schon passiert ist.«

Ich deutete auf den mattgrauen Punkt im Osten, der abwechselnd mit dem Meer und dem Ozean zu verschmelzen schien. »Wo sind die anderen Schiffe?«

»Sie evakuieren die Alpenfestung«, antwortete Marisa. »Was davon übrig ist.«

»Dann also los«, sagte ich, und bevor mich der Mut verließ, steuerte ich den Aufzug an. Saron folgte mir und trat neben mich in die Kabine.

Schweigend fuhren wir nach unten, und ich bedeutete Saron wortlos vorauszugehen, als die Kabine anhielt. Diesmal bildete ich mir nicht nur ein, ein sachtes Zittern unter meinen Füßen zu spüren. Der Flug der Lovecraft hatte viel von seiner majestätischen Ruhe verloren, und ich war ziemlich sicher, dass der Grund dafür nicht nur in dem beschädigten Triebwerk zu suchen war.

Wir eilten durch etliche leere Gänge, durchquerten vollkommen verwaiste Hallen von geradezu monströsen Abmessungen – so viel zu Jarvins Behauptung, es hätte an Bord keinen Platz für weitere Flüchtlinge mehr gegeben – und gelangten schließlich in den Laderaum, durch den ich die Lovecraft das erste Mal betreten hatte. Ein gutes Dutzend Männer in schwarzen Monturen erwartete uns, und dazu eine der monströsen Kampfmaschinen, wie ich sie schon in der Maschinenhalle gesehen hatte. Aus der Nähe betrachtet, wirkte sie sogar noch furchteinflößender, ein gut drei Meter hoher Koloss aus geballter Kraft und mühsam zurückgehaltener Zerstörungswut, der vor Waffen nur so strotzte. Aber es war ebenso unübersehbar, wie betagt diese Maschine war. Anders als die Lovecraft hatte sie schon deutlich bessere Zeiten gesehen und zeigte die Spuren zahlloser Reparaturen.

Saron begrüßte die anderen mit einem stummen Kopfnicken, trat an die Wand heran und streckte die Hand nach einem von zahllosen Haltegriffen aus, die daran befestigt waren. Da alle anderen dasselbe taten, brauchte ich auch keine besondere Aufforderung mehr, es ihnen nachzumachen.

Das Zittern des Bodens nahm immer mehr zu, und nach einer Weile begann es in meinen Ohren zu knacken. Offensichtlich verloren wir rasch an Höhe, und das Luftschiff schien in diesem Teil nicht über den Luxus einer Druckkabine zu verfügen.

Endlose Minuten vergingen, in denen aus dem Zittern des Bodens ein spürbares Rütteln und Stampfen wurde, und schließlich erschien ein haarfeiner Spalt in der Wand auf der anderen Seite. Rasch verbreitete er sich und ließ nicht nur graues Tageslicht herein, sondern auch eiskalte Luft und das Dröhnen der Motoren, das nahezu im Heulen des gewaltigen Sturms unterging, der die Lovecraft beutelte.

Als sich die Rampe weiter senkte, gesellte sich auch noch eisiger Regen hinzu, der nahezu waagerecht zu uns hereinpeitschte und wie mit Nadeln in mein Gesicht stach. Mir fiel erst jetzt auf, dass ich der Einzige war, der seinen Helm nicht aufgesetzt und das Visier heruntergeklappt hatte, aber um das nachzuholen, hätte ich meinen Halt loslassen müssen, und das wagte ich nicht. Die Lovecraft schüttelte sich nicht nur wie ein bockendes Pferd, das seinen Reiter abzuwerfen versuchte, sondern hatte inzwischen eine so deutliche Schräglage, dass ich fürchtete, auf dem mittlerweile nassen Metallboden den Halt zu verlieren.

Die Rampe hatte sich gerade rechtzeitig geöffnet, um uns sehen zu lassen, dass wir die Küste überflogen und zugleich in eine sachte Linkskurve gingen. Wir waren noch zu hoch, um Einzelheiten zu sehen – ganz davon abgesehen, dass ich das geschändete Land unter mir wohl sowieso nicht wiedererkannt hätte –, aber die schwarze Linie weit unter uns musste die Themse sein, oder das, was daraus geworden war. Meine Erinnerungen (jedenfalls die Hälfte davon, die wirklich mir gehörte) wollten mir weismachen, dass ich jetzt eigentlich schon die Millionen Lichter Londons sehen müsste, aber der schwarze Fluss führte nur in einen Bereich noch größerer Schwärze, der die ganze Welt verschlungen zu haben schien.

Wir verloren weiter an Höhe und Geschwindigkeit, was den Wind aber nicht daran hinderte, wütend über uns herzufallen. Es war empfindlich kalt, und meine Hand, mit der ich mich an den eisigen Metallringen festklammerte, wurde taub, doch wir näherten uns unserem Ziel immer rascher. Was zuerst nur ein Chaos aus zahllosen unterschiedlichen Schwarz- und Grauschattierungen gewesen war, entpuppte sich bald als eine endlose Trümmerwüste aus zerstörten und eingestürzten und verbrannten Ruinen, die sich so weit erstreckte, wie das Auge reichte – und wahrscheinlich noch darüber hinaus. Ein bitterer Geschmack begann, sich in meinen Mund auszubreiten, während ich den verbrannten Leichnam einer Stadt betrachtete, in der mehr als zehn Millionen Menschen gelebt hatten. Und er wurde sogar noch einmal bitterer, als ich mir vor Augen führte, dass es keine Monster aus den Tiefen des Weltalls waren, die diese grauenhaften Verwüstungen angerichtet hatten, sondern die Brüder und Schwestern all der unschuldigen Menschen, die dort unten verbrannt waren.

Die Tür ging auf, und eine weitere gepanzerte Gestalt kam herein. Sie trug einen Helm und hatte das verspiegelten Visier heruntergeklappt, sodass ihr Gesicht nicht zu sehen war.

Aber ich erkannte Jarvin trotzdem sofort.

»Sind Sie gekommen, um mir eine gute Reise zu wünschen?«, schrie ich über das Heulen des Sturmes hinweg.

Natürlich würdigte er mich nicht einmal eines Blickes, geschweige denn einer Antwort, aber er tat etwas anderes, das mich viel mehr ärgerte, als jede spitze Bemerkung es gekonnt hätte: Gemächlichen Schrittes ging er an mir vorbei und trat auf die ausgefahrene Rampe, wo er so gelassen stehen blieb, als beobachte er von einem sicheren Balkon aus einen malerischen Sonnenuntergang, während ich mich mittlerweile mit beiden Händen an den Ring klammerte und immer unbehaglicher fragte, wie lange ich mich wohl noch halten konnte.

Ganz allmählich ließ das Rütteln und Stampfen des Bodens nach, und auch der Sturm verlor mit jedem Meter an Kraft, den wir uns dem Boden näherten. Erstaunlicherweise wurde es auch heller, sodass ich jetzt mehr Einzelheiten erkennen konnte, auch wenn ich sie eigentlich gar nicht sehen wollte. London war so gründlich zerstört, wie es nur ging. Im Sinkflug entdeckte ich gleich mehrere riesige Krater, wo das Feuer der Sonne von Menschenhand entfesselt worden war, und große Teile der Stadt waren wortwörtlich eingeebnet worden. Durch eine Laune des Schicksals waren das Parlament, Big Ben und sogar die Tower-Bridge zwar ebenfalls zu schwarzen Ruinen verkohlt, aber selbst nach all der Zeit immer noch als das zu erkennen, was sie einmal gewesen waren – und genau dort schien unser Ziel zu liegen: Die Lovecraft folgte der Biegung der Themse und verlor dabei beständig an Höhe und Geschwindigkeit. Schließlich glitten die ersten verbrannten Dächer unter uns hinweg, und das gewaltige Luftschiff steuerte eine von wenigen freien Stellen am Themseufer an, die groß genug für seine monströsen Dimensionen war. Eine ganze Batterie leistungsstarker Scheinwerfer flammte auf und riss jedes noch so winzige Detail der apokalyptischen Szenerie aus dem Halbdunkel. Ich erlebte einen kurzen Moment des Schreckens, als ich plötzlich überall unter uns hektische Bewegungen zu erkennen glaubte. Aber es waren nur Jahrzehnte alter Unrat und Müll, die der Sturmwind der riesigen Turbinen aufwirbelte.

Das Luftschiff hielt wenige Meter über dem Boden in der Luft an, und Jarvin war der Erste von uns, der losstürmte und nach unten sprang, noch bevor die Rampe den Boden ganz berührt hatte. Saron, die anderen Männer – und nach einem letzten Zögern auch ich – folgten ihm, und als Allerletztes stampfte die furchteinflößende Kampfmaschine heraus. Kaum war sie von der Rampe herunter, fuhr die eiserne Zunge in das Schiff zurück, und die Motoren der Lovecraft nahmen wieder Fahrt auf, sodass ich hastig das Gesicht wegdrehte und den Kopf einzog, als der künstliche Sturm wieder zunahm und uns mit einem Hagelschauer winziger Steinchen und Trümmer bombardierte. Mit einer Leichtigkeit, die den monströsen Abmessungen des Luftschiffes Hohn sprach, stieg die Lovecraft in die Höhe und drehte den Bug nach Westen.

Während sich die Männer rings um uns herum gruppierten, investierte ich noch einige Sekunden darin, dem entschwindenden Luftschiff nachzublicken, bis es ganz mit dem bleigrauen Himmel verschmolz. Weit über uns, und eigentlich mehr zu erahnen als wirklich zu erkennen, meinte ich einen weiteren mattgrauen Umriss auszumachen, der auf den Sturmwolken tanzte; die Robert Bloch, die ihre Position über der Stadt einnahm, um über uns zu wachen. Ich fühlte mich trotzdem alleingelassen und hilflos. Selbst wenn sich die Stadt tatsächlich als so verlassen und öde erweisen sollte, wie es den Anschein hatte, war dies gewiss kein Ort, an dem ich länger als unbedingt nötig bleiben wollte.

Jarvin winkte mich mit einer ungeduldigen Geste heran und machte sich nicht einmal die Mühe, eigens zu erwähnen, dass er das Kommando übernommen hatte, sondern tat es einfach. »Sie bleiben immer in der Mitte«, befahl er. »Gehen Sie nirgendwohin, ohne dass ich es Ihnen erlaube, und fassen Sie vor allem nichts an, ganz egal wie harmlos es auch aussehen mag.«

»Kein Problem«, antwortete ich lächelnd. »Was ist mit atmen?«

Jarvin blinzelte. »Wie?«

»Das Luftholen«, sagte ich. »Brauche ich eine Erlaubnis, um zu atmen? Und wenn, dann für jeden Atemzug einzeln, oder bekomme ich eine pauschale Genehmigung?«

Saron, der hinter ihm stand, versuchte mit wenig Erfolg, nicht zu grinsen, und Jarvin schenkte mir einen giftigen Blick, verbiss sich jedoch eine Antwort und presste lediglich die Lippen zu einem wütenden, blutleeren Strich zusammen und fuhr mit einer ruckartigen Bewegung auf dem Absatz herum. Ärgerlich schob er das Visier seines futuristischen Helms nach oben und starrte etliche Sekunden lang konzentriert auf das Display eines kleinen Apparates, der wie eine Mischung aus einem zu groß geratenen Smartphone und einem kleinen Tablet aussah, dabei aber so robust, dass man wahrscheinlich mit einem Panzer darüberfahren konnte, ohne ihn zu zerstören.

»Wir sind nicht weit entfernt«, sagte er. »Allerhöchstens eine Meile.« Zugleich deutete er in die Richtung des zu einer schwarzen Silhouette verbrannten Parlamentsgebäudes. Big Ben erhob sich deutlich schräg stehend wie ein schwarzes Mahnmal daneben, einen verbrannten Krater an der Stelle, an der früher das große Ziffernblatt gewesen war, und noch einmal ein Stück dahinter wuchs die halb geschmolzene Ruine einer einstmals wirklich riesenhaften Metallkonstruktion in den Himmel.

»Das Parlament oder das London-Eye?«, fragte ich.

Jarvins verwirrter Blick machte deutlich, dass er keine Ahnung hatte, wovon ich sprach, aber ich dachte ja gar nicht daran, irgendeine Erklärung abzugeben, sondern bedeutete ihm mit einer stummen Geste vorauszugehen. Er sagte auch dazu nichts, aber das Feuer in seinen Augen brannte noch einmal heißer.

Wir marschierten in zügigem Tempo los, wobei Jarvin erneut die Führung übernahm, während sich die übrigen Männer zu einem lockeren Kreis um Saron und mich formierten und die Kampfmaschine klirrend und schnaubend hinter uns herstampfte.

»Du solltest ihn nicht so reizen, John«, sagte Saron nach einer Weile, und wohlweislich so leise, dass Jarvin es nicht hörte.

»Warum nicht?«, gab ich zurück. »Es macht Spaß.«

»Er könnte es dir wirklich übelnehmen«, sagte Saron ernst. »Niemand will Ratsherr Jarvin zum Feind, glaub mir. Er ist ein mächtiger Mann. Schade, dass er eine so schlechte Meinung von uns Zombies hat.« Jetzt war nicht der Moment für diese Art von Gespräch, also fragte ich stattdessen:

»Wonach genau suchen wir eigentlich?«

»Ich wollte, ich wüsste es«, antwortete Saron. »Etwas ist hier, und es muss wichtig sein, sonst hätte Howard uns nicht hergeschickt und Jarvin würde nicht sein Leben riskieren. Aber ich glaube, niemand weiß genau, was. Oculus hätte wirklich in keinem ungünstigeren Moment verletzt werden können.«

Ich fand es ein wenig eigenartig, dass er das Wort *verletzt* benutzte, denn letzten Endes war Oculus nichts anderes als ein ganz besonders hoch entwickeltes Elektronengehirn, das Gefühle und Leben möglicherweise perfekt simulierte, aber nicht wirklich besaß.

In Sarons Satz war jedoch noch ein Wort gewesen, das eine verborgene Saite in mir zum Schwingen brachte, doch der Gedanke entschlüpfte mir, bevor ich ihn greifen konnte, denn in diesem Moment brach der Boden hinter uns ein, und die riesige Kampfmaschine verschwand in einer gewaltigen Staubwolke und mit einem überraschten elektronischen Piepsen in der Tiefe. Noch während ich erschrocken herumfuhr und instinktiv nach meiner Waffe griff, wetterleuchtete ein orangefarbener Blitz aus der Tiefe herauf, gefolgt vom dumpfen Krachen einer Explosion.

Die Männer reagierten genauso präzise, wie ich es erwartet hatte, und bildeten blitzartig einen Verteidigungskreis mit angeschlagenen Waffen rings um uns herum, während Saron, Jarvin und ich selbst vorsichtig an den Rand des so jäh entstandenen Kraters traten. Im ersten Moment war nur Staub und eine wirbelnde Bewegung zu erkennen, dann schaltete Jarvin einen starken Scheinwerfer ein, der unter dem Lauf seiner Waffe befestigt war, und der grelle Strahl schnitt durch den aufgewühlten Staub. Etwas Großes und Formloses huschte davon, einen Sekundenbruchteil vergeblich von dem zitternden Lichtstrahl verfolgt, dann erfasste der grellweiße Schein die Kampfmaschine und verharrte darauf.

Der Koloss lag gute zwanzig Fuß unter uns wie eine auf den Rücken gefallene Schildkröte in einem Wust aus Trümmern und geborstenen Fliesen, die wohl zu einer ehemaligen Metro-Station gehörten. Funken sprühten aus einem breiten Riss in seinem verbeulten Torso und wurden vom grellen Licht des Scheinwerfers ausgelöscht, lange bevor sie den Boden erreichen konnten, und unter der Maschine begann sich eine dunkle Lache aus Öl oder irgendeiner anderen ausgelaufenen Flüssigkeit zu bilden.

Jarvin betrachtete den demolierten Roboter noch einige Sekunden lang mit unbewegtem Gesicht, dann schaltete er die Lampe aus und stand auf. »Da ist nichts mehr zu machen«, sagte er. »Sogar wenn er noch funktionieren würde, bekommen wir ihn nie wieder dort heraus.«

Das war zweifellos richtig, aber mich störte der Unterton in seiner Stimme. Er hörte sich fast zufrieden an. Vor allem, als er fortfuhr: »Wahrscheinlich hätte er uns ohnehin nicht viel genutzt und uns nur aufgehalten.«

»Warum haben wir ihn dann mitgenommen?«

»Weil Admiral Baines darauf bestanden hat.« Jarvin verzog abfällig die Lippen. »Sie glaubt immer noch, dass ihre technischen Spielsachen irgendetwas nutzen.«

»Sie nicht?«

»Das hat sich ja gerade gezeigt. Eine halbe Minute früher, und Sie lägen jetzt mit dort unten. Vielleicht wir alle.«

Unglückseligerweise gab es nicht viel, was ich einwenden konnte. Er hatte recht. Nachdem er seine Lampe ausgeschaltet hatte, war die zerstörte Maschine wieder in gnädiger Dunkelheit verschwunden, aber ich konnte sehen, wie verrottet und baufällig die Straße war. Was ich im ersten Moment für einen Hinterhalt gehalten hatte, war schlicht dem enormen Gewicht der uralten Maschine geschuldet, unter dem die Straße und in einer konsequenten Kettenreaktion danach die Decke des U-Bahn-Tunnels eingestürzt waren. Vermutlich hatten wir sogar noch Glück gehabt, denn ebenso gut hätte auch der gesamte Tunnel zusammenbrechen und unserem Ausflug ein abruptes Ende bereiten können.

Jarvin bedeutete uns weiterzugehen.

Ein Schwall modrig riechender Luft wehte vom Fluss zu uns herauf, nahm mir für einen Moment den Atem.

Nach zwei oder drei Dutzend Schritten blieb Jarvin wieder stehen und blickte auf seinen Computer. Er wirkte unschlüssig, auch als er sich schließlich halb zu mir herumdrehte und mich zu sich winkte.

»Wir sind jetzt ganz nahe«, sagte er. »Auch wenn ich beim besten Willen nicht sagen kann, woran.«

Auf dem kleinen Monitor blinkte ein roter Punkt, eingerahmt von ganzen Kolonnen winziger Zahlen, Buchstaben und Symbolen, die mir allesamt nichts sagten. Aber es gab auch einen kleinen Richtungspfeil, der auf das Themseufer direkt vor uns deutete und der auch mitwanderte und auf seiner einmal angezeigten Richtung beharrte, als Jarvin das Gerät bewegte. Aber in der angegebenen Richtung war absolut nichts, abgesehen von der halbgeschmolzenen Ruine des London-Eye.

»Und was genau sehen wir da?«, fragte ich mit einer Kopfbewegung auf den Computer.

Jarvin deutete ein Schulterzucken an. »Die Anomalie, die Oculus aufgezeichnet hat«, antwortete er. »Mehr kann ich Ihnen auch nicht sagen. Unsere Geräte können es nicht genau erfassen. Nur dass dort etwas ist, das nicht hier sein sollte.«

»Und das ist alles? Deshalb riskieren wir unser Leben? Nur wegen einer vagen Ahnung?«

»Wenn wir diesen Kampf verlieren, dann ist da nicht mehr viel, was ich riskieren könnte, Mister Sinclair«, antwortete Jarvin ernst. »Und es ist mehr als eine vage Ahnung. Wir haben eine Warnung aus der Vergangenheit erhalten. Sie selbst stammen aus der Epoche, in der sie angegriffen haben, und jetzt registrieren wir eine temporale Anomalie an genau dem Ort, an dem es begonnen hat. Glauben Sie wirklich, dass das alles nur ein Zufall ist?« Er beantwortete seine eigene Frage mit einem Kopfschütteln und steckte den Computer ein.

»Was ist das da überhaupt?«, fragte er mit einer Kopfbewegung auf die ausgeglühte Stahlkonstruktion.

»Das London-Eye«.

Jarvin sah mich nur verständnislos an, und ich ließ ihn noch ein paar Sekunden lang zappeln, bevor ich fortfuhr.

»Eine Touristenattraktion, aber sie war auch bei den Einheimischen ziemlich beliebt. Ein Riesenrad.«

»Ein ... ein Spielzeug?«, fragte Jarvin ungläubig.

Ich nickte. »Aber ein ganz besonderes«, bestätigte ich. »Eigentlich sollte es nur zwei oder drei Jahre stehenbleiben, aber jetzt sind wohl ein paar Nullen dazugekommen. Seine Konstrukteure wären stolz darauf.« Ich machte eine Kopfbewegung zum Zenit des zerbrochenen stählernen Runds hinauf. Unglaublicherweise hatten selbst einige der zerbrechlichen Gondeln sowohl die Katastrophe als auch die Jahrhunderte überdauert. »Ich war selbst einmal dort oben und musste über eine Stunde anstehen, aber es hat sich gelohnt. Man konnte fast über die gesamte Stadt sehen.«

Jarvins Mine wurde immer ungläubiger. »Soll das heißen, sie haben dieses ... dieses unglaubliche Ding völlig grundlos gebaut?«, vergewisserte er sich. »Nur aus Zeitvertreib und damit man einen schönen Ausblick über die Stadt hat? Aus keinem anderen Grund?«

»Damals nannte man das Lebensqualität«, belehrte ich ihn, bekam auch jetzt wieder nur einen Blick zur Antwort, der irgendwo zwischen blankem Entsetzen und Verachtung angesiedelt war.

»Manchmal frage ich mich, ob ihr diese Welt überhaupt verdient hattet«, sagte er.

Da es nichts wirklich Kluges gab, was ich darauf antworten konnte, versuchte ich es auch erst gar nicht, sondern drehte mich herum und legte den Kopf in den Nacken, um das ausgeglühte Skelett des Auges von London noch einmal aufmerksam zu betrachten, so weit das bei dem schwachen Licht überhaupt möglich war.

Ich erkannte mehr Einzelheiten, aber das machte mich nicht schlauer. Der ehemalige Touristenmagnet am Ufer der

Themse bot einen Anblick des Jammers. Was von der gewaltigen Stahlkonstruktion noch übrig war, war auf schier unmögliche Weise verdreht, in sich verwunden und schien nur noch aus Rost und dem zur Härte von Stein zusammengebackenen Staub von Jahrhunderten zu bestehen. Eine Handvoll Gondeln war gegen jede Wahrscheinlichkeit noch immer da, auch wenn die meisten eher an verbrannte Früchte erinnerten.

Die meisten.

Nicht alle.

Es fiel mir erst auf den zweiten Blick auf, dann dafür umso deutlicher: Eine der Gondeln war nahezu unversehrt. Das Glas war verschwunden – in der immensen Hitze der Nuklearexplosion verdampft oder den verstrichenen Jahrhunderten zum Opfer gefallen –, aber die Gondel selbst wirkte aus der Ferne nahezu unbeschädigt. Ich wollte den Blick gerade wieder abwenden, als ich eine Bewegung wahrzunehmen glaubte, zu schnell und zu vage, um sie wirklich zu erkennen, aber auch zu deutlich für eine bloße Einbildung.

»John?«, fragte Saron besorgt.

»Hat jemand ein Fernglas?«, fragte ich, ohne den Blick von der Gondel zu nehmen. Statt zu antworten, berührte Saron meinen Helm, woraufhin das Visier herunterklappte. Eine halbe Sekunde lang drohte mir schwindelig zu werden, dann klärte sich mein Blick nicht nur, das Visier verwandelte sich in ein Vergrößerungsglas, in dessen Zentrum die Gondel regelrecht auf mich zuzuspringen schien. Ihre vermeintliche Unversehrtheit bekam im wahrsten Sinne des Wortes ein paar Kratzer und Schrammen, auch wenn sie nicht annähernd so mitgenommen wirkte wie die anderen. Vielleicht lag es einfach daran, dass es die oberste Gondel war, die nahezu im Zenit des geschundenen Rades hing, wo Wind und Regen sie am besten erreichen und ihr zwar am meisten zusetzen, sie aber zugleich auch halbwegs sauber halten konnte. Von einer Bewegung war nichts zu sehen. Und doch …

»Da oben ist etwas«, murmelte ich, weit mehr aus einem Gefühl als irgendeinem anderen Grund heraus. Jarvin sah wieder auf seinen Minicomputer und hob die Schultern, berührte dann aber die Seite seines Helms, und seine Lippen begannen sich zu bewegen, ohne dass ein Laut zu hören war. »Wir sehen nach«, sagte er knapp.

Ich klappte das Visier hoch und betrachtete das zertrümmerte Riesenrad noch einmal mit bloßem Auge, was an meinem Unbehagen aber nicht wirklich etwas änderte.

»Und wer klettert freiwillig dort hinauf?«, fragte ich schaudernd.

Jarvin verdrehte mit einem lautlosen Seufzen die Augen, aber Saron sagte: »Die Bloch schickt eine Drohne.«

Er machte eine Geste in den Himmel hinauf. Die Robert Bloch war deutlich tiefer gesunken, und ich nahm eine Menge von dem zurück, was ich über das angeblich viel kleinere Luftschiff gedacht hatte. Es kam mir nicht wirklich kleiner vor als die Lovecraft, und durch seine deutlich gedrungenere Form wirkte es sogar noch bedrohlicher als sein schlankeres Schwesternschiff. Ein winziger blinkender Punkt löste sich von seinem Bug, taumelte einen Moment wie betrunken umher und verwandelte sich dann in einen leuchtenden Pfeil, der wie ein Geschoss auf das Riesenrad zuraste.

»Sie können die Übertragung verfolgen«, sagte Saron und machte Anstalten, mein Helmvisier schon wieder herunterzuklappen, vermutlich damit es sich diesmal in einen Bildschirm oder irgendeinen anderen technologischen Schnickschnack verwandelte, und eine halbe Sekunde, bevor er es tun konnte, erhob sich etwas Dunkles und Monströses zwischen den Ruinen hinter uns und fegte die Drohne mit einer nachlässigen Bewegung vom Himmel.

Und im gleichen Augenblick explodierte über uns der Himmel.

Highgate Cemetery, London. 1937

Es war vollkommen unmöglich, ausgeschlossen und absolut undenkbar, und nicht nur sein Verstand, auch seine Erfahrung und überhaupt alles in ihm beharrte so sehr darauf, dass er im ersten Moment sogar selbst davon überzeugt war, nur einem besonders niederträchtigen Streich seiner eigenen Fantasie aufzusitzen.

Jedenfalls so lange, bis Howard kräftig genug an seiner Zigarre zog, um sie hellorange knisternd Funken sprühen zu lassen und in missbilligendem Ton hinzuzufügen: »Dein kleines Kunststück am Ashton-Place war schon ein wenig leichtsinnig. Du hättest alles verderben können. Ich hatte wirklich gehofft, dass du auf deine alten Tage ein wenig vernünftiger wirst, mein Junge.«

»Was?«, murmelte Robert verdattert; was so ziemlich die dämlichste Reaktion war, die er sich im Moment vorstellen konnte, unglückseligerweise aber auch die einzige, zu der er imstande war. Aber seine Gedanken drehten sich chaotisch im Kreis, sodass er schon froh war, überhaupt ein Wort herauszubekommen. Howard hier, und noch dazu putzmunter und gesund? Das war … unmöglich!

»Ich weiß, innerlich fühlst du dich noch immer wie fünfundzwanzig«, antwortete Howard fröhlich paffend. »Aber glaub mir, das täuscht. Die Zeiten, in denen du es ganz allein mit der ganzen Welt aufnehmen konntest, hat es zwar nie gegeben, aber selbst wenn es sie jemals gegeben hätte, wären sie schon lange vorbei.«

Howard feixte so breit wie ein Schuljunge, dem ein besonders ausgefuchster Streich gelungen war, aber bei genauerem Hinsehen wirkte er doch sehr blass. Seine Haut war so bleich, dass sie fast durchsichtig schien, und seiner Erscheinung schien es irgendwie an ... Substanz zu mangeln, als wäre er eher ein Spiegelbild als ein wirklicher Körper. Seine Bewegungen schienen Spuren in der Realität zu hinterlassen wie Nachbilder auf einem verwackelten Foto. Aber er war hier, und er lebte, und das eine sollte unmöglich und das andere im besten Fall unwahrscheinlich sein, denn nach allen Regeln der Natur und der Logik musste Howard in seinem Haus in Providence im Bett und wohl auch im Sterben liegen.

»Aber wieso?«, murmelte Robert. »Ich meine, das ... das ist doch ... «

»Du warst schon einmal eloquenter, Bob«, unterbrach ihn Howard fröhlich. »Aber ich glaube, ich weiß, was du meinst. Es hat schon alles seine Richtigkeit, das kann ich dir versichern. Mir bleibt keine Zeit, alles zu erklären, fürchte ich. Es hat schon begonnen.«

»Keine Zeit, es zu erklären«, knurrte Robert. Er spürte selbst, wie seine Verwirrung in mindestens ebenso großen Zorn umzuschlagen drohte, und versuchte sich zusammenzureißen, wenn auch mit wenig Erfolg.

»Sind das nicht genau die Worte, die du in deinen Büchern immer verwendest, wenn du die Lösung selbst noch nicht weißt? Und *was* hat bereits begonnen?«

»Ich hab dir gesagt, dass er ganz der Alte ist«, rief Rowlf, der wieder halb in dem offenen Grab verschwunden war und schaufelweise Erde in alle Richtungen warf, auch in ihre. Robert wich hastig einen großen Schritt zur Seite, um nicht getroffen zu werden. Howard rührte sich nicht, entging dem Bombardement aus Erdklumpen und kleineren Steinchen aber irgendwie trotzdem.

»Darauf hatte ich gesetzt«, erwiderte Howard fröhlich, auch wenn seine Augen dabei auf eine Art ernst blieben, die Robert einen eisigen Schauer über den Rücken laufen ließ.

»Auch darauf, dass ich immer noch so eine Engelsgeduld habe wie früher?«

»Die hattest du nie«, antwortete Howard und zog an seiner Zigarre. Robert hatte das unheimliche Gefühl, dass der rötliche Lichtschein der Glut durch ihn hindurchfiel. Zugleich machte er aber auch eine erneute Bewegung, wie um ihm das Wort abzuschneiden. »Hör mir zu, Bob. Ich kann nicht lange bleiben, denn jeder Moment, den ich hier verbringe, kostet mich große Kraft. Es gibt etwas, das getan werden muss, und es ist ungeheuer wichtig. Das Wichtigste, das ich je von dir verlangt habe.« Er zögerte. »Und ich will ehrlich zu dir sein: Es wird dich vielleicht mehr kosten, als du zu geben bereit bist.«

Robert war verwirrt und mehr als nur ein bisschen beunruhigt. Howard versuchte ihm etwas zu sagen, was ihm nicht über die Lippen wollte, und das war eigentlich ganz und gar nicht seine Art. »Und was?«, fragte er. Wieso hatte er plötzlich das Gefühl, die Antwort eigentlich gar nicht hören zu wollen?

Rowlf hielt für einen Moment mit Schaufeln inne und sah aufmerksam in ihre Richtung, was ihm noch sehr viel weniger gefiel.

Statt direkt zu antworten, kam Howard nun doch einen Schritt näher, und etwas wirklich Gespenstisches geschah. Für einen einzelnen, aber durch und durch unheimlichen Moment glaubte er, Rowlfs hochgewachsene Gestalt durch Howards Erscheinung hindurchschimmern zu sehen, und ein Hauch der Ewigkeit streifte seine Seele und brachte etwas in ihm zum Erschauern. Dann war der Augenblick vorbei, und einen sogar noch kürzeren Moment lang hatte er ein quälendes Empfinden von Verlust; als hätte er das Paradies berührt, nur um es sofort und mit der absoluten Gewissheit wieder zu verlieren, es niemals wieder zu erblicken.

»Was geht hier vor?« Eigentlich wollte er diese Frage in scharfem Ton stellen, aber alles, was er herausbrachte, war ein Flüstern, in dem eindeutig Furcht zu hören war.

»Es hat begonnen, Robert«, sagte Howard noch einmal. »Der finale Angriff.«

»Die Großen Alten?« Es war nicht wirklich eine Frage. Trotzdem schüttelte er heftig den Kopf. »Das ist Unsinn. Wir haben sie besiegt. Du und ich.«

»Du hast ihre Kreaturen gesehen. Am Ashton-Place, in der Tube und in Whitechapel.«

»Und wenn wir noch lange herumtrödeln werden sie auch hier sein«, fügte Rowlf ungefragt hinzu und ohne dass Howard oder er darauf reagierten.

»Und warum ausgerechnet jetzt?«, fragte Robert störrisch. »Selbst wenn ich dir glauben würde – was ich weder tue noch will – es ergibt überhaupt keinen Sinn.«

»Sie arbeiten seit Jahrtausenden auf diesen Moment hin, und vielleicht sogar länger«, fuhr Howard unbeirrt fort. »Und nun ist es so weit, ihre Pläne in die Tat umzusetzen.«

»Stammt das aus einer deiner Horrorgeschichten?«, fragte Robert böse.

»Es sind keine Horrorgeschichten«, antwortete Howard ernst. »Das waren sie nie. Ich dachte, du wüsstest das.«

Er klang ein bisschen verletzt, und Robert beeilte sich hinzuzufügen: »So war das nicht gemeint.«

»Doch, ganz genauso war es gemeint«, beharrte Howard, wenn auch mit einem Lächeln. »Und so wie du denken alle. Sie können auch nicht anders. Aber in Wahrheit sind meine Geschichten eine Mahnung, um die Menschen auf das vorzubereiten, was kommt. Irgendwann werden sie es begreifen, auch wenn es dann vielleicht schon zu spät ist.«

»Versuchst du gerade, mir Angst zu machen?«, fragte Robert. Wenn ja, hatte er es geschafft.

»Du hast sie nervös gemacht, Bob«, sagte Howard, klang dabei aber aus irgendeinem Grund eher tadelnd als zufrieden. »Sie sind im Verborgenen geblieben, um ihre Kräfte zu sammeln. Wenn sie etwas sind, dann geduldig. Sie haben dieses Wort sozusagen erfunden.« Er lachte bitter. »Rowlf hat dir von Whitechapel erzählt?«

»Von Jack the Ripper?« Robert nickte, ließ zwei oder drei Sekunden verstreichen und fügte dann hinzu: »Er hat ihn getötet.«

Howard paffte wieder an seiner Zigarre und warf Rowlf durch die grauen Schwaden hindurch einen tadelnden Blick zu.

»Ließ sich nicht vermeiden«, grummelte Rowlf und fuhr fort, Erde und Kiesel in alle Richtungen zu werfen.

»Und es ist wahrscheinlich auch nicht schade um ihn«, seufzte Howard. »Auch wenn er in seinem Alter wohl kaum noch eine Gefahr dargestellt hat. Und er strenggenommen nichts dafür konnte.«

»Dafür, vier unschuldige Frauen abgeschlachtet zu haben?«

»Sie waren alles, nur nicht unschuldig«, antwortete Howard Ernst. »Und es waren nicht vier, sondern mindestens dreißig. Und er ist nicht der Einzige.«

»Der einzige was?«

»Whitechapel war schon immer das, was die Menschen einen Sündenpfuhl nennen«, antwortete Howard. »Zum Teil aus den üblichen Gründen: Armut, Ungerechtigkeit, Dummheit und ein Dutzend anderer billiger Ausreden, die du dir denken kannst. Aber es gibt auch noch einen anderen Grund, den nur sehr wenige kennen. Whitechapel ist einer der Orte, an dem sie ihre Kräfte sammeln, und du weißt, wie sie sind. Schon ihre bloße Nähe reicht, um das Schlechteste in den Menschen zum Vorschein zu bringen. Die Schlechtesten von uns, versammelt an einem Ort, an dem sie unter dem Einfluss der bösesten Kreaturen stehen, die die Schöpfung hervorgebracht hat – keine besonders gute Mischung.« Er schüttelte den Kopf. »Glaub mir, der Mann, den die Presse vor einem halben Jahrhundert Jack the Ripper genannt hat, war längst nicht das Schlimmste, was aus diesem Ort hervorgegangen ist. Rowlf hat recht, fürchte ich. Sie spüren deine Anwesenheit, und du weißt, wie sie sind. Sie geben niemals auf, wenn sie einmal eine Spur aufgenommen haben. Wahrscheinlich sind sie schon auf dem Weg hierher.«

Robert schloss mit einem grimmigen Lächeln die Hand um den Stockdegen, dessen Kristallknauf immer noch beruhigend dunkel blieb, doch Howard schüttelte nur noch trauriger den Kopf.

»Es sind zu viele … und sie sind schon viel zu mächtig. Niemand kann sie noch aufhalten. Sie werden siegen.«

»Wie bitte?« Robert starrte ihn an.

»Ich habe die Zukunft gesehen«, antwortete Howard. Diesmal war er sicher, sich nicht nur einzubilden, dass seine Gestalt für den Bruchteil einer Sekunde flackerte und fast transparent wurde, wie das Trugbild eines Varietézauberers, das nur von sich behauptete, da zu sein.

Und ganz genau so war es auch, begriff Robert endlich. Was er sah, war etwas, das Howard ihm schickte, eine Projektion, ein Geist, oder wie immer man es nennen wollte. Nicht Howard selbst.

»Du bist nicht wirklich hier«, sagte er.

»Was ist schon wirklich?«, gab Howard mit einem Lächeln zurück.

»Vielleicht die Tatsache, dass du todkrank bist und dich mit solchen Spielereien möglicherweise umbringen könntest?«

»Ich bin so weit«, drang Rowlfs Stimme aus dem offenen Grab, bevor Howard antworten konnte. Wahrscheinlich hatte er es ohnehin nicht vor.

Robert wandte sich mit einem zornigen Ruck um und ging mit zwei schnellen Schritten zum Rand der Grube. Rowlf hatte den viel zu groß geratenen Sarg mittlerweile zur Gänze freigelegt und auch die untere Hälfte des Deckels aufgeklappt, sodass Robert hineinsehen konnte. Was er erkannte, erinnerte nicht wirklich an einen Sarg. Es gab keine Kissen, keine Decken, dafür aber ein verwirrendes Geflecht aus bronze-, und kupferfarbenen Röhrchen und Leitungen, die das Innere des Bleisarges auskleideten, als hätte eine Metallspinne versucht, ihn in einen Kokon für ihre Brut zu verwandeln.

»Was ist das?«, fragte er.

»Möglicherweise das Einzige, was diese Welt und alles Leben darauf noch retten kann«, sagte Howard. In seiner Stimme war schon wieder jener alarmierende Unterton, der Robert weit mehr beunruhigte, als er zugeben wollte.

Rowlf schwang sich mit einer mühelosen Bewegung aus dem Grab, verschwand in der Dunkelheit und kam schon nach einem einzigen Augenblick mit dem Necronomicon in beiden Händen zurück. Ohne in der Bewegung innezuhalten oder gar ein Wort der Erklärung, warf er das verfluchte Buch in den Sarg, trat einen Schritt zurück und wischte sich die Hände an den Hosenbeinen ab, als hätte er etwas Ekelhaftes berührt.

»Also das ist wirklich ein bisschen albern«, sagte Robert in dem – vergeblichen – Versuch, amüsiert zu klingen. »Du hast jetzt nicht wirklich ein Buch beerdigt? Und ausgerechnet dieses Buch?«

Rowlf ignorierte ihn, aber Howard sagte: »Kennst du einen anderen Ort, an dem es für die nächsten hundert Jahren wirklich sicher wäre?«

»Zum Beispiel da, wo es war?«, antwortete Robert trotzig, und eigentlich nur, um überhaupt zu widersprechen. In seinem Haus am Ashton-Place in London? Das war lächerlich. Er hatte keinerlei lebende Verwandte und somit auch keine Erben, was hieß, dass das Haus spätestens nach seinem Tod nicht mehr unberührt bleiben würde. Selbst wenn er gewisse Maßnahmen dagegen ergriffen hätte, war ein Safe klassischerweise der erste Ort, an dem nachgesehen wurde, ob es vielleicht etwas zu holen gab.

Als klar wurde, dass Howard darauf nicht antworten würde, wies er mit trotzig vorgerecktem Kinn auf den Grabstein. »Und warum ausgerechnet in diesem Grab? Was ist an diesen Sinclairs so Besonderes?«

»An den Sinclairs, die du kennengelernt hast?« Howard schüttelte den Kopf. »Nichts. Aber an dem, der noch nicht geboren ist.«

Er wollte noch mehr sagen, das sah Robert ihm an, doch in diesem Moment hatte er ein Gefühl von Wärme in der Hand, und als er hinsah, meinte er auch ein sachtes Leuchten tief im Inneren des Kristallknaufs wahrzunehmen.

»Ist ja nicht so, als hätte ich es nicht gesagt«, meinte Rowlf. Er klang ein bisschen selbstzufrieden, fand Robert.

Auch wenn er Recht hatte.

Er wollte den Degen ziehen, wusste er doch nur zu gut, was das sachte Leuchten bedeutete – war es schon intensiver geworden? –, doch Howard schüttelte hastig den Kopf und machte eine deutende Geste zu Rowlf, woraufhin dieser doch noch einmal in das Grab hinabsprang und nach weniger als einer Sekunde wieder herauskletterte, die Schaufel nun wieder in der Rechten. Robert warf einen flüchtigen Blick in die Grube hinab und stellte fest, dass der monströse Sarg noch immer offenstand. Er war eindeutig zu groß, um nur dieses verfluchte Buch aufzunehmen, wie ihm voller Unbehagen klar wurde.

Als er wieder auf seine Hand hinabsah war er sicher, dass das Leuchten des Shoggotensternes im Inneren des Kristalls kräftiger geworden war. Etwas kam.

»Und ... worauf genau warten wir?«, fragte er unbehaglich.

Rowlf und das Howard-Spiegelbild tauschten einen womöglich noch unbehaglicheren Blick, der auch nicht unbedingt dazu beitrug, Roberts Bedenken zu zerstreuen. »Du musst verstehen, was auf dem Spiel steht, Bob«, sagte Howard mit einer Stimme, die Robert einen eisigen Schauer über den Rücken laufen ließ. »Es geht hier um nichts weniger als die Zukunft. Ich habe gesehen was kommt, und ...«

»Dann sollten wir die Menschen warnen.«

»... sie werden gewinnen«, schloss Howard. »Die Welt ist nicht auf das vorbereitet, was auf sie zukommt. Und selbst wenn sie es wäre, wäre sie ihnen nicht gewachsen, weder jetzt noch in hundert Jahren.« Er schüttelte traurig den Kopf. »Sie werden gewinnen. Millionen werden sterben. Milliarden werden ihnen folgen.«

»Du musst ...«, begehrte Robert auf.

»Was?«, unterbrach ihn Howard mit einem schmerzlichen Verziehen der Lippen, das es nicht ganz schaffte, zu einem Lächeln zu werden. »Noch ein Buch schreiben? Mich an die Zeitungen wenden oder die Regierungen? Sie würden mir nicht glauben, selbst wenn ich noch dazu in der Lage wäre.«

»Dann willst du einfach .... einfach aufgeben?«, fragte Robert fassungslos. Das war doch nicht der Howard, den er kannte!

Rowlf sagte irgendetwas, das Robert nicht genau verstand, während er die Schaufel fest mit beiden Händen ergriff und in der Dunkelheit verschwand, und Howard setzte dazu an, wieder an seiner Zigarre zu ziehen, geriet urplötzlich ins Husten und krümmte sich. Es dauerte nur ein paar Sekunden, aber es war das bisher mit Abstand Gespenstischste, denn bei jedem krampfhaften Husten flackerte seine Erscheinung so heftig, dass er fast zu verschwinden schien.

Das Erste, was er tat, kaum dass er wieder zu Atem gekommen war, war einen besonders tiefen Zug aus seiner Zigarre zu nehmen. »Ich muss dir nicht sagen, dass das ziemlich dumm ist, oder?«, fragte Robert.

Howard sog sogar noch tiefer an seiner Zigarre und schürzte abfällig die Lippen, während der Rest seines Gesichts hinter grauen Rauchschwaden zu verschwinden begann. »Ich sterbe«, sagte er und wedelte mit seiner Zigarre herum. »Aber nicht daran. Ich bin in meinem Leben gewissen Dingen zu nahe gekommen, und jetzt zahle ich den Preis dafür. Aber das ist in Ordnung.«

»Es ist nicht in Ordnung, wenn du stirbst«, widersprach Robert in fast wütendem Tonfall. »Und das kleine Kunststück, das du da gerade aufführst, bringt dich vermutlich endgültig um.«

»Vermutlich«, sagte Howard ungerührt. »Wäre es dir lieber, wenn ich mich schone und meine Kräfte sammele, um einen möglichst langen und qualvollen Tod zu erleiden?« Er beantwortete seine eigene Frage mit einem Kopfschütteln und machte eine Geste in die Richtung, in der Rowlf verschwunden war. Spielten ihm seine Nerven einen Streich, oder waren da plötzlich Geräusche, die zwar nicht genau zu identifizieren waren, aber beunruhigend an einen Kampf erinnerten?

»Du hättest es mir sagen können«, sagte Robert.

»Ich war bis vor wenigen Stunden nicht sicher, ob es funktioniert«, antwortete Howard. »Um ehrlich zu sein, bin ich es immer noch nicht völlig, aber es ist die einzige Chance, die noch bleibt.«

Da war ein Ernst in seiner Stimme, der Robert von jeglichem Widerspruch abhielt. Statt noch einmal zu protestieren, fragte er: »Und was genau soll ich tun?«

»Es gibt nichts, was du tun kannst, Robert«, antwortete Howard. »Was geschehen wird, das wird geschehen, und keine Macht der Welt kann daran noch etwas ändern. Ich will nicht, dass du etwas tust. Ich ...« Robert konnte ihm ansehen, wie schwer es ihm fiel, den Satz zu beenden. »... brauche etwas von dir. Die Welt braucht etwas von dir.«

»Und das wäre?« Robert beschlich ein wirklich ungutes Gefühl.

»Deine DNA«, antwortete Howard.

»Was soll das sein? Dieses Wort habe ich noch nie gehört.«

»So wenig wie irgendein anderer«, antwortete Howard. »Es wurde noch nicht erfunden.«

»Ich verstehe. Die Zukunft. Und was genau also ist diese ... DNA?«

Howard setzte zu einer Erklärung an, doch in diesem Moment kam Rowlf zurück.

Genauer gesagt stürzte er aus der Dunkelheit auf sie zu, und das so schnell, als wären sämtliche Heerscharen der Hölle hinter ihm her.

Und ganz genau so war es auch.

Themseufer, London. Morgen

Am Erstaunlichsten war vielleicht die Tatsache, dass sich das Rad trotz allem noch drehte, obwohl jegliche Bewegung und alles Leben in weitem Umkreis zum Erliegen gekommen war, so lange es sich nicht um Flucht und Kampf und das Krachen von Explosionen oder um schwarzes Kriechen und verstohlenes Schlängeln handelte. Ringsum brach die Welt in Stücke und starben in jeder Minute Hunderte, wenn nicht Tausende. Die Stadt ging in schwarzen Flammen auf, und die Heerscharen der Hölle tobten durch ihre Straßen, aber der Ur-Ur-Ur-Urenkel des Ferris-Wheels drehte noch immer unbeeindruckt seine Kreise, und Suko wäre nicht überrascht gewesen zu erfahren, dass auch die Muzak in den Kabinen noch immer an den Nerven der Fahrgäste sägte. Selbst in einigen der großen Gondeln brannte noch Licht, und er meinte, hektische Bewegung hinter den geschwärzten Scheiben zu erkennen. Aber vielleicht war das alles ja auch nur ein ganz besonders grässlicher Albtraum, aus dem er nur nicht aufwachen konnte.

Wie sehr er sich doch wünschte, es wäre so einfach.

»Von hier aus müsst ihr allein weiter«, drang die Stimme der toten Teufelstochter in seine Gedanken. »Wir halten euch den Rücken frei, solange wir können – zählt nicht darauf, dass das allzu lange sein wird.«

»Und was genau sollen wir dort?«, fragte Bill. Er wollte die Hand nach dem Kreuz ausstrecken, führte die Bewegung aber nicht einmal halb zu Ende und presste stattdessen den besudelten Arm an die Brust. Waren die dunklen Flecken auf seinem Handrücken größer geworden?

»Bringt es zu John«, antwortete Asmodina. »Er wird wissen, was zu tun ist, und das ist alles, was zählt. Und jetzt geht.«

Das letzte Wort hatte sie geschrien, und nicht nur mit ihrer menschlichen Stimme. Da war noch etwas Anderes und Scharfes, das aus jedem auch nur geflüsterten Wort einen Befehl machte, gegen den es keinen Widerspruch gab.

Nicht dass es nötig gewesen wäre. Scheinbar war rings um sie herum noch alles vollkommen ruhig, aber da war zugleich auch ein nervöses Flackern in Sukos Augenwinkeln, wie eine Bewegung, die aus einer anderen Ebene des Seins herüberschwappen wollte, und etwas wie ein schlechter Geschmack auf seiner Seele, die mit jedem Atemzug nur noch übler wurde.

»Und sagt John, dass ich ihm das schuldig war«, fügte Asmodina noch hinzu. »Er weiß, was ich meine. Und jetzt geht. Es bleibt nicht mehr viel Zeit.«

Das Rauschen riesiger Flügel erfüllte die Nacht, als sich die Hälfte ihrer höllischen Todesengel in die Luft erhob und zugleich ihre Waffen zog. Die andere Hälfte gruppierte sich zu einem Halbkreis, dessen offene Seite auf das Riesenrad am Themseufer deutete. Asmodina indes verwandelte sich mit der Geschwindigkeit, den ein Gedanken benötigte, um zu einer Idee zu reifen, in eine gigantische, schwarzgrün geschuppte Riesenschlange: Apep!

»Und was machen wir jetzt damit?«

Es dauerte eine Sekunde, bis Sukos Blick Bills Kopfbewegung folgte und ihm der Sinn seiner Frage überhaupt aufging. Er hielt noch immer das silberne Kreuz in den Händen. Bill und er waren oft genug Zeuge geworden, über welch unvorstellbare magische Kraft der Talisman verfügte. Nach einer Sekunde schob er das Kreuz in eine der zahllosen Taschen seines geborgten Overalls und setzte sich in Bewegung. Bringt es zu John, hatte Asmodina gesagt, und welche andere Wahl hatten sie schon?

Er kam sich unbehaglich vor, ausgeliefert. Auf dem großen Platz am Themseufer herrschte eine fast gespenstische Stille, obwohl der Kampflärm und die Schreie der sterbenden Stadt mittlerweile deutlich näher gekommen waren. So musste sich der schwarze Punkt in der Mitte einer Zielscheibe fühlen: auf eine Weise ausgeliefert, die körperlich wehtat.

Ein machtvolles Platschen drang von der nahen Themse herauf, gefolgt von einem Schwall intensiven Gestanks nach moderndem Wasser und faulendem Fisch und noch etwas anderem und so viel Schlimmerem, dass ihm schon bei dem bloßen Versuch übel zu werden drohte, darüber nachzudenken. Als er in die entsprechende Richtung sah, war jedoch nichts zu erkennen, nur das intensive Gefühl von etwas sehr Großem und Abscheulichem, das vorübergezogen und wieder verschwunden war, bevor der Blick es erfassen konnte. Das Gefühl, angestarrt zu werden, wurde noch einmal schlimmer, und etwas Riesiges und sehr Gewalttätiges schien aus allen Richtungen zugleich auf sie zu zu kriechen, obwohl noch immer rein gar nichts zu sehen war. Aber vielleicht war ja auch gerade das das Schlimme, spürten sie doch beide, dass sich da Dinge in den Schatten verbargen, sinistere Schrecken aus einer ebenso fernen wie falschen Vergangenheit, die auf das Gestaltwerden warteten, um neue und noch schlimmere Verheerung über die Welt der Menschen zu bringen.

Dieser Gedanke passte so wenig zu ihm, dass er schon vor dem bloßen Umstand erschrak, ihn auch nur zu denken, denn eigentlich und allem Unglaublichen zum Trotz, das er an Johns Seite erlebt hatte, hielt er sich letzten Endes doch für einen rationalen Menschen.

Vielleicht spielte das aber auch schon gar keine Rolle mehr, dachte Suko, während er dicht hinter Bill auf die gewaltige Metall- und Glaskonstruktion zustürmte. So bizarr ihm der Gedanke auch selbst vorkommen mochte, war es doch nicht das erste Mal, dass er sich allen Ernstes fragte, ob die Realität wirklich noch das war, wofür er sie hielt. Vielleicht befand sich die ganze Welt ja schon längst im freien Fall in die Richtung, in der der Wahnsinn und das Chaos herrschten.

Suko spürte, wohin diese Überlegungen ihn führen wollten, und versuchte sie abzubrechen, aber es gelang ihm nicht. Ganz im Gegenteil begannen sie sich selbstständig zu machen und versuchten ihn auf noch abstrusere Pfade zu locken, so als hätte er eine Tür aufgestoßen, die sich nun nicht mehr schließen ließ und in eine fremde, verbotene Welt führte, in der hinter jeder Biegung nur ein immer noch größerer Schrecken lauerte.

Hinter ihnen brachen Kampflärm und Getöse aus, und Suko warf im Rennen einen Blick über die Schulter zurück und wünschte sich beinahe, es nicht getan zu haben.

Als sie losgestürmt waren – vor wenigen Sekunden erst, wie ihm voller Entsetzen klar wurde –, war der Bereich am Themseufer beinahe leer gewesen, nur besudelt von schwarzem Morast und dem einen oder anderen verbogenen Trümmerstück, dessen ursprüngliche Bedeutung nicht einmal mehr zu erahnen war. Jetzt tobte dort ein erbarmungsloser Kampf. Die Anzahl der geflügelten Todesengel hatte noch einmal zugenommen, aber sie waren nichts gegen die Woge aus Gestalt gewordener Schwärze, die aus drei Richtungen zugleich auf sie zuschwappte. Einzelne Körper oder Gliedmaßen waren nicht mehr zu erkennen, sehr wohl aber ein Eindruck reiner, destruktiver Energie, die nur aus Klingen, Zähnen, schnappenden Knochendolchen und reiner Gier und dem reinen Willen zu zerstören bestand, ganz egal was. Die dämonischen Verteidiger wüteten gnadenlos unter den Angreifern und mähten sie zu Hunderten nieder, wenn nicht zu Tausenden, aber es war aussichtslos: Für jeden Angreifer der fiel, schien die unnatürliche Nacht mindestens zwei neue auszuspucken, jeder Tropfen schwarzes Blut gebar noch mehr und schrecklichere Ungeheuer, und hinter der heranrasenden Wand aus Schwärze und Zähnen begann noch etwas Anderes Gestalt anzunehmen, ein Gigant aus noch tieferer Schwärze, der sich anschickte, die Dunkelheit selbst zu verschlingen. Es konnte nur noch eine Frage von Augenblicken sein, bis die höllischen Verteidiger einfach überrannt wurden.

Suko begriff mit einem Gefühl neuerlichen Entsetzens, dass sie längst nicht in Sicherheit waren. Selbst wenn sie der schwarzen Springflut aus Zähnen und Knochenklingen entkamen – was dann? Hinter ihnen lag nur noch das London-Eye, das sich hoch genug über den Fluss erhob, um sie mit der falschen Hoffnung auf Sicherheit verhöhnen zu können, und hinter den zu schwarzem Teer gelierten Fluten der Themse das brennende Parlament und Big Ben, dessen zerborstenes Ziffernblatt mittlerweile weiße Flammen erbrach.

Bill blieb so plötzlich stehen, das Suko nicht mehr rechtzeitig reagierte und ihn um ein Haar mit sich von den Füßen gerissen hätte, als er gegen ihn prallte. Irgendwie gelang es ihm, auf den Beinen zu bleiben und zugleich nach Bills Schulter zu greifen, um ihn weiterzustoßen, und diesmal riss der Reporter sich mit solcher Vehemenz los, dass Suko ernsthaft um sein Gleichgewicht kämpfte und zum zweiten Mal nach Bills Arm griff; diesmal aber wohl eher, um sich an ihm festzuhalten.

Bill schlug seine Hand mit solcher Wucht zur Seite, dass es wehtat und jäher Zorn hinter Sukos Stirn explodierte. »Bist du verrückt?«, fuhr er ihn an. »Was soll …?«

Der Rest seiner Frage blieb im wahrsten Sinne des Wortes im Halse stecken, als er sah, warum Bill ihn so rüde weggeschlossen hatte, denn um ein Haar hätte er seine rechte Hand berührt, die irgendwie nicht mehr wirklich seine Hand war.

Es war die Hand, die er ihm vorhin schon einmal gezeigt hatte. Aus den dunklen Flecken war eine Schwärze geworden, die seine gesamte Hand wie ein nass glänzender Handschuh umschloss. Als Suko genauer hinsah, erkannte er, dass die Finger zum Teil miteinander verwachsen schienen und sich die widerwärtige Hülle weit über sein Handgelenk bis in den Arm des grünen Overalls hinein ausgebreitet hatte. Der Arm darunter kam ihm dicker vor, als er sein sollte, und auf eine kaum mit Worten zu beschreibende Weise missgestaltet. Bewegte sich da etwas unter dem grünen Stoff?Instinktiv wollte er abermals die Hand nach Bills Arm ausstrecken, und diesmal prallte er sogar noch weiter zurück und presste den auf so grässliche Weise veränderten Arm fest an die Brust. »Fass mich nicht an!«, sagte er erschrocken. »Auf keinen Fall!

Suko musste nicht fragen, warum. Er hatte das Ding, das an Johns Stelle aus der Isolationskammer gekommen war, ebenso gesehen wie Bill.

»Tut es weh?«, fragte er stockend und kam sich dabei unbeschreiblich dumm vor. Als ob das auch nur die geringste Rolle spielte!

»Nein.« Bill schüttelte den Kopf. »Aber ich kann …«

»Wenigstens etwas«, fiel ihm Suko ins Wort. Hastig sah er hinter sich und stellte fest, dass die Dämonen sogar noch schneller zurückgedrängt wurden, als er ohnehin befürchtete. Aber noch blieben ihnen ein paar Augenblicke. Sorgsam darauf bedacht, Bills kontaminierter Hand nicht einmal nahe zu kommen, hielt er ihn an der anderen Schulter fest, zog das Kreuz unter dem Overall hervor und drückte es auf die schwarze Hülle, die Bills Hand besudelte.

Es zischte, und übelriechender grauer Rauch stieg auf, während Bill sich mit einem gewaltigen Brüllen zurückwarf und mit dem unversehrten Arm nach ihm schlug. Er verfehlte ihn, verlor durch den Schwung seiner eigenen Bewegung endgültig die Balance und fiel schwer auf ein Knie, krümmte sich aber auch sofort und noch weiter, als Suko abermals nach ihm greifen wollte, um ihm aufzuhelfen.

Wahrscheinlich hätte er es ohnehin nicht getan, denn in der nächsten Sekunde sah er Bills Hand und prallte entsetzt zurück.

Sie brodelte. Wo das silberne Kreuz die verderbte Masse berührt hatte, schlug sie Blasen und spie widerlich riechenden grauen Rauch aus, und die Bewegung unter dem grünen Ärmel war nun zu deutlich, um sie noch als Einbildung abtun zu können. Da schienen Gelenke zu sein, wo es keine geben sollte, und der gesamte Arm begann zu zittern und sich auf unmögliche Art zu verbiegen, als wäre er von eigenem falschen Leben erfüllt, das sich in Agonie wand.

»Großer Gott, Bill, was ...?«, begann Suko, und Bill brachte ihn mit einer fahrigen Geste mit der unverletzten Hand zum Verstummen und stand schwankend auf.

»Schon gut«, stöhnte er, was nichts als eine glatte Lüge war. Rein gar nichts war gut. Seine Hand brodelte noch immer. Schwarzer Schleim tropfte Fäden ziehend von den sich auflösenden Fingern zu Boden, und auch in seinem Gesicht war etwas, das ... sich bewegte, aber immer genau dann wieder verschwand, wenn er es gerade genauer zu erkennen glaubte; wie etwas, das vor seinen Blicken floh.

»Nichts ist gut«, sprach er aus, was er gerade nur gedacht hatte. »Ich hätte dich beinahe umgebracht!«

»Ich kann sie hören«, flüsterte Bill, während er seine Hand anstarrte. Das Brodeln beruhigte sich allmählich, und auch der übel riechende Qualm versiegte. Aber was zurückblieb, hatte nicht mehr viel Ähnlichkeit mit einer menschlichen Hand. Mehr mit einer Kralle.

»Ich kann sie hören«, sagte Bill noch einmal. »Hier drinnen. Sie locken.« Seine unversehrte Hand berührte die Schläfe, und nun glaubte Suko eine Schwärze in seinen Augen zu erkennen, die nicht dorthin gehörte. Nicht in seine Augen und überhaupt nicht in die irgendeines lebenden Wesens auf dieser Seite des Wahnsinns. »Ich höre ihre Gedanken. Ich weiß, was sie wollen. Ich weiß, was sie tun werden.«

»Nicht wenn ich es verhindern kann«, antwortete Suko grimmig. Ohne seinen Protest auch nur zur Kenntnis zu nehmen, schob er Bill mit schon deutlich mehr als sanfter Gewalt weiter und auf das gewaltige Rad am Themseufer zu, das ihn mehr denn je an ein titanisches Zyklopenauge erinnerte, die schräg stehende Mittelachse ein riesiger High-Tech-Speer, mit dem ein moderner Odysseus vergeblich versucht hatte, seine Pupille auszustechen.

Sie hatten es fast geschafft, als er spürte, wie der Kampf hinter ihnen endete. Ein rascher Blick über die Schulter zurück zeigte ihm, dass die Dämonen endgültig überrannt worden waren. Von ihrer düsteren Herrin war nichts mehr zu sehen, aber Suko ertappte sich bei dem absurden Wunsch, dass Asmodina es irgendwie geschafft hatte.

»Nicht weiter!« Irgendwie gelang es Bill, sich loszureißen und mitten in der Bewegung herumzuwerfen, ohne dabei ganz das Gleichgewicht zu verlieren, aber er kam weit genug aus dem Tritt, um auf ein Knie und beide Hände zu stürzen.

Es begann im gleichen Sekundenbruchteil, in dem das

schwarze Protofleisch seiner verdorbenen Hand den Boden berührte. Natürlich war es nur Zufall, wenn überhaupt, und dennoch das vielleicht Schlimmste, was er jemals gehört hatte, etwas wie ein Schrei, und etwas anderes antwortete darauf.

Es war nicht wirklich ein Schrei, vielleicht nicht einmal ein Laut, sondern nur etwas, das seine Sinne lediglich als Geräusch interpretierten, weil es nichts glich, das jemals auf dieser Welt existiert hatte; ein Laut, als schrie die Schöpfung selbst in schierer Agonie, während ihr empfindliches Gewebe zerrissen wurde.

Und in der Mitte des London-Eye erschien etwas.

Es war Suko unmöglich zu sagen was. Niemandem wäre das möglich gewesen, weil noch kein Mensch so etwas gesehen hatte. Die Wirklichkeit stülpte sich nach außen, riss bis tief unter die subatomare Ebene und ballte sich zu etwas Neuem und ganz und gar Falschem zusammen, an dem der Intellekt des Beobachters zu zerbrechen drohte. Etwas nahm darin Gestalt an, das keine Gestalt hatte, und Suko erschauerte bis ins Mark. als ein Hauch der Ewigkeit seine Seele streifte.

Jemand schrie – wahrscheinlich er selbst –, und Bill versuchte sich nun gewaltsam loszureißen und davonzustürzen und hätte es wohl auch geschafft, hätte Suko nunmehr nicht auch noch die letzte Rücksicht fallengelassen und ihn einfach mit sich gezerrt. Bill rief etwas, das er gar nicht verstehen wollte, begann wie von Sinnen auf ihn einzuschlagen und traf ihn zweimal hart genug, um ihm schwarz vor Augen werden zu lassen.

Bevor er am Ende noch einen Glückstreffer landen und ihm wirklich gefährlich werden konnte, versetzte Suko ihm einen genau bemessenen Handkantenschlag in den Nacken, der ihm zwar nicht ganz das Bewusstsein raubte, ihm aber allen

Spaß an weiterem rabiaten Widerstand nahm, sodass Suko ihn fast willenlos hinter sich herzerren konnte. Auch wenn er sich vorsichtshalber nicht fragte, wohin eigentlich.

Es gab im Grunde nichts mehr, wohin sie noch fliehen konnten. Suko hütete sich, noch einmal hinter sich zu blicken, aber das musste er auch nicht, um zu begreifen, dass der Kampf vorüber war. Die wenigen überlebenden Todesengel jagten auf peitschenden Schwingen davon, und aus dem Kampflärm hinter ihnen war längst das grässliche Schleifen und Scharren der herankriechenden Kreaturen geworden, und vor ihnen lag das Eye, in dessen Zentrum sich die Wirklichkeit verknotete und in sich selbst zurückbog und wand, um etwas unsagbar Fremdes und Falsches zu gebären. Unglaublicherweise drehte es sich noch immer, obwohl überall sonst in der Stadt der Strom ausgefallen zu sein schien, und eine der großen eiförmigen Gondeln erreichte gerade in diesem Moment den Nadir ihrer Kreisbahn, und die beiden Türen glitten automatisch auf. Niemand kam heraus, auch wenn Suko einen flüchtigen Eindruck von etwas Großem und Dunklem hatte, das sich im Inneren der Gondel bewegte. Immer verzweifelter sah er sich nach einem Ausweg um, blickte schließlich doch über die Schulter zurück und hätte vor Enttäuschung und Schrecken um ein Haar laut aufgeschrien.

Sie waren umzingelt. Vor ihnen lagen jetzt nur noch das London-Eye und das Themseufer mit seinem schwarzen Wasser, das längst kein Wasser mehr war, aus allen anderen Richtungen näherten sich lebendig gewordene schwarze Albträume voller peitschender Tentakel und schnappender Mäuler und starrender Zyklopenaugen. Es gab nur noch eine Richtung, in die sie konnten, und vielleicht nicht einmal mehr das, denn unmittelbar hinter dem Eye bewegte sich etwas Kolossales und unvorstellbar Bösartiges unter den schwarzen Fluten, unsichtbar aber zugleich auch von einer so mörderischen Präsenz, dass es auch genauso unübersehbar wurde.

Plötzlich wuchs etwas Riesiges mit zahllosen peitschenden Tentakeln anstelle eines Kopfes unmittelbar neben ihm empor und zögerte keinen Sekundenbruchteil, ihn zu attackieren.

Suko entging einem Hieb des mörderischen Schlangenarms um Haaresbreite, aber Bill hatte nicht so viel Glück: Der fleischige Tentakel schloss sich mit einem nassen Laut um seinen unversehrten Arm und brachte ihn mit einem derart brutalen Ruck aus dem Gleichgewicht, dass Suko um ein Haar mit zu Boden gerissen worden wäre. Ohne wirklich darüber nachzudenken, riss er das Kreuz unter dem Overall heraus und schwang es wie eine Waffe. Schwarzes Fleisch zerfloss zu brodelnd-stinkendem Schlamm, wo es von dem geheiligten Silber berührt wurde, zischende Flammen fraßen sich durch schnappende Mäuler und mit Stacheln übersäte Tentakel, und schon der erste, weit ausholende Hieb mit dem Silberkreuz verwandelte ein halbes Dutzend Kreaturen in graue Asche und schwelende Haufen aus kochendem Morast.

Dennoch hätten sie keine Chance gehabt, wären da nicht plötzlich noch weitere Todesengel gewesen, die sich ohne die geringste Rücksicht auf sich selbst auf die Protomonster warfen und mit ihren Pfeilen und Schwertern eine Gasse für Bill und ihn schufen.

Etwas stimmte nicht, aber was es war begriff Suko erst, als es viel zu spät war, um noch irgendetwas zu tun.

Die Todesengel waren nicht gekommen, um ihnen die Flucht zu ermöglichen. Bill und er wurden weiter auf das Eye und mit solcher Wucht in die nächste Kabine gestoßen, dass Bill mit einem überraschten Grunzen auf die Knie fiel und auch Suko mit hektisch wedelnden Armen um sein Gleichgewicht kämpfen musste. Die Tür wurde mit solcher Gewalt hinter ihm zugeworfen, dass die dicke Plexiglasscheibe einen Sprung bekam. Suko verlor den Kampf gegen die Schwerkraft endgültig, als sich die Gondel mit einem harten Ruck weiterbewegte und ihren Aufstieg begann.

Aber er sah trotzdem noch, wie die Todesengel einer nach dem anderen von den schwarzen Angreifern in Stücke gerissen wurden.

Themseufer, London. Irgendwann

Ich konnte nicht sagen, ob ich tatsächlich das Bewusstsein verloren hatte oder nur so benommen gewesen war, dass das Ergebnis auf dasselbe hinauslief, aber so oder so konnte es nicht lange gedauert haben. Brennende Trümmer regneten rings um mich herum nieder, und einige kleinere landeten auch auf mir. In meinen Ohren klang ein schrilles Klingeln, das im Rhythmus meines Herzschlages an- und abschwoll, und der Boden zitterte und bebte, als wollte er mich abwerfen wie ein noch nicht gebrochener Mustang seinen Reiter. Ich schmeckte Blut und konnte nur hoffen, dass es von etwas so Harmlosem wie einem lockeren Zahn oder daher stammte, dass ich mir auf die Zunge gebissen hatte. Mit jeder Sekunde, die ich mich ins Bewusstsein zurücktastete, erwachte ein weiterer Schmerz irgendwo in meinem Körper.

Mühsam setzte ich mich auf und verschaffte mir einen Überblick, erkannte im ersten Moment aber nichts als Flammen und hin und her zuckendes rotes Licht und chaotische Schatten und ein Netz aus ineinanderlaufenden schwarzen Blitzen, als betrachte ich die Welt durch die Oberfläche eines geborstenen Spiegels. Dann begriff ich meinen Irrtum, griff mit beiden Händen nach oben und setzte den Helm ab. Nicht meine Netzhäute waren geborsten, sondern das Visier des High-Tech-Kopfschutzes, den ich doch eigentlich für nahezu unzerstörbar gehalten hatte.

Aber so wie der Helm aussah, konnte ich wohl noch von Glück sagen, dass nur das Visier geborsten war und nicht mein Schädel.

»Ist alles in Ordnung, John?«

»Mir ist nichts passiert«, log ich. »Was ... was war das?«

»Die Robert Bloch«, sagte Jarvin. »Sie ist explodiert.«

»Was?«, erwiderte ich benommen.

Statt zu antworten, beugte sich Jarvin vor und streckte die Hand aus, um mir aufzuhelfen.

»Was ist passiert?«, fragte ich nochmals, während ich versuchte, mein Gleichgewicht zu wahren. Ich war nicht der Einzige, den es von den Beinen geholt hatte. Die allermeisten Männer – Saron eingeschlossen – kamen um mich herum benommen auf die Füße, und ich hörte ein allgemeines Stöhnen und Murmeln.

»Ich habe keine Ahnung«, antwortete Jarvin. »Vielleicht ist der Reaktor explodiert. Irgendetwas hat sie getroffen. Es ging zu schnell.«

Obwohl ich fast Angst vor dem hatte, was ich erblicken würde, zwang ich mich, den Kopf in den Nacken zu legen und in den Himmel über der Stadt zu sehen. Auch wenn es mir ungleich länger vorkam, konnten nur wenige Sekunden vergangen sein. Über den Himmel tobten immer noch Flammen, und etwas Großes und formlos Dunkles, das zuckend verbrannte, schien sich in einem langsamen Absturz zu befinden.

»Haben Sie nicht gesagt, sie hätten keine modernen Waffen, und nichts, das fliegt?«, fragte ich.

Jarvin reagierte nicht, sondern berührte mit den Fingerspitzen seinen Helm über dem rechten Ohr. Seine Lippen bewegten sich, ohne dass auch nur ein Laut zu hören gewesen wäre; wahrscheinlich kommunizierte er über Funk mit der Lovecraft oder einem der anderen Luftschiffe.

Statt weiter auf eine Antwort zu warten, die ich ohnehin nicht bekommen würde, ging ich zu Saron. Er kniete neben einer reglosen Gestalt, die verkrümmt am Boden lag und sich wohl auch nie wieder rühren würde. Aus ihrem Rücken ragte ein rauchender Metallsplitter, und unter ihrem Körper hatte sich schon eine dunkle Lache gebildet. Das farbenverzehrende Dämmerlicht über der Stadt ließ das Blut eher schwarz als rot erscheinen, und ich konnte mich des grässlichen Eindrucks nicht erwehren, dass der Boden die Blutlache gierig aufsog.

»Einer von euch?«, fragte ich, eigentlich in der Absicht, ihm so etwas wie Trost zu spenden, doch als er hochsah und ich seinem vorwurfsvollen Blick begegnete, wurde mir schnell klar, dass ich damit wohl eher das Gegenteil erreicht hatte.

Nach einer weiteren Sekunde rang sich Saron immerhin ein Nicken ab und stand auf. Ich registrierte erst jetzt, dass er seine Waffe in der Armbeuge hielt und entsichert hatte. Er schien etwas sagen zu wollen, doch Jarvin kam ihm zuvor, indem er sich mit scharfer Stimme einmischte: »Wir müssen weiter! Rasch! In spätestens zehn Minuten müssen wir hier weg!«

»Wieso?«, fragte ich.

»Die Lovecraft kommt zurück«, antwortete Jarvin. »Es hat nicht funktioniert.«

»Was hat nicht funktioniert?«, fragte ich alarmiert.

»Apophis. Anscheinend folgt er der Lovecraft nicht. Sie kommt zurück, um uns aufzunehmen.« Jarvin machte eine Kopfbewegung zu dem ausgeglühten Skelett des London-Eye. »Finden wir raus, was das hier zu bedeuten hat, und dann nichts wie weg hier.«

Die Hälfte der Männer schwärmte aus, um einen Verteidigungsring um uns zu bilden, und ich näherte mich zusammen mit dem Rest dem Riesenrad. Der Eindruck, dass es die verstrichenen Jahrhunderte fast unbeschadet überstanden hatte, schmolz mit jedem Schritt weiter dahin, den wir näher kamen, aber zugleich sah ich auch noch etwas anderes und beinahe Unheimliches: Aus der Nähe betrachtet war der ehemalige Touristenmagnet nicht mehr als ein halb geschmolzenes Skelett, das offenbar einfach nur vergessen hatte umzufallen. Doch es gab eine Ausnahme: Eine einzelne Gondel hatte der Zeit ein Schnippchen geschlagen und hing nahezu unversehrt an ihrem Platz dicht unter dem Zenit des eisernen Kreises.

»Und wie kommen wir jetzt dort hinauf?«, fragte ich unbehaglich.

Jarvin sparte sich auch jetzt wieder jede Antwort und wedelte nur mit der Hand, woraufhin sich einer unserer Begleiter unverzüglich daranmachte, an dem halb geschmolzenen Stahlskelett in die Höhe zu klettern. Er stellte sich erstaunlich geschickt dabei an, aber meine Sorge wuchs dennoch mit jedem Meter, den er weiter nach oben kam. Immerhin war das London-Eye weit über hundert Meter hoch, und der Teufel allein mochte wissen, was in dieser Gondel auf ihn wartete.

Zwei weitere Männer verschwanden im ehemaligen Kassenhäuschen, vermutlich auf der Suche nach irgendeinem Weg, das Rad wieder in Betrieb zu nehmen und ihrem Kameraden die anstrengende Kletterei zu ersparen, und die beiden anderen postierten sich rechts und links von Jarvin und mit angeschlagenen Waffen.

Sie hatten kaum ihre Position bezogen, da nahm ich ein silbernes Flackern aus den Augenwinkeln wahr, und noch während ich erschrocken herumfuhr, hörte ich das typische Zwitschern, mit dem ein Flechette-Gewehr seine moleküldünnen Geschosse abfeuerte, nur einen Sekundenbruchteil später auch das Peitschen eines Schusses, das als hundertfach gebrochenes Echo über die weitläufige leere Fläche hallte.

Wobei *leer* nicht mehr stimmte.

Es war zu dunkel, um mehr als Schemen zu erkennen, aber selbst das war schon eindeutig mehr, als ich eigentlich sehen wollte. Es war, als wäre die Nacht selbst zu falschem Leben aufgestanden, das nun in einer Woge aus peitschenden Schlangenarmen und schnappenden Mäulern auf die Männer zuraste. Silberne Blitze und vereinzelte konventionelle Schüsse schlugen der heranrückenden Verheerung entgegen. Die Entfernung war erst recht zu groß, um die Wirkung dieser Schüsse erkennen zu können, doch die Anzahl der Angreifer nahm jedenfalls nicht ab.

Dafür bäumte sich etwas Riesiges hinter dem Skelett des London-Eye auf, ein Titan von der Größe eines Hochhauses, der mit einem gewaltigen Rauschen aus den schwarzen Fluten dessen emporwuchs, was einmal die Lebensader dieser Stadt gewesen war. Ein einzelnes, absurd großes Auge starrte auf der halben Höhe des London-Eye und voller uralter Bosheit auf uns herab, und das Ungeheuer stemmte sich immer nur noch weiter und weiter aus dem Wasser und wuchs dabei noch mehr.

Einer der Männer neben Jarvin verlor die Nerven, riss seine Waffe hoch und jagte einen Strom silberfarbener Blitze in das Auge, und so lächerlich mir der Angriff angesichts der Größe dieses vorzeitlichen Leviathans auch vorkommen mochte, reichte er doch offensichtlich aus, um ihm wehzutun.

Der Koloss bäumte sich mit einem ungeheuerlichen Brüllen auf, stemmte sich aber dennoch weiter aus dem brodelnden Wasser, eine grässliche Mischung aus Krake, Spinne und etwas noch viel Entsetzlicherem, das mir meine Augen nicht wirklich zeigen wollten, weil der Anblick einfach zu grässlich war, um den menschlichen Geist nicht daran zerbrechen zu lassen. Einer der titanischen Krakenarme schlang sich um das zerbrochene Rad und rüttelte fest genug daran, um den unglückseligen Soldaten seinen Halt verlieren und lautlos ins Wasser stürzen zu lassen, wo er unter dem tobenden Giganten verschwand. Zwei oder drei der rostigen Gondeln brachen ab und auseinander und lösten sich in ihre Einzelteile und Wolken aus rotem Staub auf, noch bevor sie endgültig auf dem Boden zerbarsten, und die ganze gewaltige Konstruktion beugte sich knirschend vor und zur Seite und drohte komplett umzustürzen.

Wahrscheinlich wäre sie es, hätte der monströse Krake nicht mit zwei weiteren Armen zugegriffen und sich daran festgeklammert. Ein ganzes Segment des Rades brach knirschend aus der maroden Konstruktion heraus und stürzte ins Wasser, und der verbliebene Rest drehte sich wie eine aus dem Gleichgewicht geratene Wippe. Die unversehrte Gondel rauschte an der einen Seite herab, schrammte Funken sprühend über den Boden, drehte sich dann weiter und kam auf der anderen Seite zum Stehen; nun wieder in fünf bis sechs Metern Höhe.

Ich stürmte los.

Hinter mir schrie Jarvin irgendetwas, das ich nicht verstand, und ebenso wenig beachtete ich Sarons vergebliche Bewegung, mit der er mich zurückhalten wollte. Ich konnte es nicht begründen und wollte es auch gar nicht, aber ich wusste einfach, dass ich dorthin musste, zu diesem halbverbrannten Boten aus einer fernen Vergangenheit, in der die Welt noch den Menschen gehört hatte. Was immer sich dort verbarg, es war der Grund, aus dem ich hier war.

Etwas Schwarzes mit viel zu vielen peitschenden Schlangenarmen wuchs wie aus dem Nichts vor mir in die Höhe, versuchte mich zu packen und wurde im buchstäblich letzten Moment von einem Strom silberner Blitze erfasst und in Stücke geschnitten. Ein zweites Protowesen attackierte mich aus der anderen Richtung und erlitt dasselbe Schicksal, dann musste ich einem tonnenschweren Trümmerstück ausweichen, das mich um Haaresbreite verfehlte, und auch das nur, weil der gigantische Krake in genau diesem Augenblick nach mir schlug und mich zwar ebenfalls nicht traf, das Trümmerstück dabei aber gerade weit genug vom Kurs abbrachte, um mich vor dem Zermalmtwerden zu bewahren.

Ich beschloss, mich später bei meinem unfreiwilligen Lebensretter zu bedanken, und rannte Haken schlagend weiter. Einer meiner Bewacher lenkte den Strom silberner Blitze um und ließ ihn nun auf einen Tentakel von der Größe eines Brückenpfeilers niederprasseln, ohne dass die monomolekularen Metallklingen die Haut des tobenden Kolosses auch nur ritzten. Ganz im Gegenteil schlugen silberne Querschläger plötzlich Funken und Steinsplitter überall hervor und neben mir aus dem Boden, sodass ich plötzlich selbst in Gefahr war, verletzt oder möglicherweise sogar getötet zu werden, hätte der unbekannte Schütze die Gefahr nicht wohl ebenfalls erkannt und sein Feuer wieder eingestellt. Ein weiterer Tentakelhieb verfehlte mich knapp und ließ den Boden erzittern, dann konzentrierten sich gleich drei Ströme silberner Blitze auf den aufgedunsenen Balg des Albtraummonsters. Mit einem Kreischen, das im Umkreis einer Meile sämtliche Fensterscheiben pulverisiert hätte – hätte es denn noch welche gegeben –, bäumte sich die Bestie noch weiter auf und riss die Hälfte ihrer gigantischen Fangarme in die Höhe, bis sie sich wie eine riesige Hand zum Zuschlagen bereit über uns erhob.

Eine ganze Salve silberner Blitze traf das glotzende Zyklopenauge der Bestie, das augenblicklich schwarze Tränen zu weinen begann. Statt uns zu zermalmen, warf sich das Ungeheuer mit einem sogar noch lauteren Grollen zurück und verschwand im aufspritzenden Wasser der toten Themse, das sich prompt mit einem nur unwesentlich weniger lauten Grollen gegen die Uferbefestigung und darüber hinweg warf.

Die Welle traf mich wie der Hieb einer weichen, aber unwiderstehlich starken Faust, riss mich von den Füßen und spülte mich nicht nur einfach wie ein Stück Treibholz davon, sondern hätte mich vermutlich auch wie ein ebensolches beim Zurückfluten mit in den Fluss und in die Arme des wartenden Kraken gerissen, wäre ich nicht gegen ein Hindernis geprallt, das meiner unfreiwilligen Schlitterpartie ein ebenso abruptes wie schmerzhaftes Ende bereitete.

Der Anprall war hart genug, mir auch noch das allerletzte bisschen Luft aus der Lunge zu treiben und mich schon wieder gegen eine schwarze Ohnmacht kämpfen zu lassen, die sich wie eine mit Blei beschwerte Decke auf meine Glieder senkte. Trotzdem hielt ich nicht nur instinktiv die Luft an, sondern krallte mich auch an den erstbesten Halt, den ich zu fassen bekam. Er schien etwas dagegen zu haben und biss mit einer rostigen Metallkante zurück, aber ich griff nur noch fester zu, schluckte einen Schmerzlaut zusammen mit einem Mund voll brackigem Wasser herunter und fand schließlich auch mit einem Fuß festen Halt.

Blut tropfte aus meinen zerschnittenen Handschuhen ins Wasser und erweckte unwillkommene Bilder von gierigen schwarzen Dingen mit großen Zähnen hinter meiner Stirn, die aus den kochenden Fluten auftauchten und mich zu umkreisen begannen wie höllische Piranhas, während ich mich mit zusammengebissenen Zähnen auf eine verdrehte Metalltreppe hinaufschob. Alles zitterte, wand und drehte sich um mich. Die gesamte Welt schien wortwörtlich unterzugehen. Der Uferbereich stand unter Wasser, das noch immer wie mit tausend unsichtbaren Händen an mir zerrte und riss, und von den Männern, die Jarvin zu unserer Verteidigung zurückgelassen hatte, war nichts mehr zu sehen, ebenso wie von den schwarzen Angreifern und Jarvin selbst. Und Saron.

Aus irgendeinem Grund war es ausgerechnet meine Sorge um Saron, die mich endgültig in die Wirklichkeit zurückriss. Hastig schob ich mich noch ein Stück weiter auf dem eisernen Riff in die Höhe, auf das ich gespült worden war, registrierte fast beiläufig irgendetwas Großes und halb Zerstörtes, das bedrohlich nahe nur ein kleines Stück weit über mir schaukelte, und folgte dem Gedanken dann nicht weiter, als ich zuerst Saron und dann auch Jarvin und die beiden anderen Männer nur ein Stück neben mir mit den kochenden Fluten kämpfen sah.

Mich mit beiden Beinen und einer Hand festhaltend, beugte ich mich vor und streckte den freien Arm nach Saron aus, bekam ihn aber eigentlich nur zu fassen, weil er sich mit schon fast übermenschlicher Kraft selbst gegen die Strömung stemmte, bis ich schließlich eine seiner Hände ergreifen und ihn ein Stück näher an mich heranziehen konnte. Überflüssig zu sagen, dass er aus eigener Kraft auf den Träger heraufkletterte, und es war wohl auch hauptsächlich ihm zu verdanken, dass es uns gelang, auch den Ratsherrn und einen der beiden anderen Männer zu uns heraufzuziehen. Den zweiten verließen die Kräfte, eine Sekunde, bevor Saron ihn hätte ergreifen können und das Wasser wieder weit genug abgeflossen war, um nicht mehr alles und jeden einfach mit sich zu reißen.

Immerhin hatte der Miniatur-Tsunami nicht nur Sarons Kameraden ins Verderben gerissen, sondern auch die monströsen Angreifer fortgespült, sodass uns wenigstens eine kurze Atempause blieb.

Ich war immer noch damit beschäftigt, in mich hineinzulauschen und eine erste Inventur durchzuführen, ob noch alle meine inneren Organe und Knochen vollzählig und an Ort und Stelle und einigermaßen unversehrt waren, und Saron kümmerte sich um seinen Kameraden, der wohl doch nicht ganz so unversehrt geblieben war, wie es den Anschein gehabt hatte, aber Jarvin hatte bereits wieder seinen Computer gezückt und eingeschaltet. Eine Sekunde lang sah er konzentriert auf den Bildschirm, dann drehte er ihn so, dass ich den pulsierenden roten Punkt darauf erkennen konnte, und machte schließlich eine Kopfbewegung nach oben.

Ich war nicht einmal wirklich überrascht. Wäre ich in den letzten Minuten nicht viel zu sehr damit beschäftigt gewesen, am Leben zu bleiben, hätte ich die Gondel zweifellos sofort wiedererkannt. Außerdem hing sie höher, als ich sie in Erinnerung hatte. Das Rad – oder was davon übrig war – musste sich noch einmal bewegt haben, nachdem das Krakenmonster losgelassen hatte. Ich fragte mich, ob es die Flutwelle gewesen war. Und ob das monströse Krakengeschöpf Cthulhu selbst gewesen war.

Aber das war Unsinn, denn dann wären wir wohl kaum noch am Leben.

Jarvin sah eine weitere Sekunde gebannt auf den Bildschirm, steckte das Gerät dann ein und wandte sich mit einer befehlenden Geste an Saron. »Sie und Ihr Kamerad halten uns den Rücken frei, bis die Lovecraft hier ist«, sagte er. »Mister Sinclair und ich müssen dort hinauf. Niemand darf uns folgen, ist das klar?«

Saron nickte, schüttelte aber auch praktisch aus derselben Bewegung heraus den Kopf. »Meine Waffe ist weg«, sagte er.

Jarvin verzog zwar verächtlich die Lippen, nahm aber trotzdem sein Gewehr von der Schulter und warf ihm die Waffe zu.

Ohne ein weiteres Wort kletterten wir los, und auch wenn ich es in diesem Moment niemals zugegeben hätte, hätte ich es wohl ohne seine Hilfe nicht geschafft. Schon zu meiner Zeit wäre es einem Husarenstück gleichgekommen, das London-Eye ohne Hilfsmittel ersteigen zu wollen, nach einer überstandenen Atomexplosion, ungezählten Jahren hoher Witterung und Erosion und dem Angriff eines durchgeknallten Riesenkraken glich es der Idee, barfuß eine mit Rasierklingen gespickte Geröllhalde zu ersteigen. Das High-Tech-Material meiner Handschuhe war auf geheimnisvolle Weise wieder verheilt, aber das galt leider nicht für meine Hände, die darin steckten. Sie bluteten immer noch.

Der Aufstieg zu der angeschlagenen Gondel hinauf war nicht länger als vielleicht zehn oder zwölf Meter, aber ich war mit meinen Kräften so am Ende, dass Jarvin mich auf dem letzten Stück eigentlich mehr hinter sich herschleifte, als dass ich wirklich noch kletterte. Oben in der ausgebrannten Gondel angekommen, sank ich so erschöpft auf die Knie, dass ich etliche Sekunden brauchte, um auch nur wieder halbwegs zu Atem zu kommen. Jarvin war diskret genug, keine Silbe darüber zu verlieren und mich auch mit gespielter Sorge anzublicken, aber ich spürte trotzdem, wie viel stilles Vergnügen es ihm bereitete, mich nach Luft japsend vor sich auf den Knien zu sehen.

»Alles in Ordnung?«, fragte er schließlich.

Ich nickte zwar, beging aber auch den Fehler, im gleichen Moment die Hände zu Fäusten zu ballen und konnte ein schmerzliches Verziehen der Lippen nicht mehr ganz unterdrücken. Jarvin bemühte sich ohne viel Erfolg um einen mitfühlenden Gesichtsausdruck.

»Die Wunden werden rasch heilen«, behauptete er, »und der Schmerz lässt auch nach, wenn Sie sich einen Moment schonen. Sie werden sehen, dass Ihr neuer Körper über enorme Regenerationskräfte verfügt.«

»Sie meinen die Art von Körper, den Sie nicht wollen?«, fragte ich.

»Unsere Wissenschaft ist nicht stehen geblieben, Mister Sinclair«, belehrte er mich. »Auch ein natürlich geborener Körper ist mittlerweile fast so widerstandsfähig und stark wie das Ding, in dem Sie stecken.«

Ich schluckte alles herunter, was mir dazu auf der Zunge lag. Jetzt war nicht der Moment für dieses Gespräch. »Es wird uns beiden nichts mehr nutzten, wenn kein Wunder geschieht«, antwortete ich stattdessen. »Was sagt Ihr Zauberkasten?«

Jarvin zückte seinen Computer und sah mit einem Ausdruck auf den Monitor, der mir ganz und gar nicht gefiel. »Es müsste hier sein«, sagte er in vage unglücklichem Ton. »Aber ich sehe rein gar nichts.«

Unglückseligerweise hatte er auch damit recht. Die Gondel war praktisch leer. Die schmalen Sitzbänke aus Plastik, die es vor ungezählten Jahren einmal hier gegeben hatte, waren längst zu einer schmierigen Schicht auf dem Boden zerfallen und die meisten Scheiben gesprungen und halb geschmolzen. Der Schmutz eines Jahrhunderts knirschte unter meinen Schuhsohlen, als ich aufstand. Die Luft schmeckte nach Moder und verbranntem Plastik.

»Die Anzeige ist eindeutig«, sagte Jarvin, während er seinen Computer hin und her schwenkte wie ein Zauberlehrling seinen magischen Spiegel, durch den er sich einen Blick in eine andere Welt erhoffte. »Was immer Oculus entdeckt hat, ist hier.«

Wenn, dann war es unsichtbar. Die Gondel begann unter unserem Gewicht bedrohlich zu schaukeln, irgendwo über unseren Köpfen hob ein erbärmliches Quietschen an, und meine Fantasie ließ sich die Gelegenheit natürlich nicht entgehen, mich mit den buntesten Bildern von zerreißenden Stahlseilen, durchgerosteten Schrauben und zerbrechenden Streben zu unterhalten. Aber wir stürzten weder ab noch fanden wir den Heiligen Gral oder wenigstens eine versteckte Zeitmaschine. Nichts außer Schmutz und Staub.

»Vielleicht funktioniert Ihr Apparat ja nicht richtig«, sagte ich ohne große Hoffnung und nachdem wir die Gondel zum dritten Mal gründlich durchsucht hatten. Jarvin hatte sogar sein Messer gezogen und die klebrige Schmutzschicht auf dem Boden aufgebrochen, ohne auf mehr als steinhart gewordenes Gummi darunter zu stoßen.

Er schüttelte den Kopf. »Die Instrumente der Lovecraft zeigen dasselbe«, sagte er. »Und Howard hat die gefundene Datei mittlerweile gründlich analysiert. Wir sind genau am richtigen Ort.«

»Vielleicht nicht in der richtigen Zeit.

Ich wusste selbst nicht, warum ich das sagte, aber ebenso sicher, wie ich vorhin gewusst hatte, dass das hier unser Ziel war, spürte ich nun, dass es die Wahrheit war.

Auch wenn ich nicht die geringste Ahnung hatte, was es bedeutete.

Jarvin offensichtlich auch nicht, zumindest dem angestrengten Stirnrunzeln nach zu schließen, mit dem er mich bedachte. Aber dass ich ihn nicht leiden konnte, bedeutete nicht zwangsläufig, dass er auch dumm war. Er begann auf seinen Bildschirm zu tippen. »Es könnte die ganze Gondel sein«, sagte er nachdenklich. »Aber wenn es …«

Ein grelles Aufblitzen unter uns ließ ihn innehalten, und auch ich fuhr erschrocken herum und sank nach einem raschen Schritt vor der längst verschwundenen Tür auf ein Knie, um nach unten zu sehen.

Sowohl Saron als auch sein verwundeter Kamerad hatten ihre Gewehre gehoben, aber sie waren es nicht, die geschossen hatten. Das Feuer flackerte irgendwo am anderen Ende der verbrannten Uferpromenade, denn anscheinend waren doch noch einige weitere Männer dem Tsunami entkommen. Und nicht nur sie, wie das rasende Stakkato-Feuer silberner Blitze bewies, und dann auch noch eine grellorangefarbene Explosion ein kleines Stück weiter links.

Dann explodierte noch etwas, sehr viel weiter entfernt und hoch oben über der zerstörten Skyline der Stadt, wo eigentlich nichts sein sollte.

»Ist die Lovecraft schon zurück?«, fragte ich.

Jarvin schüttelte den Kopf, sah noch einmal auf seinen Computer und verneinte noch einmal und sogar noch heftiger. »Nein«, sagte er. »Das ist nicht die Lovecraft.«

Das konnte sie auch gar nicht sein, begriff ich, denn auch die brennende Stadt, die sich unter uns ausbreitete und in der immer mehr Lichter und flammende Explosionen sichtbar wurden, war nicht mehr das London, in dem wir gelandet waren.

Das würde es erst in vielen hundert Jahren wieder werden.

Highgate Cemetery, London. 1937

Robert war mit einem einzigen Satz auf der anderen Seite des Grabes, mit dem Stockdegen in der Hand, bevor er auch nur ansatzweise begriff, was geschah. Er machte einen raschen Ausfallschritt und stieß die Degenklinge an Rowlf vorbei. Der Shoggotenstern im Inneren des geschliffenen Knaufs leuchtete wie eine wütende, gefangene Sonne, als sich die Degenspitze tief ins schwarze Fleisch des Protomonsters grub, das hinter Rowlf aus der Nacht brach. Das Ungetüm löste sich in übel riechenden schwarzen Schlamm auf, noch bevor Robert die Klinge auch nur wieder ganz aus seinem Fleisch gerissen hatte, und einem zweiten erging es nicht besser: Die zur Schärfe eines Barbiermessers geschliffene Klinge schnitt ein halbes Dutzend peitschender Tentakel ab, die sich noch in der Luft in qualmenden Morast auflösten und spaltete in der Rückwärtsbewegung auch noch ein drittes Ungetüm, das mit einem fast überrascht klingenden Trällern nach hinten kippte und gleich etliche weitere Monster mit sich zu Boden riss.

Aber was nutzte es? Selbst wenn er mit jedem Hieb gleich drei oder vier Ungeheuer auf einmal erledigte, die Dunkelheit spie immer nur noch mehr und mehr höllische Kreaturen mit schnappenden Mäulern und peitschenden Fangarmen aus, die aus allen Richtungen zugleich auf ihn einzudringen schienen. Sie waren weder besonders schnell noch sonderlich schlau, aber es waren einfach zu viele: Robert erledigte zwei weitere Protomonster, dann wickelte sich eine lebendige schwarze Peitschenschnur um sein Handgelenk und zog sich mit einem so brutalen Ruck zusammen, dass er gequält aufschrie und den Degen fallen gelassen hätte, hätten sich seine Finger nicht vor Schmerz auch zugleich verkrampft, sodass er den leuchtenden Kristallknauf gar nicht loslassen konnte. Ein zweiter Tentakel zuckte zu seinem Gesicht und verfehlte ihn um Haaresbreite, und dann war plötzlich Rowlf an seiner Seite, hieb mit dem Schaufelblatt wie mit einer Axt nach dem Monster und riss den Tentakel, der sein Handgelenk gepackt hatte, mit bloßen Fingern ab. Schwarzer Schleim spritzte in alle Richtungen, und etwas stach einer glühenden Nadel gleich in seinen Finger. Der Schmerz war so unbedeutend, dass er ihn augenblicklich wieder vergaß.

Rowlf ließ seine Schaufel in einem weiten Bogen herumschwingen und schickte zwei weitere Tentakelmonster zu Boden, die sich von normalem Eisen jedoch wenig beeindruckt zeigten und sich sofort zu regenerieren und wieder aufzurichten begannen, sodass Robert schließlich wieder an seine Seite sprang und seinen Degen zum Einsatz brachte. Der Shoggotenstern leuchtete immer heller, und der Knauf wurde erst warm, dann heiß, und Robert spürte, wie tief in ihm etwas erwachte, ein uralter Zorn, der nicht sein eigener war und mit der Magie des Shoggotensternes kommunizierte, um sich mit ihm zu etwas ungleich Mächtigerem zu verbinden, das voller Ungeduld an seinen Ketten zerrte und es gar nicht erwarten konnte, sich auf seinen verhassten Gegner zu stürzen.

Ein weiteres Protomonster fiel, dann noch eines und noch eines, und ganz plötzlich, war nichts mehr da, wogegen er die magische Waffe wenden konnte. Erschöpft sank er auf die Knie, ließ den Degen fallen und registrierte wie aus weiter Ferne, wie sich Rowlf vor ihm in die Hocke sinken ließ und den Arm ausstreckte, wie um ihm die Hand auf die Schulter zu legen, die Bewegung aber dann doch nicht zu Ende führte.

»Bist du verletzt?«, fragte er.

»Nein«, sagte Robert. Die paar Schrammen, die er sich eingehandelt hatte, konnte man wohl kaum als Verletzung bezeichnen. »Es ist alles in Ordnung.«

»Das ist es nicht«, mischte sich Howard ein. Seine Erscheinung hatte noch mehr von ihrer Wahrhaftigkeit verloren und wirkte jetzt fast transparent, aber die Sorge in seiner Stimme war dafür umso präsenter. »Das hätte nicht passieren dürfen! Wie konnten sie eure Spur so schnell finden?«

»Sie sind wohl doch schon mehr, als wir dachten«, antwortete Rowlf, kam Howards Antwort aber auch mit einer raschen Kopfbewegung zuvor. »Ist ja auch egal. Wir haben alle erwischt.«

Robert widersprach nicht, obwohl das matte Leuchten des Kristalls vor ihm das Gegenteil behauptete. Ganz automatisch wollte er nach dem Degen greifen, schrak aber dann im letzten Moment wieder davor zurück; wie aus der absurden Angst heraus, mit einer bloßen Berührung die Aufmerksamkeit von etwas auf sich zu lenken, das besser nicht geweckt werden sollte.

»Sie sind noch in der Nähe«, sagte er. »Aber nicht sehr nahe. Wenn wir uns beeilen, sind wir hier weg, bevor sie uns bemerken.«

Weder Rowlf nach Howard sagten etwas dazu, doch Robert entging auch keineswegs der verstohlene Blick, den sie miteinander tauschten.

»Wir können hier nicht weg, Bob«, sagte Howard schließlich und ohne ihn anzusehen.

»Wegen meiner DNA, ich weiß«, antwortete Robert. »Was immer das sein mag.« Er nahm nun doch den Degen auf, schob die Klinge in ihre Umhüllung zurück und erhob sich. Seine Kniegelenke knackten, und für eine halbe Sekunde wurde ihm schwindelig. Howard hatte recht: Er war keine zwanzig mehr, und Tage wie diese führten ihm das schmerzhaft vor Augen. »Dann lass uns die Sache hinter uns bringen und von hier verschwinden.«

Diesmal war der Blick, den Rowlf und Howard miteinander tauschten, noch viel unbehaglicher. »Ich fürchte, du hast mich nicht richtig …«, begann Howard und sprach den Satz nicht ganz zu Ende, denn in diesem Moment geschah zweierlei: Der Kristallknauf des Stockdegens loderte in einem so grellen Weiß auf, dass Robert ihn um ein Haar erschrocken losgelassen hätte, und unmittelbar hinter Howard wuchs etwas Monströses mit einem glotzenden Zyklopenauge und schnappenden Mäulern aus dem Boden und griff mit einem Dutzend gierig peitschender Tentakel nach ihm. Howards Gestalt flackerte sichtbar, als die Schlangenarme einfach durch sie hindurchglitten, und Robert setzte dem Spuk ein Ende, indem er den vermeintlichen Spazierstock nach vorne und nicht nur durch Howards geisterhafte Erscheinung hindurch, sondern tief in den Leib des Protowesens hineinrammte. Er machte sich nicht die Mühe, die Klinge aus ihrer tarnenden Hülle zu ziehen, und das musste er auch nicht. Die Magie des Shoggotensterns entfaltete auch so ihre Wirkung und zerstörte die grässliche Kreatur binnen einer einzigen Sekunde, in der sie sich in eine blubbernde Pfütze aus übelriechendem Schlamm verwandelte.

Aber natürlich war es damit nicht vorbei. Howards Gestalt flackerte einen Moment noch stärker und verschwand schließlich ganz, um ein gutes Stück entfernt auf der anderen Seite des Grabes wieder aufzutauchen, und hinter ihm erscholl ein angestrengtes Grunzen, als auch Rowlf seine Schaufel wieder aus dem Boden riss und in einem weiten Bogen schwenkte.

Roberts Klinge fuhr mit einem scharrenden Laut nun doch

aus der Hülle und vernichtete mit einer einzigen flüchtigen Berührung ein weiteres Ungeheuer, das sich nur ein kleines Stück neben ihm aus dem Boden arbeiten wollte, und fällte auch noch eine weitere Kreatur, die sich aus der anderen Richtung näherte. Ein drittes Ungetüm hackte Rowlf mit seiner Schaufel in Stücke, bevor er mit einem einzigen gewaltigen Satz bei Robert war, seine Schaufel fallen ließ und ihn mit beiden Händen packte, um ihn kraftvoll nach hinten zu schleudern.

Roberts Empörung über diesen vermeintlichen Angriff hielt nicht einmal eine halbe Sekunde vor, dann gewahrte er gleich ein halbes Dutzend schwarzer Shoggotenmonster, die genau dort aus dem Boden wuchsen, wo er eben noch gestanden hatte.

Noch während er mit hektisch rudernden Armen um sein Gleichgewicht kämpfte, spürte er, wie der Boden unter seinen Füßen nachzugeben begann. Er sah sogar noch, wie Rowlf von gleich einem halben Dutzend Tentakelmonstern einfach überrannt wurde (was ihn nicht daran hinderte, noch ein Ungeheuer mit bloßen Händen auseinanderzureißen, während er zu Boden ging), dann verlor er den Kampf gegen die Schwerkraft endgültig und kippte rücklings in das offene Grab.

Das Schicksal war nicht boshaft genug, ihn auch noch in den Sarg fallen zu lassen, aber er hätte sich fast gewünscht, es wäre so, denn er schlug so hart auf den Rand des aufgeklappten Deckels, dass er zu spüren meinte, wie etwas in seinem Rücken zerbrach, und nur deshalb nicht vor Schmerzen aufschrie, weil ihm jedes bisschen Luft aus der Lunge entwich. Ihm wurde nicht schwarz, sondern rot vor Augen, und einen Moment lang drohten ihm die Sinne zu schwinden. Er gewann den Kampf gegen die Ohnmacht, aber der Sturz musste ihm ernstlich geschadet haben, denn er konnte sich kaum bewegen. Als er es doch versuchte, schoss ein so grausamer Schmerz durch seinen Rücken, dass er mit den Zähnen knirschte und sein eigenes Blut schmeckte. Erneut verschwamm alles vor seinen Augen, er hörte Schreie und Kampfgeräusche, und das Erste was er wieder halbwegs klar erkannte, als die roten Schlieren vor seinem Blickfeld auseinandertrieben, war Rowlf, der über ihm am Rand der Grube aufragte und die schwarzen Tentakelmonster mit seinem Schwert in Stücke schlug.

Robert blinzelte, und als sich sein Blick klärte, sah er, dass es sich bei der riesenhaften Gestalt, die über ihm am Rand der Grube stand, gar nicht um Rowlf handelte und sie auch nicht allein war. Rowlf hockte benommen auf der anderen Seite und sah wirklich übel mitgenommen aus: Seine Kleider hingen in Fetzen, und seine Hände und das Gesicht waren zerschnitten und mit schwarzem Schlamm besudelt. Seine Augen waren leer und der Schaufelstiel in seinen Händen nur noch ein zersplitterter Stumpf, von dem schwarzer Schleim tropfte. Vielleicht auch Blut.

Robert biss die Zähne zusammen und versuchte sich ein zweites Mal aufzusetzen. Diesmal gelang es, auch wenn er fast all seine Willenskraft brauchte, um nicht vor Schmerz zu schreien; und beinahe noch mehr, um sich zur Seite zu beugen und den Degen aufzuheben. Das wütende Lodern des Shoggotensternes in seinem Knauf war zu einem matten Glühen geworden, aber noch nicht ganz erloschen.

Aber wahrscheinlich würde er die Waffe auch nicht brauchen. Der Kampf – eigentlich wohl eher ein ziemlich einseitiges Gemetzel – hatte seinen Höhepunkt inzwischen überschritten, und das letzte Tentakelmonster sank zu Boden, gefällt von einem Pfeil, der vielleicht nicht die magische Zerstörungskraft seines Stockdegens besaß, dafür aber mit einer anderen Art von Magie gefüllt war, die ihren Ursprung in einer jenseitigen Dimension besaß, die von den Menschen nur zu gerne als Hölle bezeichnet wurde.

Und es war auch kein Mensch, der diesen Pfeil abgeschossen hatte, begriff Robert.

Das Wesen sah auf den ersten Blick wie eine wunderschöne Frau aus, deren ebenmäßiges Antlitz an die Büste einer griechischen Göttin gemahnte. Ebenso weiß schimmerte die Haut, dort wo das enganliegende, lederne Trikot geteilt war und Bauch und Rücken der fast schon obszön schönen Frau offenbarte. Die langen Haare der Erscheinung schimmerten flammendrot, doch am Absonderlichsten waren die beiden gewaltigen schwarzgefiederten Schwingen, die aus ihrem Rücken wuchsen und Robert unwillkürlich an einen Engel denken ließen, allerdings an keinen aus den himmlischen Gefilden. Er schien vielmehr aus dem Dunstkreis des göttlichen Widersachers zu stammen.

Robert starrte den Höllenengel an und vergaß für den Moment nicht nur seine Angst, sondern sogar den pochenden Schmerz in seinem Rücken. Vielleicht halluzinierte er. Oder er war tot und das hier die Hölle. Gepasst hätte es, denn vor ihm schwebte eine leibhaftige Dämonin. Die körperlich spürbare Aura der Bedrohung, die aus jeder Pore des unheimlichen Wesens strömte, und der eiskalte, absolut bösartige Blick, ließen einfach keinen anderen Schluss zu.

Über ihm hatte Rowlf seinen Schock offensichtlich überwunden, ließ den nutzlosen Schaufelstiel fallen und streckte den Arm aus, um Robert aus dem Grab zu helfen.

Robert war nicht ganz sicher, ob er wirklich dort oben sein wollte, aber ein offenes Grab mit einem bereitgestellten Sarg war vielleicht auch nicht der ideale Ort, um sich vor einem Dämon zu verstecken.

Zögernd streckte er die Hand aus, um sich von Rowlf helfen zu lassen. Zu seiner Überraschung gelang es ihm sogar, aus dem Grab zu klettern, auch wenn es ihm sein Rücken mit einer wütenden Schmerzattacke dankte, die ihm schon wieder die Tränen in die Augen schießen ließ. Es fühlte sich an wie ein stumpfes Messer, das ihm langsam in den Rücken getrieben wurde. Wenn er das hier überlebte, würde er wohl einen Arzt aufsuchen müssen.

Einer der geflügelten Höllenengel – es waren insgesamt fünf an der Zahl, auch wenn Robert das Gefühl hatte, dass sich in der Dunkelheit dahinter noch mehr bizarre Gestalten bewegten – schwebte einen Meter in seine Richtung, und er hob instinktiv den Degen, auch wenn er sich zugleich ziemlich albern dabei vorkam. Der gespannte Bogen, den der Höllenengel in den Händen hielt, redete eine unmissverständliche Sprache, und der Pfeil würde immer schneller sein als sein Stockdegen.

»Das wird nicht nötig sein«, sagte eine Stimme hinter ihm. »Sie sind auf unserer Seite.«

Howard musste den Verstand verloren haben, dachte Robert. Auf ihrer Seite? Dämonen, jene mythischen Geschöpfe im Dienste Luzifers, dessen Name seit Anbeginn der Zeit für das Böse und alles Verdorbene stand?

»Ich fürchte, Ihr vor Kurzem verstorbener Freund sagt die Wahrheit, Mister Craven. Auch wenn ich im Moment wirklich nichts lieber täte, als Ihnen genau das anzutun, was Ihnen Ihre Fantasie zweifellos in den düstersten Farben ausmalt.«

Die Reihe der geflügelten Höllenengel teilte sich, und die schönste Frau trat hervor, die Robert jemals gesehen hatte. Ihr Haar war ebenso rot wie das der höllischen Engel, und ihr Gesicht hätte das einer griechischen Göttin sein können, wären da nicht die beiden Teufelshörner gewesen, die aus ihrer Stirn wuchsen.

»Du bist die, die uns gerufen hat?«, fragte Howard. Er trat so dicht an Robert vorbei, dass er eigentlich seine Schulter hätte streifen müssen, aber Robert spürte gar nichts. Und was zum Teufel hatte sie damit gemeint: Ihr vor Kurzem verstorbener Freund?

»Ich würde die Formulierung vorziehen, dass das Schicksal uns zusammengeführt hat«, antwortete sie, »wenn ich an so etwas wie Schicksal glauben würde, heißt das.« Ihr Blick tastete über Roberts Gestalt und verharrte schließlich auf seinem Gesicht, und Robert suchte vergeblich nach einer Spur menschlicher Wärme oder wenigstens irgendeines Gefühls in ihren Augen. Sie waren wunderschön und perfekt, aber da war kein wirkliches Leben.

»Ist er das?«, fragte sie.

»Bin ich wer?«, fragte Robert und war nicht wirklich überrascht, einfach ignoriert zu werden.

»Ja«, antwortete Howard.

»Und er weiß Bescheid?

»Worüber?«, fragte Robert.

»Über das meiste«, sagte Howard.

»Also nein«, schnaubte die Dämonin, und nun blitzte doch ganz kurz ein menschliches Gefühl in ihren wunderschönen Augen auf, etwas zwischen Verachtung und Zorn, das fast genauso schnell wieder verschwand, wie es gekommen war. »Uns bleibt nicht mehr viel Zeit. Sie kommen, und es sind viele. Vielleicht mehr, als wir aufhalten können. Ihre Freunde haben sich alle Mühe gegeben, um aufzufallen. Und dann auch noch ausgerechnet dieser Ort!«

Ihr Blick ließ endlich Roberts Augen los – es war, als wäre ein glühendes Brandeisen endlich von seiner Seele genommen worden – und tastete über den Grabstein mit dem künstlich gealterten Namen der Sinclairs. Rasende Wut färbte ihre Augen noch dunkler. »Wüsste ich es nicht besser, ich käme glatt auf die Idee, Sie hätten das absichtlich so arrangiert, um mich zu demütigen.«

»Wie gut, dass du es besser weißt«, sagte Howard.

Für die Dauer eines einzelnen, schweren Herzschlages wurde es so still, als hätte die Welt selbst den Atem angehalten. Gewalt hing wie etwas Greifbares in der Luft, und in den schwarzen Augen der Dämonin erwachte eine noch tiefere Dunkelheit, die das Versprechen auf vollkommene Verheerung mit sich brachte.

»Würde mir vielleicht jemand verraten, was hier eigentlich los ist?«, fragte Robert gepresst, auch wenn er zugleich das sehr sichere Gefühl hatte, die Antwort gar nicht hören zu wollen. Vielleicht, weil er sie tief in sich schon kannte.

»Du hast es ihm nicht gesagt?«, fragte die Dämonin.

Sie sprach nicht weiter. Ihre Augen weiteten sich, und auch wenn Robert vor einer Sekunde noch vollkommen sicher gewesen war, dass sie dieses Gefühl nicht einmal kannte, war er jetzt ebenso sicher, einen Ausdruck blanken Entsetzens in ihrem Blick zu gewahren.

So plötzlich, dass er nicht einmal wirklich begriff, wie ihm geschah, schoss ihre Rechte vor und umklammerte sein Handgelenk mit solcher Gewalt, dass er das Knacken seiner Knochen hören konnte. Es tat so weh, dass ihm die Luft wegblieb, und ihre Gestalt vor seinen Augen zu verschwimmen begann. Trotzdem riss er instinktiv den Degen hoch, um sich zu verteidigen, doch sein Arm wurde so mühelos zur Seite geschlagen, dass ihm die Waffe aus den Fingern geprellt wurde und in hohem Bogen in der Nacht verschwand.

»Du bist verletzt!«, zischte sie, ein Laut wie das Fauchen

einer zornigen Katze, aber hundertmal wütender und tausendmal gefährlicher. »Wann ist das passiert? Wie schlimm ist es?«

»Das ist gar nichts«, antwortete Robert. »Nur ein ...« Er verstummte mit einem schmerzerfüllten Zischen, als die Dämonin so brutal zugriff, dass er nun tatsächlich spürte, wie etwas in seiner Hand zerbrach. Rote Schleier tanzten vor seinen Augen, und ihm wurde übel.

Dennoch sah er, dass etwas mit seiner Hand nicht stimmte. Er hatte den stechenden Schmerz vollkommen vergessen, mit dem der Tentakel seinen Arm umklammert hatte, doch nun sah er seine Folgen: Der kleine und der Ringfinger seiner linken Hand hatten sich schwarz verfärbt, und die Haut sah nicht mehr wirklich aus wie Haut, sondern wie breiig aufgedunsener Teer, der mit einem eigenen falschen Herzschlag zu pulsieren schien, der nichts mit seinem eigenen rasenden Puls zu tun hatte. Und einmal darauf aufmerksam geworden, spürte er noch etwas, das in ihm war und nicht dorthin gehörte, etwas Böses und Verzehrendes, das wuchs und wühlte und fraß.

Er sah auch, wie Rowlf sich anspannte und neben ihn treten wollte, aber in diesem Moment riss die Dämonenfürstin ihm mit einer einzigen Bewegung nicht nur den Jacken- sondern auch den Hemdsärmel darunter ab, und er sah, dass sich das schwarze Mal über sein Handgelenk bis halb hinauf zum Ellbogen zog, und Rowlf erstarrte nicht nur mitten in der Bewegung, sondern wich eindeutig entsetzt zurück. Die Augen der Dämonin wurden noch einmal dunkler. Eine Sekunde lang war Robert felsenfest davon überzeugt, dass sie ihn nun töten würde. Er hatte nicht einmal Angst, sondern empfand allerhöchstens eine trotzige Empörung, dass er nicht einmal erfahren sollte warum.

Doch statt ihn umzubringen, legte die Dämonin den Kopf auf die Seite und sah ihn eine weitere, endlose Sekunde lang durchdringend an. Schließlich nickte sie. »Noch ist es vielleicht nicht zu spät«, sagte sie. »Haltet ihn fest.«

»Festhalten? Aber wieso ...?«, begann Robert. Es war nicht der erste Satz, den er in dieser Nacht nicht zu Ende sprach. Er sah noch das Aufblitzen in ihren nachtschwarzen Augen, als sie eine Hand um seinen Oberarm schloss und mit der anderen nach seiner Hand griff, und dann nichts mehr.

Themseufer, London. Morgen

Es war wie eine schwarze Flut, ein brodelnder Strom aus pulsierenden Leibern und schnappenden Kiefern und peitschenden Tentakeln, der aus dem Nichts erschien und den Platz vor dem London-Eye so schnell und gründlich leerfegte wie eine Springflut trockenes Laub davongespült hätte. Die vermeintlich unbesiegbaren Dämonen und Todesengel wurden einfach überrollt und waren in der nächsten Sekunde schlichtweg verschwunden, aufgesogen von einer Woge Gestalt gewordener Verheerung, die aus einer fremden Welt herüberspülte und immer nur noch weiterwuchs. Ein ungeheures, immer lauter werdendes Grollen erklang, und die gesamte Gondel begann zu beben und sich zu schütteln, wie von einem Sturm gebeutelt, der mit solcher Gewalt an der riesigen Konstruktion rüttelte, dass die Scheiben der Gondel zu klirren begannen und sich das ganze Rad spürbar neigte.

Suko konnte nicht mehr sagen, wie oft er sich auf die Füße gekämpft hatte und von den stampfenden Erschütterungen wieder zu Boden geschleudert worden war. Er blutete längst aus einem Dutzend mehr oder weniger schlimmen Kratzern und Schrammen, und etwas schien mit seinem linken Handgelenk nicht zu stimmen, auf das er gleich zweimal hintereinander gestürzt war. Blitze zerrissen die Nacht, und in das Heulen des Sturmes mischte sich ein anderer und viel unheimlicherer Laut, den er nicht beschreiben konnte, weil er einfach nichts glich, das er jemals zuvor gehört hatte.

Und dann, ebenso plötzlich wie es begonnen hatte, war es vorbei. Das Eye erzitterte noch einmal unter einem letzten gewaltigen Schlag, der zwei der gebogenen großen Plexiglasscheiben mit einem hässlichen Knirschen bersten ließ, und kam dann zur Ruhe.

Suko blieb noch einen Moment mit angehaltenem Atem liegen und wartete darauf, dass etwas geschah, doch alles, was er hörte war das angestrengte Hämmern seines eigenen Herzens und – als er sich zu bewegen versuchte – ein grässliches Knirschen, das seinen Ursprung in seinem Körper zu haben schien und mit einem reibenden Schmerz korrespondierte, der allmählich in seinem Handgelenk erwachte. Die Luft roch nach verbranntem Metall, und in das Rauschen des Blutes in seinen Ohren mischte sich auch noch ein anderer Laut, der ihn an etwas erinnern wollte, ohne dass er sagen konnte woran.

Nach einer gefühlten Ewigkeit wagte er es, die Augen zu öffnen und sich vorsichtig auf den rechten Arm hochzustemmen. Dunkelheit umgab ihn wie etwas Erstickendes, das sich auf seine Seele und seinen Körper legte und ihm nicht nur den Atem nahm, sondern auch seine Gedanken zu lähmen begann. Bill bewegte sich irgendwo neben ihm in der Dunkelheit, und er konnte nicht sagen, ob er vor Schmerz stöhnte oder etwas zu sagen versuchte. Da schien noch etwas Anderes bei ihnen zu sein, etwas Gieriges und Lauerndes, das wie der Schrecken aus Kindertagen erst real und tödlich wurde, wenn man ihn sah, sodass er sich hütete, es auch nur zu versuchen.

Suko schüttelte den Gedanken ab, stemmte sich vorsichtig in die Höhe und presste den schmerzenden Arm an den Leib. Sein Gefühl hatte ihn nicht getäuscht: Sein Handgelenk musste gebrochen sein, und der Schmerz wurde bereits schlimmer. Wahrscheinlich war er gut beraten, nicht so lange abzuwarten, bis er schlimm genug geworden war, um sein Denken zu lähmen.

Suko drehte sich herum. Bill hatte sich auf der anderen Seite der Gondel halb auf eine der Plastikbänke hochgestemmt und hockte zitternd und in halb embryonaler Haltung da. Sein Gesicht war eine Maske der Qual, und wo sein rechter Am sein sollte, pulsierte etwas Schwarzes und Formloses, das irgendwie nicht wirklich zu seinem Körper zu gehören schien.

»Bill, was ...?«, keuchte Suko entsetzt, machte einen Schritt auf ihn zu und fuhr dann um so entsetzter zurück, als Bill sich stöhnend zu ihm herumdrehte und Suko wirklich sah, was mit ihm geschehen war: Anders als bei John in der Isolationskammer hatte sich seine Haut nicht einfach nur schwarz verfärbt. Hand und Unterarm hatten sich in etwas anderes verändert, etwas Schwarzes und Pulsierendes, das halb mit seiner Seite verschmolzen war und sich auch seiner Kleidung bemächtigt hatte. Suko war plötzlich fast froh, Bills Gesicht nicht genau erkennen zu können, denn auch damit stimmte etwas nicht.

»Komm nicht näher«, stöhnte Bill. Auch mit seiner Stimme war irgendetwas nicht in Ordnung. Da war noch ein zweiter, krächzender und blubbernder Unterton, als begännen sich seine Stimmbänder in etwas zu verwandeln, das nicht für die menschliche Sprache geeignet war.

»Was ... was ist los mit dir?«, stammelte Suko. Sein Herz klopfte immer härter, und zugleich begann sich ein Gefühl so lähmenden Entsetzens in ihm breitzumachen, dass er kaum noch atmen konnte.

»Komm nicht näher«, mahnte Bill noch einmal, obwohl Suko nichts dergleichen vorgehabt hatte. Ganz bestimmt nicht. »Etwas stimmt nicht mit mir. Da ist etwas. In mir. Ich kann ... ich kann sie spüren. «

Suko wich sogar noch einen weiteren Schritt vor ihm zurück, bis er mit dem Rücken gegen die geschlossene Tür stieß.

Draußen zuckten rote und orangefarbene Blitze über den Himmel, und irgendwo auf der anderen Seite des Flusses explodierte etwas. Im zuckenden Licht der Flammen konnte er etwas Großes und Monströses erkennen, das sich im schwarz gewordenen Wasser der Themse suhlte. Etwas mit viel zu vielen Armen und einem einzelnen glotzenden Auge, das voller unstillbarem Hass zu ihm heraufstarrte.

Das Rad bewegte sich knarrend und rüttelnd weiter und hatte bald den Gipfel seiner immer gleichen Rundreise erreicht und schien sich einen Sekundenbruchteil zu sträuben, ehe es sich wieder an den Abstieg machte.

Sie waren verloren. Dort unten wimmelte es noch immer von Ungeheuern, auf die sich die Gondel unaufhaltsam zubewegte. Und diesmal würde ihnen niemand zu Hilfe kommen, weder das Schicksal noch eine Dämonenarmee aus dem Nichts.

Seine Hand kroch unter den Overall und schloss sich um das silberne Kreuz, das er darunter trug. Aber das Gefühl von Sicherheit und Trost, auf das er wartete, wollte sich nicht einstellen. Dieses Mal würde wohl kein Wunder geschehen, das sie im letzten Augenblick rettete, dachte er bitter. Er ergriff das Kreuz noch fester. Wenigstens ein paar dieser Bestien wurde er noch mitnehmen.

Auch wenn er noch keine Ahnung hatte wie.

»John«, krächzte Bill mit seiner schrecklichen Stimme hinter ihm. In den wenigen Augenblicken, die Suko nicht hingesehen hatte, musste er sich weiter verändert haben. »Er ist ... in der Nähe. Er kommt.«

Und vielleicht war das ja das letzte Geschenk, das das Schicksal ihm noch machen würde, dachte Suko:

John, der Shao getötet hatte.

Seine Hand schloss sich noch fester um das silberne Kreuz.

Ja. Und wenn er dafür mit dem Leben bezahlen musste, dann sollte es wohl so sein.

Das Rad drehte sich unaufhaltsam weiter und begann sich dabei zu schütteln wie ein widerspenstiges Tier, das sich gegen sein Geschirr stemmte. Die gesprungene Scheibe klirrte, und der Riss wuchs mit einem hellen Knacken auf gut die doppelte Länge an und begann gezackte Triebe und Verästelungen zu bilden. Dann stoben Funken, und die Gondel scharrte mit einem erbärmlichen Quietschen über den Boden und drohte sich festzufressen. Die Tür verkantete sich und wurde in einem kreischenden Funkenschauer aus dem Rahmen und davongerissen, und Suko musste nun doch hastig nach einem Halt greifen, um nicht zu fallen. Ein schweres Maschinenschnauben erklang, und plötzlich stank es durchdringend nach heißem Metall und verschmortem Kunststoff. Metall zerriss, und das gewaltige London-Eye kam mit dem hässlichen Laut zerbrechender Zahnräder endgültig zum Stillstand.

Irgendwie gelang es Suko, auf den Beinen zu bleiben und auch nicht den Verstand zu verlieren angesichts des Gestalt gewordenen Grauens, das aus allen Richtungen zugleich auf ihn einstürmte, und vielleicht war es tatsächlich nur die Berührung des kalten Silbers, die ihn noch bei Verstand erhielt, wie ein Anker in der Wirklichkeit, an den sich seine Vernunft klammern konnte, um nicht in einen Ozean aus Wahnsinn und Furcht gesogen und einfach zermalmt zu werden.

Schon nach wenigen Augenblicken bildeten die zyklopenäugigen Ungeheuer eine undurchdringliche Front vor ihnen, zu der sich immer mehr Monster gesellten. In der Ferne wetterleuchtete es, Explosionen grollten, und über den Himmel jagten grelle Feuerlinien, die in flammenden Blüten explodierten und lodernde Glut und zermalmende Druckwellen auf die Erde herabprügelten. Schreie drangen an sein Ohr, und ohne hinzusehen spürte er panische Bewegungen in den anderen Gondeln, wo Menschen, die hergekommen waren, um eine vergnügliche Zeit zu erleben, begreifen mussten, dass sie stattdessen Zeuge wurden, wie ihre Welt unterging.

Nichts von alledem spielte noch eine Rolle. Die Front der Ungeheuer teilte sich, um eine lebende Gasse zu bilden, durch die eine einzelne, beunruhigend menschlich anmutende Gestalt auf ihn zukam. Seine Hand schloss sich noch einmal fester um das Kreuz.

John.

Das war John.

Shaos Mörder.

»Du darfst ihn ... nicht anfassen«, röchelte Bill hinter ihm. Seine Stimme hatte nichts Menschliches mehr, und vielleicht erriet Suko den Sinn seiner Worte auch nur noch, statt sie zu verstehen. Ein schreckliches, nasses Schleifen erscholl, als sich Bill von seinem Platz in die Höhe quälte und näher kam. Suko wagte es nicht, auch nur hinter sich und in das Gesicht dessen zu blicken, wozu Bill wurde.

Die Gestalt kam mit langsamen Schritten näher – viel langsamer als nötig, wie es Suko vorkam, als würde sie jeden Moment ihres Triumphes bis zur Neige auskosten –, und irgendetwas geschah hinter ihm. Suko wagte es nicht, die unheimliche Erscheinung auch nur für einen Sekundenbruchteil aus den Augen zulassen, um hinter sich zu sehen, aber er spürte, welch ungeheure Gewalten sich hinter ihm zusammenballten, Mächte, die er nicht einmal zu begreifen versuchte, die aber durchaus im Stande waren, das Universum aus den Angeln zu heben.

Aber auch das spielte keine Rolle mehr. Shaos Mörder stand vor ihm, und das war alles, was zählte. Suko machte einen Schritt aus der Gondel heraus und auf das entsetzliche John-Ding zu, und er ignorierte auch das Flüstern in seinen Gedanken, das penetrant auf der Frage beharrte, ob er denn tatsächlich glaubte, die Teufelstochter hätte all diese Mühe auf sich genommen und so viele ihrer Todesengel geopfert, nur damit er seine persönliche Rache bekam.

Wahrscheinlich nicht, aber das war ihm gleich. Was hatte er schon noch zu verlieren?

Ungefähr so viel wie der Rest der Menschheit und die gesamte Welt, nämlich nichts.

Er wartete, bis das schwarze Ungetüm mit Johns Gesicht nicht nur bis auf Armeslänge herangekommen und stehengeblieben war, sondern seine böse Verhöhnung alles Menschlichen auch noch auf die Spitze treiben wollte, indem er dazu ansetzte, etwas zu sagen. Dann sprang Suko vor, riss das Kreuz unter dem Overall heraus und rammte es wie einen stumpfen Dolch nach vorne, alles in einer einzigen, unglaublich schnellen Bewegung und mit solcher Kraft, dass dem Monster nicht einmal Zeit blieb, um zu erschrecken, geschweige denn sich zu verteidigen.

Das brauchte es auch nicht, denn den Bruchteil einer Sekunde, bevor Suko das Silberkreuz dem Monster wirklich in die Brust rammen konnte, schnellte ein schwarzer Tentakel wie eine Peitschenschnur an ihm vorbei, wickelte sich um seinen Arm und zog sich mit solcher Gewalt zusammen, dass er ihm um ein Haar auch noch das andere Handgelenk gebrochen hätte. Aber das registrierte er kaum.

Er war viel zu sehr damit beschäftigt, entsetzt zu sein, denn der schnappende Fangarm stoppte nicht nur im letzten Moment seinen Angriff, sondern riss ihn zugleich auch zurück und herum, sodass er seinen neu aufgetauchten Gegner sehen konnte.

Es war kein glotzäugiges Monster, das sich im letzten Moment schützend vor seinen höllischen Herrn geworfen hatte.

Oder vielleicht doch.

Der schwarze Tentakel war das, was aus Bills rechtem Arm geworden war.

Themseufer, London.
Morgen – Irgendwann – Morgen

Die Welt vor den geschmolzenen Scheiben flackerte. Für den Bruchteil einer Sekunde meinte ich, ein Dutzend und mehr unterschiedlicher Bilder und Zeiten zugleich zu sehen, ineinanderfließende Wirklichkeiten aus einer Dimension des Chaos, in der alles und nichts Bestand hatte. Für einen noch kürzeren Moment wurde mir übel, und ich hatte das grässliche Gefühl, wie eine Gummifigur innerlich gedehnt und in alle Richtungen zugleich gezerrt und gerissen zu werden.

Dann war es vorbei, und die Realität schnappte wie eine schwarze Flutwelle in die Gegenwart zurück und riss selbst die Erinnerung an die letzten Augenblicke mit sich, bis nur ein Gefühl von heftigem Schwindel und noch viel heftigerer Verwirrung zurückblieb.

Jarvin fand die Beherrschung vor mir wieder. Nach einem letzten und sehr zufriedenen Blick auf seinen Mini-Computer steckte er das Gerät wieder ein, schob mich kurzerhand aus dem Weg und machte sich daran, rücklings aus der Gondel herauszuklettern. Er machte sich nicht die Mühe, mich zum Mitkommen aufzufordern.

Wie durch ein kleines Wunder hatte eine Handvoll Männer das Chaos überstanden und sich zu einem militärisch präzisen Verteidigungskreis postiert, als wir wieder unten ankamen; Jarvin mit so schnellen und selbstsicheren Bewegungen, ich mit klopfendem Herzen und weichen Knien und noch immer mit einem heftigen Schwindel kämpfend, der einfach nicht weggehen wollte.

»Sind das alle?«, schnarrte Jarvin. Er bekam nur ein wortloses Nicken von Saron zur Antwort – ich wäre sehr erstaunt gewesen, ihn nicht unter den Überlebenden zu finden –, und ich selbst war zu seinem Glück noch zu sehr außer Atem, um ihm in angemessenem Ton zu erklären, was ich von seiner Art hielt, sein Mitgefühl auszudrücken.

Ich nickte Saron flüchtig zu und konzentrierte mich darüber hinaus auf unsere Umgebung, die sich verändert hatte – auf eine subtile Weise, die ich nicht greifen konnte. Die Schatten waren zu tief und zu scharf umrissen, und unter der Dunkelheit schien sich noch etwas Düstereres zu verbergen, eine Schwärze, die sich zu ... Dingen ... zusammenballte, deren bloße Existenz falsch genug war, um diese Ebene der Wirklichkeit zum Wanken zu bringen. Es gab Dinge, die einfach nicht sein durften, und was dort hinter den Schatten Gestalt anzunehmen versuchte, das gehörte ganz eindeutig dazu.

»Und?«, fragte Jarvin knapp.

»Sie kommen.« Saron blickte kurz auf ein Instrument an seinem Handgelenk, dessen Zweck ich nicht einmal erraten konnte.

»Von wo?«, fragte ich erschrocken. Ich konnte immer noch nicht viel erkennen, aber ich spürte, dass er Recht hatte. Etwas kam. Etwas Ungeheuerliches.

Saron warf mir einen langen Blick zu, den ich trotz des verspiegelten Visiers vor seinem Gesicht spürte, und auch wenn ich ihn nicht deuten konnte, beunruhigte er mich doch noch mehr. Aber wenn man es genau nahm, dann beunruhigte mich hier eigentlich alles.

Jarvin hatte schon wieder die Hand an den Helm gelegt und redete, ohne dass ein Laut über seine Lippen kam. Seine andere Hand spielte mit dem Mini-Computer, den er erneut aus der Tasche gezogen hatte. Er wirkte aufgeregt. Und noch mehr, als er sein lautloses Gespräch schließlich beendete und erst Saron, dann mir einen bedeutungsschweren Blick zuwarf. »Die Lovecraft kommt zurück «, sagte er. »Zehn Minuten. Dann ist es vorbei.«

»Weil wir dann alle tot sind?«

Jarvin warf mir einen ärgerlichen Blick zu, den ich vermutlich auch verdient hatte, aber ich konnte auch nicht anders. Saron gelang es nicht ganz, ein spöttisches Verziehen der Lippen zu unterdrücken.

»Weil wir gefunden haben, was wir suchen«, antwortete Jarvin kühl.

»Und was wäre das?«

Ich hatte mir nicht wirklich eingebildet, eine Antwort zu bekommen, und ich wurde auch nicht enttäuscht. Jarvin steckte sein Gerät wortlos weg.

»Dort drüben.« Saron deutete mit dem Gewehrlauf nach vorne. Ein großer Teil der Ruinenstadt brannte lichterloh, wo die Robert Bloch abgestürzt war. Vorhin, in meiner Aufregung, war es mir gar nicht in vollem Umfang aufgefallen, aber wir hatten wohl mehr als nur ein bisschen Glück, überhaupt noch am Leben zu sein. Der Koloss schien die halbe Stadt in Brand gesetzt zu haben, und hinter der so scharf wie mit einem Skalpell ausgeschnittenen Skyline der zerstörten City tobte ein Inferno aus weißen und roten und orangefarbenen Flammen, das grell genug war, mir die Tränen in die Augen zu treiben.

In diesem Moment drehte sich der Wind und brachte einen Schwall trockener Hitze mit sich, der auf dem Gesicht brannte und mir für den Moment den Atem verschlug. Es roch nach brennendem Stein und glühendem Metall, und ich meinte Schreie und ein dumpfes Poltern und Krachen wie von zusammenstürzenden Gebäuden oder auch berstenden Gebirgen zu hören, und da schien auch noch etwas Monströses und auf unmögliche Weise Lebendiges zu sein, das aus den Dimensionen des Wahnsinns herüberdrängte, viel zu groß, um sein zu dürfen, und doch mit jedem Atemzug wahrhaftiger.

Saron versetzte mir einen Tritt in die Kniekehlen, der mich mit einem überraschten Keuchen zu Boden gehen ließ. Noch bevor ich fiel, jagte etwas Dunkles und sehr Großes dort über mir entlang, wo sich einen Sekundenbruchteil zuvor noch mein Oberkörper befunden hatte, und prallte mit solcher Wucht gegen das zerstörte London-Eye, dass die gesamte Konstruktion erzitterte und uns mit Rost und einem Hagelsturm aus Trümmerstücken und dem steinhart zusammengebackenen Schmutz der Jahrhunderte überschüttete. Etwas traf meine Schulter mit genug Wucht, um mir einen keuchenden Schrei zu entlocken und mich vollends zu Boden zu schleudern, und noch während ich mit dem Gesicht im Dreck landete und plötzlich sehr froh über das lästige Visier war, das wenigstens meine Augen schützte, registrierte ich, dass der Mann neben mir weniger Glück gehabt hatte und von einem weiteren fliegenden Schemen getroffen und so schnell weggerissen wurde, dass er einfach zu verschwinden schien.

Saron schrie irgendetwas, das hoffnungslos in dem plötzlich ausbrechenden Höllenlärm unterging, dann packte mich eine starke Hand an der Schulter und zerrte mich so grob davon, dass der ungeschützte Teil meines Gesichts nun doch über den Boden schrammte und ich mein eigenes Blut schmeckte. Noch rabiater wurde ich hinter einen rostigen Eisenträger geschleift und brutal zu Boden gedrückt, als ich mich instinktiv hochstemmen wollte.

Aus meiner Mischung aus Schrecken und Schmerz wurde Empörung, als ich endlich sah, wer mich da so rabiat misshandelte, nämlich kein anderer als Jarvin, der sich die Gelegenheit natürlich nicht entgehen ließ, mich dorthin zu befördern, wo ich seiner Meinung nach auch hingehörte.

Dann raste etwas Dunkles heran, traf ihn mit so vernichtender Wucht an der Schulter, dass ich hören konnte, wie etwas darin zerbrach und er nach hinten geschleudert wurde und einen zappelnden halben Salto schlug, ehe er neben mir auf dem Boden landete. Silbernes Feuer jagte über unsere Deckung hinweg, und etwas explodierte mit einem so grellen Blitz, dass ich sekundenlang nur farbige Kreise und zuckendes Licht sah.

Als ich wieder mehr als bunte Schlieren erkannte, blickte ich in Jarvins schmerzverzerrtes Gesicht. Er lag kaum eine Armlänge neben mir und krümmte sich wie ein getretener Wurm. Seine Schulter sah irgendwie ... nicht mehr richtig aus. Die Kevlar-Panzerung darüber war zertrümmert, und so wie er den Arm hielt, bezweifelte ich, dass er ihn jemals wieder richtig bewegen konnte.

Trotzdem schüttelte er nur hastig den Kopf, als ich mich hochstemmen und zu ihm kriechen wollte. »Bleiben Sie unten, Sie Dummkopf«, presste er zwischen zusammengebissenen Zähnen hervor. »Wir müssen weg hier.«

Etwas traf den Stahlträger, hinter dem wir lagen, mit solcher Wucht, dass das tonnenschwere Trümmerstück ein paar Zentimeter weit in unsere Richtung rutschte und dabei zu schwarzem Schlamm zerspritzte. Ich robbte auf dem Bauch zu Jarvin und betrachtete seine verletzte Schulter, was sich als keine wirklich gute Idee erwies. Ich hatte schon eine Menge wirklich übler Dinge gesehen, aber jetzt blickte ich rasch weg.

Ich dachte auch nicht über die Frage nach, wieso er überhaupt noch lebte, geschweige denn bei Bewusstsein war und mit mir reden konnte. Was Marisa über die Zähigkeit der verbesserten Körper dieser Zeit gesagt hatte, schien wohl zu stimmen. Nicht dass ich besonders scharf darauf gewesen wäre, es am eigenen Leib auszuprobieren.

Wieder explodierte etwas, dann sprang eine Gestalt in einem schwarzen Kampfanzug über den Stahlträger und fiel neben uns auf Hände und Knie, dicht gefolgt von einem zweiten Mann, der dasselbe Kunststück versuchte und auf dem Scheitelpunkt seines Sprunges von einem schwarzen Schemen getroffen und in Stücke gerissen wurde. Gleichzeitig bebte der Boden wie unter dem Tritt eines Giganten, und roter Feuerschein jagte über den Himmel.

»Was zum Teufel …?«, begann ich, und Saron riss mich so derb in die Höhe, dass aus dem Rest meiner Frage ein ersticktes Keuchen wurde. Unglaublicherweise stemmte sich auch Jarvin neben uns in die Höhe, zwar mit schmerzverzerrtem Gesicht und taumelnd vor Schwäche, aber er erhob sich dennoch mit einer Verletzung, die jeden normalen Menschen auf der Stelle umgebracht hätte. Anscheinend musste ich noch eine Menge über diese Welt und ihre Bewohner lernen – auch wenn mir mittlerweile ernsthafte Zweifel kamen, ob ich dazu noch die Gelegenheit bekommen würde.

Von Jarvin (trotz seiner zerschmetterten Schulter) gezogen und von Saron geschoben, stolperte ich zwischen ihnen her und registrierte kaum, wie rings um uns herum Dinge in den Boden einschlugen und zu schwarzen Schlammfontänen zerspritzten oder mit Geräuschen wie von fliegenden Rasierklingen durch die Luft zischten. Etwas explodierte mit einem so ungeheuerlichen Krachen, dass ich sekundenlang gar nichts und dann für eine deutlich längere Zeit nur ein zischendes Rauschen hörte.

Gegen alle Wahrscheinlichkeit gelang es uns, den freien Bereich am Ufer lebend zu überqueren und uns in den trügerischen Schutz einer Ruine zu retten, während sich der Kampf hinter uns seinem Höhepunkt näherte. Flammen schossen feurigen Geysiren gleich in den Himmel, und vereinzelt nahm ich auch noch das silberne Flackern von Flechette-Salven wahr, aber es waren entsetzlich wenig, und der Sturm aus schwarzen, fliegenden, peitschenden Dingen schien mit jeder Sekunde nur noch an Heftigkeit zuzunehmen.

»Weiter«, presste Jarvin hervor. Seine Stimme bebte vor mühsam unterdrücktem Schmerz, und sein Gesicht war grau.

Ich schüttelte den Kopf. »Die Männer«, brachte ich atemlos hervor. »Wir müssen ihnen helfen.«

»Sie sind schon tot, Sie Dummkopf«, sagte Jarvin kalt. »Und das sind wir auch, wenn wir nicht gleich von hier verschwinden.« Er schnitt mir mit einer Geste das Wort ab. »Wenn Sie möchten, dass sie umsonst sterben, gehen Sie zurück und leisten ihnen dabei Gesellschaft.«

So wenig es mir behagte, ich musste anerkennen, dass er recht hatte. Ich hatte in meinem Leben noch niemanden im Stich gelassen, und der Gedanke, es jetzt tun zu müssen war fast mehr, als ich ertrug – aber es war zugleich auch das Einzige, was ich tun konnte.

Ich warf Jarvin noch einen vorwurfsvollen Blick zu (den er vermutlich nicht einmal zur Kenntnis nahm) und rang mich dann zu einem knappen Nicken durch, und wir stürmten los. Hinter uns hielt der Kampflärm an, hatte aber bereits deutlich an Intensität verloren, und ich vermied es ganz bewusst, auch nur einen Blick über die Schulter zu werfen.

Ich hätte vermutlich ohnehin nicht viel gesehen, denn vor uns loderten noch immer das grelle Weiß und Orange der brennenden Stadt, und hinter uns tobte ein zuckendes Chaos aus Licht, Schatten und reiner Bewegung, in dem mein Blick keinen Halt fand und auch nicht finden wollte, weil das, was er mir offenbart hätte, einfach zu entsetzlich gewesen wäre, um es zu ertragen. Ganz egal, was mein Verstand mir auch sagte, ich kam mir vor wie ein Verräter, die Männer im Stich zu lassen, die ihre Leben opferten, um uns die Flucht zu ermöglichen. Und irgendwie war ich es ja auch.

»Was haben Sie damit gemeint, Sie haben gefunden, wonach Sie gesucht haben?«, wandte ich mich an Jarvin, nachdem wir die Ruine verlassen hatten und in eine schmale Straße vordrangen, die zum Großteil mit den Trümmern zusammengebrochener Häuser vollgestopft war.

Jarvin tat einen Moment lang so, als hätte er meine Frage gar nicht gehört, aber nach einem weiteren Dutzend Schritten gelang es nicht einmal mehr ihm, meinen bohrenden Blick zu ignorieren. Mit einem resignierenden Seufzen nahm er den Helm ab und fuhr sich mit der unverletzten Hand durch das Gesicht, das der Schmerz mit kaltem Schweiß überzogen hatte.

»Ich habe Ihnen gesagt, dass wir niemals wirklich herausgefunden haben, woher sie kommen«, sagte er müde. »Wir hatten London im Verdacht, allein weil es hier angefangen hat, aber wir konnten es niemals beweisen.« Er zog den Computer aus der Tasche und sah auf den Monitor, auf dem noch immer ein roter Punkt wie ein winziges schlagendes Herz pulsierte. »Das hier ist der Beweis, nach dem wir gesucht haben.«

»Ihr Tachyonen-Dingsbums?«, fragte ich, ganz bewusst den Unwissenden spielend. Vielleicht erfuhr ich ja mehr, wenn ich ihm Gelegenheit bot, mit seinem Wissen zu glänzen.

»Wir konnten sie nicht finden, weil sie nicht hier sind«, antwortete er.

»Und wo sind sie dann?«, fragte ich mit einer Geste auf sein Gerät. Zugleich tastete mein Blick misstrauisch über die verbrannten Trümmer, durch die wir uns in einem vorsichtigen Slalom bewegten. Nichts von dem, was ich sah, gefiel mir. Nirgendwo rührte sich etwas, aber das hinderte meine bis zum Zerreißen angespannten Nerven nicht daran, mir überall schleichende Bewegungen und glotzende Augen vorzugaukeln, die uns aus den Schatten heraus gierig anstarrten.

»Die Frage ist nicht wo«, antwortete Jarvin. »Sondern wann.«

Ich hatte schon vorher begriffen, worauf er hinauswollte, legte aber dennoch demonstrativ die Stirn in Falten. Der Gedanke klang auch einfach zu abwegig. »Wie meinen Sie das?«

»Sie kommen aus der Vergangenheit«, sagte Jarvin. »Damals zu Ihrer Zeit, als sie ihren großen Angriff gestartet haben. Deshalb haben wir sie nie gefunden.«

Saron blickte fragend – und auch ein bisschen ungläubig –, und auch ich musste die nachfolgenden Sekunden angestrengten Nachdenkens jetzt nicht mehr schauspielern.

Dann stellte ich die Frage, die Jarvin wahrscheinlich am allerwenigsten hören wollte: »Und was nutzt es uns?«

Jarvin zögerte gerade lange genug, um eine Antwort eigentlich unnötig zu machen. »Nichts«, gestand er. »Ich hatte gehofft, den Weg direkt zu ihnen zu finden, um sie ins Herz zu treffen und mit einem einzigen Schlag zu vernichten.« Er wiederholte sein Kopfschütteln und sah plötzlich noch einmal um Jahrzehnte gealtert aus. »Gar nichts. Das war unsere letzte Hoffnung, Mister Sinclair. Den Weg zu ihnen zu finden.«

»Aber das haben wir doch«, wandte Saron ein. »Die Tachyonen-Anomalie ...«

»Ist gar nichts!« Jarvin schrie fast. »Verstehst du denn nicht, du Narr?«

»Nein«, antwortete ich an Sarons Stelle – mit dem Ergebnis, dass sich Jarvins Verachtung nun auf mich konzentrierte.

»Es ist nicht der Weg in die Vergangenheit!«, fauchte er, im gleichen Maße zornig wie abgrundtief enttäuscht. »Vielleicht war er es einmal, damals, zu Ihrer Zeit. Aber jetzt ist es nur noch ein ...« Er suchte nach Worten. »Nicht mehr als eine Erinnerung. Ein Echo aus der Zeit.«

Aber das stimmte nicht. In diesem Gedankengang war ein Fehler, doch es gelang mir nicht, den Finger darauf zu legen. Und Jarvin ließ mir auch keine Zeit, darüber nachzudenken, sondern fuhr mit veränderter und ebenso bitterer wie entschlossener Stimme fort:

»Jetzt bleibt uns nur noch eine Wahl.«

»Und welche wäre das?«, fragte ich unbehaglich. Und auch das war eine Frage, auf die ich gar keine Antwort wollte.

Wahrscheinlich, weil ich sie schon kannte.

»Ich werde unsere Welt nicht diesen Ungeheuern überlassen, Mister Sinclair«, sagte Jarvin hart. »An Bord der Lovecraft befindet sich eine Vorrichtung, die das verhindert.«

»Vorrichtung?«, wiederholte Saron scharf. »Sprechen Sie es ruhig aus. Ihre ominöse Superbombe, von der Sie träumen. Die Waffe, mit der sie schon einmal geschlagen wurden.«

Um den Preis, dass die ganze Welt gebrannt hatte und hunderte von Millionen Jahren vergingen, bevor das Leben noch einmal bei null begann.

Anders als ich es erwartete, wurde Jarvin nicht zornig, sondern schüttelte nur müde den Kopf. »Behalten Sie Ihre gerechte Empörung für sich, Mister Sinclair«, sagte er. »Was immer die Älteren Götter damals getan haben, um diesen ganzen Planeten in einen Lavaball zu verwandeln, das Wissen darum ist zusammen mit ihnen untergegangen.« Er lachte, ganz leise und sehr bitter. »Aber eine zweihundertfünfzig Megatonnen Fusionsbombe hätte auch ausreichen sollen, um unsere Freunde von der Beteigeuze zurück zu ihrer Heimat zu sprengen.«

Ich starrte ihn an. Was er da beschrieb, reichte vermutlich aus, um einen kilometertiefen Krater im Meeresboden zu hinterlassen, wo jetzt noch die britischen Inseln waren.

Saron schien zu einem ähnlichen Schluss gekommen zu sein. »Das würde auch alle Menschen auf der Welt töten. Und alles andere wohl auch.«

»Sei still, du Narr«, fuhr ihn Jarvin an. »Natürlich haben wir Vorsorge getroffen. Einige werden überleben. Und wenn sie wieder an die Erdoberfläche zurückkehren – und wenn es in tausend Jahren ist –, dann ist unsere Welt von dieser außerirdischen Pest gesäubert und wird wieder den Menschen gehören.«

Das Schlimme war, dachte ich schockiert, dass er das ernst meinte. Ich versuchte mir vorzustellen, wie diese Zukunft aussehen mochte: Die Überlebenden eines Weltenbrandes, eingesperrt in eine Welt ohne Sonne und Himmel, die Kilometer unter einer verbrannten Erdoberfläche wie die Morlocks dahinvegetierten und irgendwann vergessen hatten, wer sie waren und woher sie kamen? Es würden keine Menschen mehr sein, die dann wieder auf die Erde zurückkehrten.

Plötzlich lachte Saron, und etwas Neues erschien in dem Blick, mit dem er den Ratsherrn maß.

»Was ist so komisch?«, blaffte Jarvin.

»Dann sind die Gerüchte also wahr?«, wollte Saron wissen. Aus irgendeinem Grund klang er eindeutig amüsiert.

»Was für Gerüchte?«, fragte ich, da Jarvin keine Anstalten machte, die Frage zu beantworten.

»Dass sie Bunker gebaut haben, eine ganze Stadt tief unter den Bergen«, antwortete Saron. »Und dass sie Wiederauferstehungsmaschinen dort hinuntergeschafft haben.«

Das klang nur logisch. nach allem, was ich bisher hier erlebt hatte. »Und?«, fragte ich.

Jetzt wurde Sarons Feixen eindeutig schadenfroh. Er sah zwar weiter mich an, sagte aber an Jarvin gerichtet: »Ihre wunderschöne neue Welt wird dann wohl ausschließlich von Zombies wie mir bevölkert sein, Ratsherr.«

Jarvin schwieg. Aber es war nicht schwer zu erraten, wie es in ihm aussah. Ich gönnte es ihm.

Aber alle verständliche Schadenfreude änderte nichts daran, dass wir ziemlich in der Tinte saßen. Aus einem Grund, über den ich vorsichtshalber erst gar nicht nachdachte, blieben wir noch immer unbehelligt, aber das würde ganz gewiss nicht mehr lange so bleiben.

Gerade wollte ich eine entsprechende Bemerkung machen, als Jarvin mitten im Schritt stockte und wieder auf seinen Computer starrte.

»Was?«, fragte ich alarmiert. Saron spannte sich und ergriff seine Waffe fester.

Ich bekam natürlich keine Antwort, aber ich sah auch so, was ihn so offensichtlich beschäftigte: Das pulsierende rote Licht auf seinem Monitor leuchtete heller, und aus dem ruhigen Schlagen war ein hektisch-nervöses Flackern geworden. Winzige Zahlenkolonnen und unverständliche Symbole huschten schneller über den Schirm, als der Blick ihnen folgen konnte.

»Was?«, fragte ich noch einmal.

»Da tut sich etwas«, antwortete Jarvin.

»Gut«, antwortete ich gereizt. »Und was?«

»Die Anomalie«, sagte er. »Sie wird stärker. Irgendetwas passiert da.« Er starrte noch eine Sekunde auf den Computer, als hätte er sich in Gedanken eine Frage gestellt und erwartete allen Ernstes die Antwort auf seinem Bildschirm zu sehen. Dann fuhr er umso schneller auf dem Absatz herum und steckte den Computer ein. »Wir müssen zurück.«

»Wie bitte?«, ächzte ich und musste mich sputen, um mit ihm Schritt zu halten. So schlimm verletzt, wie er war, hätte er sich nicht mehr so leichtfüßig bewegen dürfen, aber irgendwie gelang es ihm.

Auf dem Weg hierher waren wir nicht behelligt worden, aber das änderte sich nun. Zu sehen war immer noch nichts, aber ich konnte mit fast körperlicher Intensität spüren, wie etwas seine Aufmerksamkeit auf uns richtete; etwas Uraltes und unvorstellbar Mächtiges, vor dem es kein Davonlaufen und kein Verstecken gab. Ich schritt schneller aus, ohne dass Jarvin mich eigens dazu auffordern musste.

Die ersten Schatten erwachten zu unheiligem Leben, als wir eine Kreuzung erreichten und in die Straße abbogen, die zurück zur Themse und dem London-Eye führte. Dinge aus wirbelnder Düsternis, die sich zu Formen und Umrissen zusammenballten und zitternd aufstanden, wie um sich an ihre neuen Körper zu gewöhnen und alle seine Funktionen kennenzulernen. Dann sah ich es sogar: Eine schwarze, ölige Masse, die wie geschmolzener Teer aus dem Boden sickerte und sich zu Schlieren und Klumpen zusammenballte, aus denen wiederum größere Umrisse wurden.

»Lauft!«, brüllte Jarvin und rannte los. Seine Schritte verloren aber rasch an Schwung, und manchmal drohte er zu taumeln, auch wenn er sich im letzten Moment wieder fing. Jarvin mobilisierte seine unwiderruflich letzten Reserven.

Er versuchte im Laufen seinen Helm wieder aufzusetzen, doch er entglitt seinen immer kraftloser werdenden Fingern und verschwand in der Dunkelheit. Etwas griff danach und verschlang ihn mit einem trockenen Knacken. Saron jagte einen silbernen Schuss in die entsprechende Richtung und bekam ein wütendes Trällern und Pfeifen zur Antwort.

Jarvin versuchte sogar noch einmal schneller zu laufen,

wurde aber schon nach wenigen Schritten wieder langsamer, als ihn seine Kräfte endgültig verließen. Nach einem halben Dutzend weiterer Schritte stürmten Saron und ich nebeneinander an ihm vorbei, und er begann zurückzufallen.

Als wir die Straße halb hinter uns gebracht hatten, traten die ersten Protomonster zwischen den Ruinen hervor und drehten sich schwerfällig in unsere Richtung. Es waren unvorstellbar viele.

Saron erledigte etliche von ihnen mit tödlicher Präzision, doch ich machte mir nichts vor: Selbst wenn er mit jedem einzelnen Schuss traf, würde ihm eher die Munition ausgehen, bevor er die heranströmende Flut auch nur verlangsamen konnte; ganz zu schweigen von aufhalten.

Wir stürmten trotzdem weiter, und ich warf im Laufen einen Blick über die Schulter. Jarvin war noch weiter zurückgefallen und humpelte nun deutlich. Ich hatte ein sonderbares Gefühl von Déjà-vu, das ich aber nicht recht einordnen konnte, und es entglitt mir auch sofort wieder, denn ich gewahrte eine wabernde Bewegung aus den Augenwinkeln und hätte um ein Haar laut aufgeschrien, als ich wieder nach vorn sah und gleich eine ganze Horde Tentakel schwingender Monster erblickte, die trällernd und pfeifend auf uns zustürmten. Saron schaltete seine Waffe auf Dauerfeuer und zerfetzte die bizarren Angreifer gleich reihenweise, aber es waren einfach zu viele. Noch ein paar Sekunden, und sie würden uns einfach überrollen, und …

Ein Gewitter aus silbernen Blitzen stanzte vom Himmel und verwandelte die heranwogende Flut in einen Orkan aus explodierendem Matsch und stiebendem Schleim. Dann regnete es rotes Feuer, das den hinteren Teil der Straße samt allem, was sich darauf bewegte, zu grauer Asche verbrannte.

Erschrocken warf ich den Kopf in den Nacken und erblickte

einen gewaltigen Schatten, der sich über den Himmel schob und die Sterne verdunkelte. Die Lovecraft war zurück und ließ Tod und Vernichtung auf die Scharen der Angreifer herabregnen, und für einige wenige Momente sah es tatsächlich so aus, als würden wir es schaffen.

Mit einer einzigen vernichtenden Salve fegte das gewaltige Luftschiff nicht nur die Straße vor und hinter uns leer, sondern verwandelte auch den Bereich dahinter und bis zum Themseufer in eine fauchende Einöde, auf der nichts mehr leben konnte, weder von dieser noch von einer Millionen Lichtjahre entfernten Welt. Schwarze Geysire sprühten aus dem Fluss dahinter, und die zerschmolzene Ruine des London-Eye verwandelte sich in ein chinesisches Feuerrad, sprühte Millionen weißer und roter und orangefarbener Funken, blieb aber wie durch ein Wunder noch immer stehen. Dahinter erhob sich etwas Riesiges aus den Fluten, das keinen eigenen Körper zu haben schien, sondern nur aus geballter peitschender Wut bestand und sich mit einem urgewaltigen Brüllen aufbäumte, um nach dem fliegenden Koloss zu greifen, der silbernen Schmerz auf ihn spie.

»Weiter!«, schrie Jarvin. Irgendwoher nahm er die Kraft, noch einmal zu uns aufzuschließen und mit seinem Taschencomputer zu fuchteln. Der rote Punkt darauf war noch einmal größer geworden und pulsierte immer hektischer, und ich spürte noch einmal deutlicher, dass etwas kam – auch wenn es vermutlich etwas anderes war als das, womit Jarvin rechnete. Die Wirklichkeit flackerte, und die Welt begann in eine Richtung zu gleiten, von der ich bisher nicht einmal gewusst hatte, dass es sie gab. Alles drehte sich, und ich hatte das bizarre Gefühl, gerufen zu werden; von einer Stimme, die nicht zu hören war, und bei einem Namen, der mir nicht gehörte.

Robert! Hierher! Beeil dich! Er kommt!

Wer zum Teufel war Robert? Und wer kam?

Über diese Fragen nachzudenken hielt mich nicht davon ab, hinter Jarvin und Saron herzustürmen und zumindest den Ratsherrn wieder zu einzuholen, während das Chaos um uns herum seinem Höhepunkt entgegenstrebte. Die Lovecraft feuerte weiter auf den Koloss im Wasser, aber auch auf Ziele, die unsichtbar blieben, und ich kam mir mehr und mehr vor wie im Herzen eines tosenden Orkans, der aus reiner Vernichtung und heulender Gewalt bestand. Schreie von Dingen, die ich nicht sehen konnte, gellten in meinen Ohren, Hitzewellen strichen wie Drachenatem über uns hinweg, und der Boden zitterte immer heftiger, als begännen tief unter unseren Füßen gewaltige Hohlräume zusammenzustürzen.

Dann wurde die Lovecraft getroffen. Ich spürte es mehr, als es zu sehen oder gar zu hören, wie ein tiefes Seufzen, das durch die Realität lief. Die Lovecraft schüttelte sich, und der Strom aus Feuer und silberfarbenen Blitzen brach für eine halbe Sekunde ab und setzte dann umso heftiger wieder ein, aber unregelmäßig und nicht mehr ganz so zielsicher, wie es schien. Die eine oder andere Explosion erfolgte plötzlich unangenehm nahe, und auch die allgemeine Hitze und der Lärm nahmen noch einmal zu.

Allerdings hatten wir das Ende der Straße auch fast erreicht. Hinter dem Skelett des London-Eye bäumte sich tatsächlich etwas Gigantisches auf, das jedoch keine Chance hatte, uns auch nahe zu kommen, denn die Lovecraft feuerte aus allen Rohren. Dieser geballten Zerstörungskraft war das gigantische Krakenmonster nicht gewachsen und wurde vor Wut trompetend und mit den gewaltigen Fangarmen um sich schlagend immer weiter in den Fluss zurückgetrieben.

Dennoch war es ein Kampf, an dessen Ausgang nicht wirklich ein Zweifel bestand. Die Breitseiten der Lovecraft rissen gewaltige Brocken schwarzen Fleisches aus dem Ungetüm, und ganze Fontänen aus kochendem schwarzem Blut stiegen haushoch in den Himmel. Doch so verheerend diese Wunden auch sein mochten, mir entging keineswegs, dass sie sich kaum weniger schnell wieder schlossen, wie die Lovecraft sie dem Monster schlug.

Und als wäre das allein noch nicht schlimm genug, wurde die Lovecraft in diesem Moment erneut getroffen. Das Luftschiff legte sich schwerfällig wie vom Schlag einer unsichtbaren Riesenfaust getroffen auf die Seite, kippte einen Moment lang weit genug, dass ich ernsthaft befürchtete, es im nächsten Augenblick abstürzen zu sehen, und richtete sich dann mit einem gewaltigen Knarren und Ächzen wieder auf. Rauch quoll aus einer der Triebwerksgondeln, und Funken sprühten.

Die dritte Salve traf mit noch größerer Wucht: eine Handvoll rasender formloser Schatten, die in einer diagonalen Linie in den Rumpf der Lovecraft hämmerte und die vermeintlich unzerstörbaren Panzerplatten eindrückte. Aus dem Ächzen des Rumpfes wurde ein anhaltendes Stöhnen und Knirschen, und eine Anzahl dumpfer Schläge erklang, als würde etwas tief im Rumpf des Schiffes explodieren. Trümmer regneten zu Boden, und aus der Triebwerksgondel quoll jetzt schwarzer Qualm, in dem es rot und orangefarben wetterleuchtete.

Jarvin hob seinen Computer an die Lippen, der anscheinend auch als Telefon funktionierte. »Omega initiieren«, sagte er. »Autorisation Jarvin 23 Alpha 32. Countdown minus fünf Minuten.«

Saron starrte ihn aus aufgerissenen Augen an, und auch mich überkam ein wirklich ungutes Gefühl; was möglicherweise daran lag, dass ich sehr wohl wusste, was diese kryptische Botschaft bedeutete, auch wenn ich es noch nicht wahrhaben wollte.

»Das können Sie nicht ernst meinen«, sagte Saron. »Sie wissen nicht, was Sie da tun.«

»Ich glaube, ich habe es schon getan«, antwortete Jarvin verächtlich. »Ganz davon abgesehen, dass ich dir wohl kaum Rechenschaft schuldig bin.«

»Aber dieser Welt«, antwortete Saron, während er sich langsam zu Jarvin herumdrehte und seine Waffe auf ihn richtete. »Das kann ich nicht zulassen.«

Jarvin zeigte sich wenig beeindruckt. »Du würdest wirklich auf mich schießen?«, fragte er verächtlich. »So viel Mut hätte ich dir gar nicht zugetraut.«

»Ich auch nicht«, bekannte Saron rundheraus. »Aber ich kann nicht zulassen, dass Sie die Bombe zünden. Es muss eine andere Lösung geben.« Er wedelte drohend mit seiner Waffe. »Legen Sie das Gerät weg!«

»Oder du erschießt mich?«, fragte Jarvin amüsiert. »Aber ich bin doch schon tot. Genau wie du, du Dummkopf, und alle anderen hier. Glaubst du tatsächlich, wir kommen hier noch einmal lebend weg?«

Er deutete mit seinem Taschencomputer nach oben, und ich sah, was er meinte: Die Lovecraft brannte. Mittlerweile spuckten beide Triebwerksgondeln auf der uns zugewandten Seite Qualm und Flammen. Flüssiges Feuer drang aus einem rot glühenden Spinnennetz aus ineinanderlaufenden Rissen und Sprüngen, die seine Flanke spalteten, und fiel wie brennender Regen vom Himmel, hier und da durchsetzt von glühenden Trümmerstücken, die Meteoren gleich in den Boden hämmerten und die ausgeglühten Ruinen erneut in Brand setzten. Das Luftschiff feuerte weiter, aber der Strom aus silberfarbenen Geschossen und grellen Laserblitzen wurde immer unregelmäßiger und büßte allmählich seine Zielsicherheit ein. Immer mehr Geschosse stanzten harmlos ins Wasser oder prallten Funken sprühend vom Skelett des London-Eye ab, und der tobende Tentakel-Koloss richtete sich bereits wieder brüllend in den schäumenden Fluten auf und stampfte dem Ufer entgegen.

Aber das war noch nicht einmal das Schlimmste. Jenseits der Lovecraft, unendlich weit oben am Himmel und nicht größer als ein Stecknadelkopf, war ein neuer Stern erschienen. Und ich wusste sofort, was er bedeutete.

»Haben Sie nicht gesagt, es dauert noch mindestens drei Stunden?«, fragte ich.

Jarvin starrte den neu geborenen Stern mit steinernem Gesicht an, dann den winzigen Monitor in seiner Hand. Beiläufig registrierte ich, dass seine Schulter heftiger bebte und sein Gesicht sogar noch kränker und leidender aussah als bisher, und ich begriff, dass ich mit einem Toten sprach. Jarvin hatte vielleicht noch ein paar Minuten.

Drei, um genau zu sein.

Genau wie Saron.

Und ich.

Und jeder einzelne Mensch auf dieser Seite des Erdballs.

»Legen Sie das Gerät weg«, sagte Saron noch einmal. »Ich meine es ernst.«

»Ich weiß«, antwortete Jarvin. Dann tat er etwas, womit wohl nicht nur ich, sondern auch Saron am wenigsten gerechnet hatte: Sehr vorsichtig ging er in die Hocke und legte den Computer auf den Boden. Ich konnte ihm ansehen, was für eine enorme Anstrengung es ihn kostete, sich wieder aufzurichten und einen Schritt nach hinten zu tun.

»Es ist zu spät, Sie Dummkopf«, sagte er fast amüsiert. »Aber meinen ehrlichen Respekt für Ihren Mut.«

Einen kurzen Moment lang wirkte Saron so verunsichert, dass ich nicht mehr wirklich erstaunt gewesen wäre, ihn seine

Waffe senken zu sehen. Aber dann ergriff er sie nur umso fester und schob kampflustig das Kinn vor. »Ich lasse es nicht zu«, sagte er noch einmal.

»Das müssen Sie auch nicht«, antwortete Jarvin lächelnd. »Wenn ich die Bombe nicht zünde, dann tut es Howard an meiner Stelle.« Er schüttelte den Kopf. »Und wenn nicht er, dann explodiert sie beim Einschlag des Meteors. Also drücken Sie ab, wenn Ihnen danach ist, oder hören Sie endlich auf mit diesem Ding herumzufuchteln!«

Saron war es wohl schon allein seinem Stolz schuldig, ihn noch eine Sekunde lang trotzig anzufunkeln, doch dann ließ er endlich das Gewehr sinken und legte stattdessen den Kopf in den Nacken, um zur Lovecraft und dem näher kommenden Todesstern hinaufzusehen.

Ich tat dasselbe, aber ich hätte nicht einmal sagen können, welcher Anblick mich mehr erschreckte. Aus der winzigen Nadelspitze war ein lodernder Stecknadelkopf geworden, noch nicht viel, aber dennoch eine Winzigkeit näher und in einem boshaften blaustichigen Weiß lodernd, das sich wie eine Messerklinge aus Licht in die Augen bohrte.

Und auch die Lovecraft selbst hatte sich verändert. Das gewaltige Luftschiff feuerte noch immer, aber gut die Hälfte seiner Geschütze waren bereits ausgefallen, und auch der verbliebene Rest büßte immer mehr von seiner Treffsicherheit ein. Das komplette hintere Drittel der Lovecraft brannte, und in das Donnern der Geschütze und das Heulen der sterbenden Triebwerke mischte sich das Krachen von Explosionen, die das Schiff von innen heraus verheerten. Die Lovecraft starb, und wenn sie ihren letzten Atemzug getan hatte und der brennende Stern vom Himmel fiel, dann würde ihr der Rest der Welt in ihr feuriges Grab folgen.

Robert! Hier! Du hast noch eine Minute! Worauf wartest du?!

Obwohl mir der Name immer noch nichts sagte, wusste ich zugleich, dass die Worte mir galten. Aus den Augenwinkeln bemerkte ich ein sonderbares Leuchten, das zu einem Halo aus fahlblauem Licht wurde, als ich mich ganz in die entsprechende Richtung drehte.

Es war das Auge.

Der allergrößte Teil des London-Eye war immer noch zerstört, ein schrägstehendes, geschmolzenes Skelett, das an eine unfertige Skulptur erinnerte. Aber da war plötzlich auch so etwas wie ein Tunnel aus Licht, an dessen Ende ein vollkommen unversehrter Bereich des Riesenrads lockte.

Ich rannte los. Ganz gleich was dieser sonderbare Lichttunnel auch bedeutete und was an seinem anderen Ende auf uns warten mochte, alles war besser als das, was hier gleich geschah.

Saron und der Ratsherr schienen das ganz ähnlich zu sehen, denn sie schlossen sich mir an.

Obwohl im Untergehen begriffen, drehte sich die brennende Lovecraft schwerfällig über uns am Himmel, um uns Feuerschutz zu geben, aber auch die schwarze Tentakelhorde verdoppelte ihre Anstrengung, uns aufzuhalten. Und um Haaresbreite wäre es ihr sogar gelungen.

Das sterbende Luftschiff hatte aufgehört, auf den Koloss im Wasser zu schießen, und konzentrierte seine gesamte verbliebene Feuerkraft darauf, die Protomonster zurückzuschlagen, die in immer neuen Wellen heranrasten und mit der Rücksichtslosigkeit von Geschöpfen angriffen, für die das Wort Tod keine Bedeutung hatte. Dem einen oder anderen Ungeheuer gelang es trotzdem, fast bis zu uns vorzudringen, sodass Saron zwei oder drei von ihnen auf kürzeste Distanz erschoss und ein weiteres sogar mit bloßen Händen davonschleuderte. Das blaue Licht leuchtete intensiver, aber der

Tunnel durch die Zeit zog sich auch immer rascher zusammen, sodass ich noch einmal verzweifelt versuchte, mein Tempo zu steigern. Etwas Riesiges und Schwarzes schlug mit einem ganzen Bündel peitschender Tentakel nach mir, und das Letzte, was ich von der Lovecraft sah, war das brennende Wrack, das noch in der Luft auseinanderzubrechen begann und glühende Trümmerstücke und Flammen in alle Richtungen spie. Dann hatten wir das Tor erreicht, und ich warf mich mit einer verzweifelten Bewegung nach vorne in das Licht.

Ich schlug mit solcher Wucht auf der Straße auf, dass ich sekundenlang nur Sterne sah und um ein Haar das Bewusstsein verloren hätte.

Als ich wieder einigermaßen sehen konnte, lag ich auf dem Rücken und blickte in einen Himmel hinauf, dessen Sternbilder mir wieder vertraut waren, auch wenn immer noch Flammen darüber hinwegtobten – die Rauch- und Feuerspuren abgeschossener Raketen und das Wetterleuchten zahlloser Brände, die die Stadt verwüsteten. Wir waren von einer Schlacht in die nächste geflüchtet, aber immerhin der unmittelbaren Todesgefahr durch das abstürzende Luftschiff und die Weltuntergangsbombe in seinem Bauch entronnen, denn noch während ich mich auf den Rücken rollte und ganz in den Himmel hochsah, spürte ich, dass die Lovecraft uns nicht gefolgt war.

Aber das war vielleicht auch gar nicht notwendig, wie mir nach dem zweiten Blick in den Himmel klar wurde. Nicht das Luftschiff mit seiner weltenmordenden Fracht war uns durch die Zeit zurück in meine Gegenwart gefolgt.

Sehr wohl aber Apophis, der sich endgültig in einen brennenden Stern verwandelt hatte und auf uns herabstürzte.

Highgate Cemetery, London. 1937

Er hatte nicht wirklich das Bewusstsein verloren, sich aber gewünscht, es wäre so, denn zumindest der entsetzliche Schmerz seiner halbierten Hand war ihm nicht eine einzige Sekunde lang erspart geblieben. Etwas geschah mit ihm – wurde mit ihm gemacht –, und eine Stimme sagte etwas, doch die Worte drangen nicht weit genug in sein Bewusstsein vor, um ihre Bedeutung zu erkennen. Irgendwo wurde gekämpft. Jemand schrie, und es roch nach Blut und Feuer und auch ein bisschen nach Schwefel.

Robert wusste nicht genau, was passiert war – irgendein schrecklicher Unfall, nahm er an, zumindest dem schlimmen Schmerz in seiner Hand nach zu schließen, und das Blut, das er roch, war vermutlich sein eigenes. Er erinnerte sich auch an einen verrückten Traum, in dem es Dämonen und irgendwelche noch bizarreren Ungeheuer gegeben hatte, und an eine wunderschöne Frau mit toten Augen, aus deren Stirn zwei leibhaftige Teufelshörner wuchsen.

Robert öffnete die Augen und stellte fest, dass er wohl immer noch träumen musste, denn die Frau mit dem Engelsgesicht und den Leichenaugen saß vor ihm in der Hocke und benutzte gerade einen Zipfel seines eigenen Hemds, den sie unter seinem Gürtel herausgezogen hatte, um sich rote Spritzer aus dem Gesicht zu wischen. Das Rot kam ihm bekannt vor, und nach einem weiteren Moment begriff er auch, warum das so war: Es gehörte zu ihm und sollte eigentlich nicht auf diesem wunderschönen und zugleich eiskalten Antlitz sein, sondern in seinem Körper. Aber strenggenommen galt das ja auch für seine Finger, die vor ihm auf der weichen Graberde verteilt waren. Von seiner linken Hand existierten noch der Daumen und das untere Drittel des Zeigefingers, und wo der Rest sein sollte, grinste ihn ein heftig blutender, zerfranster Riss an. Robert blinzelte, kramte einen Moment in seinem Gedächtnis und sah noch einmal und genauer hin, und vielleicht hätte er das besser nicht getan, denn der Anblick riss ihn endgültig in die Wirklichkeit zurück. Aus Schmerz wurde echte Qual, die ihn aufstöhnen und die Zähne zusammenbeißen ließ, und für einen Moment wurde ihm übel. Erst dann kam seine Erinnerung endgültig zurück.

»Warum ... hast du das getan?«, presste er hervor.

»Damit nicht alles umsonst gewesen ist.«

Es war nicht die Dämonenfrau, die das sagte, sondern Howard. Seine Gestalt hatte sogar noch mehr Substanz verloren und war nun tatsächlich halb transparent.

»Umsonst?«, fragte Robert.

»Uns bleibt nicht mehr viel Zeit, Bob. Ich wünschte, ich hätte dir alles erklären können. Aber uns bleiben nur noch Minuten.«

»Wozu?«, meinte Robert gepresst. Ihm wurde schwindelig, und er verstand immer weniger, was hier überhaupt geschah. Er wollte noch mehr sagen, presste aber dann nur die Kiefer aufeinander, um ein Wimmern zu unterdrücken.

»Wir können diesen Kampf nicht gewinnen, Robert«, sagte Howard. »Ich habe die Zukunft gesehen, und nicht einmal ich kann ändern, was schon geschehen ist. Aber wir können etwas anderes tun.«

»Und was?« Robert betrachtete noch eine weitere Sekunde lang den pulsierenden dunkelroten Strom, der aus seiner verstümmelten Hand quoll. Erst dann kam er auf den Gedanken, mit der anderen Hand nach seinem Gelenk zu tasten und den

Daumen auf die Pulsader zu pressen. Es tat ziemlich weh, aber die Blutung ließ nicht nennenswert nach.

»Warum hast du das getan?«, fragte er noch einmal.

Statt zu antworten, machte die gehörnte Frau eine Kopfbewegung auf seine abgerissenen Finger. Er wollte nicht sehen, was sie ihm angetan hatte, aber irgendetwas erregte trotzdem seine Aufmerksamkeit. Robert sah hin. Und bedauerte es sofort, denn seine Finger waren nicht mehr seine Finger.

Sie sahen nicht einmal mehr wirklich so aus wie etwas, das einmal zu einem Menschen gehört hatte. Schwarz und verkrümmt und aufgedunsen wie halb zertretene Würmer schienen sie sich immer noch zu bewegen, doch wo seine Hand nach wie vor heftig blutete, sonderte das, was einmal seine Finger gewesen waren, eine ölige schwarze Flüssigkeit ab, zäh wie halb geschmolzenes Pech und einen Atem abschnürenden Gestank verströmend.

»Ich kann dir den Schmerz nehmen und deine Wunde heilen«, sagte die Dämonin. »Aber ich weiß nicht, ob du dir das wirklich wünschen solltest.«

»Ach nein?«, fragte Robert gepresst. Schon diese beiden Worte auszusprechen bereitete ihm enorme Mühe. Ihm war schwindelig und übel, und der Schmerz kam jetzt in Wellen. Er verstand nicht genau, was mit ihm geschah. Er war in seinem Leben schon schlimmer verletzt worden und hatte heftigere Schmerzen ertragen müssen, aber so etwas hatte er noch nicht erlebt. Es war, als hätte etwas damit begonnen, seine Seele aufzufressen. Es musste dieser eiskalte Blick der Teufelin sein, in dem etwas Urböses lag, das alles auszulöschen schien, was ihn zu einem Menschen machte.

»Und warum sollte ich das nicht wollen?«, fragte er mit einiger Verspätung. »Ich bin nicht besonders versessen auf Schmerzen.«

»Genau aus diesem Grund, Mister Craven«, antwortete die Teufelsfrau. »So ist es am wenigsten schmerzhaft. Verbluten soll ein beinahe angenehmer Tod sein. Angeblich wird einem nur ein wenig kalt, und das ist alles.«

»Ich bin auch nicht so versessen darauf zu verbluten«, wandte Robert ein, bekam aber nur ein verächtliches Verziehen der Lippen zur Antwort. Etwas krachte, ein Laut wie eine ferne Explosion, nur weicher und irgendwie lebendiger. Die Teufelsfrau hob mit einem Ruck den Kopf und machte eine kaum sichtbare Handbewegung, woraufhin sich zwei ihrer geflügelten Begleiter herumdrehten und mit schnellen Schritten in der Nacht verschwanden. Robert meinte einen Laut wie von Pfeilen zu hören, die abgefeuert wurden, dann einen trällernden Schmerzensschrei. Er musste nicht hinsehen, um zu wissen, was hinter ihnen geschah.

»Sie sollten mit Ihrem kleinen Freund reden, Howard«, sagte die Dämonin, »bevor ich es tue. Sie haben eine Minute.«

Damit verschwand sie in der Dunkelheit, und Robert wandte sich verwirrt an das immer noch weiter verblassende Gespenst, das einmal Howard gewesen war. »Seltsame Freunde hast du neuerdings«, krächzte er. Seine Stimme klang sogar in seinen eigenen Ohren fast wie die eines Fremden: Etwas zerstörte ihn, lautlos und immer schneller. Er war jetzt sicher, dass es an diesem Blick lag. Aber wieso ließ Howard zu, dass er umgebracht wurde?

Und plötzlich kam ihm ein schrecklicher Verdacht: Wer sagte ihm denn, dass Howard tatsächlich Howard und auch Rowlf wirklich er selbst war? Was, wenn das alles nur eine perfekte Inszenierung war, um ...

Mich umzubringen?, meldete sich sein Verstand zu Wort. Das hätten sie weiß Gott einfacher haben können.

»Du hast gesagt, dass du etwas von mir brauchst«, sagte

Robert, statt auch nur eines der tausend anderen Dinge auszusprechen, die ihm wie Säure auf der Zunge brannten.

»Nicht ich«, antwortete Howard. »Die Zukunft, Robert. Alle Menschen, die von diesem Augenblick an geboren werden.«

»Meine ...« Er musste einen Moment nachdenken, ehe er sich erinnerte. »DNS?«

Howard nickte. »Ich kann dir nicht erklären, was es ist, Robert. Nicht in der wenigen Zeit, die uns noch bleibt. Du musst mir einfach vertrauen. Es ist das, was den Menschen ausmacht. Dein Erbe. Alles was du je gewesen bist und jemals sein wirst. Und das da ...« Er deutete auf Roberts blutende Hand. »... hätte alles verdorben.« Er machte eine Geste auf den offenen Sarg vor ihm, die sonderbar traurig wirkte. »Irgendwann in vielen Jahren wird jemand dieses Grab öffnen, und dann wird diese Welt dein Erbe brauchen, Robert, wenn sie nicht untergehen soll.«

»Du willst, dass ich für dich sterbe«, sagte Robert. Er fragte sich, warum er eigentlich nicht erschrocken war, und beantwortete seine eigene Frage auch gleich selbst: Weil er es tief in sich gewusst hatte, schon von Anfang an.

»Ich hätte es selbst getan, wenn ich es gekonnt hätte, Robert«, antwortete Howard traurig. »Es wäre meine Aufgabe gewesen. Aber das Schicksal hat anders entschieden.«

»Und was ist so wichtig an mir?«, fragte Robert.

»An dir?« Howard schüttelte den Kopf. »Nichts.«

»Und warum ...?«

»Es wäre meine Aufgabe gewesen«, sagte Howard noch einmal und schüttelte zusätzlich bekräftigend den Kopf. »Das, worauf ich mich mein Leben lang vorbereitet habe. Worauf mein Orden Männer wie mich seit Jahrhunderten vorbereitet.«

»Unheimliche Bücher zu schreiben?«

Howard ignorierte den Einwurf. »Ich habe nie auf deine albernen Scherze reagiert, mein Junge, aber ich habe den Titel des Time-Masters nicht nur bekommen, weil ich gut darin bin, Uhren zu reparieren und die genaue Zeit einzuschätzen.«

»Sondern?«, fragte Robert, obwohl er die Antwort ahnte. Er hatte zu viel Sonderbares mit Howard erlebt, um nicht zu wissen, dass er mehr war als ein abenteuerlicher Eigenbrötler, Kettenraucher und verkanntes schriftstellerisches Genie.

»Es ist ein Geschenk, das mein Orden vor vielen hundert Jahren erhalten hat«, antwortete er.

»Ein Geschenk? Von wem?«

»Das wissen wir nicht«, antwortete Howard. Er hob die kaum noch existenten Schultern. »Gott. Das Schicksal. Oder etwas ganz anderes. Aber seither ist es von einem Time-Master an den nächsten weitergegeben worden. Ich habe es von meinem Vorgänger bekommen, und eines Tages hätte ich es an meinen Nachfolger weitergeben sollen.«

»An mich?«

Howard sah ihn nichts anderes als verblüfft an, dann schüttelte er den Kopf und lachte leise. »Jetzt nimmst du dich zu wichtig, Bob«, sagte er gutmütig. »Nein, du hast in deinem Leben mehr getan, als irgendjemand von dir verlangen könnte. Und du hättest auch nicht den Rest deines Lebens auf etwas warten wollen, das vielleicht niemals kommt und von dem du nicht einmal weißt, was es ist.«

»Aber jetzt ist es anders gekommen«, vermutete Robert.

»Ich wünschte, es wäre nicht so«, sagte Howard. »Aber das Schicksal fragt uns nicht, was wir wollen. Jemand muss die Verbindung herstellen. Der Time-Master kann nicht nur Dinge sehen, die kommen. Er kann durch die Zeit gehen.«

»Dann spring in der Zeit zurück und …«

»Ein einziges Mal«, fuhr Howard fort. Er hob eine flackernde, halb transparente Hand, die im gleichen Maße an Substanz zu verlieren schien, in der sie sich Robert näherte, brach die Bewegung dann aber im allerletzten Moment wieder ab.

»Es dauert Jahre, die Gabe zu empfangen, und selbst dann ist es gefährlich«, sagte er.

»Dann muss es wohl jetzt schneller gehen«, antwortete Robert.

Howard schwieg. Lange. »Es wird dich töten«, sagte er dann.

»Du meinst, genau wie diese Dinger da draußen?«

»Es ist deine Entscheidung, ganz allein«, beharrte Howard.

»Und wenn ich es nicht tue, geht die Welt unter«, vermutete Robert. Howard sagte nichts dazu, und Robert fuhr mit einem leisen, bitteren Lachen fort: »Dann ist es wohl keine freie Entscheidung.«

Howard sagte auch dazu nichts.

»Tu es«, sagte Robert.

»Du wirst nie erfahren, ob es dein Opfer wert war«, sagte Howard.

»Eure Zeit ist um.« Die Dämonenfrau kam zurück. Sie lächelte böse und wirkte beinahe entspannt, aber in ihrer Schulter klaffte eine bis auf den Knochen reichende Wunde, die sich aber auch im gleichen Moment schon wieder schloss, in dem Robert hinsah. »Möchten Sie, dass Ihr kleiner Freund die Welt rettet, oder soll ich es ihm erklären?«

»Du weißt, dass er es freiwillig tun muss«, antwortete Howard. Das brachte ihm zwar einen bösen Blick der Dämonin ein, aber immerhin verzichtete sie darauf, ihren Worten Nachdruck zu verleihen. Sie wandte sich nur mit einem verächtlichen Lächeln ganz zu Robert um.

»Möchtest du deine Welt retten, kleiner Hexer?«

»Im Prinzip schon«, antwortete Robert.

»Aber?«

»Bist du das, wofür ich dich halte?«

Die Dämonenfrau sah ihn einen weiteren Moment lang nachdenklich an, dann blickte sie ausgiebig und stirnrunzelnd an ihrem perfekten Körper hinab und deutete ein Nicken an. »Wenn du mich für das hältst, wovon ich glaube, dass du mich dafür hältst, dann denke ich, ja.«

»Und warum sollte ich dir dann vertrauen?«

»Weil ich das repräsentiere, was ihr so verächtlich Hölle nennt?« Sie schüttelte den Kopf und lachte böse genug, um sich dadurch einen Großteil ihrer Schönheit zu nehmen. »Aus dem ältesten Grund der Welt, kleiner Hexer. Auch wir wollen leben. Und dazu brauchen wir euch. Es ist wie mit eurem Gott. Wenn es niemanden mehr gibt, der an uns glaubt, dann hören wir auf zu existieren.«

Was schon fast ein Grund wäre, es nicht zu tun, dachte Robert, hütete sich aber, auch nur einen Schatten dieses Gedankens auf sein Gesicht gelangen zu lassen.

»Und was geschieht, wenn ich es tue?«

»Mit dir?« Die Dämonin brachte das Kunststück fertig, sogar noch böser zu lächeln. »Nichts. Außer dass du stirbst, natürlich. Aber wer weiß – vielleicht sehen wir uns ja eines Tages wieder … obwohl ich nicht ganz sicher bin, ob du dich darüber freuen wirst.«

Ein gigantischer Schatten wuchs hinter ihr in die Höhe und griff mit einem ganzen Wald peitschender Tentakel nach ihr. Die Dämonin erledigte das Protomonster mit einer beiläufigen Handbewegung, wobei aus ihren Fingern gleißende Blitze schossen, ohne auch nur hinzusehen, aber ihr Lächeln wirkte plötzlich nicht mehr ganz überzeugend. »Und wenn es dir ein Trost ist, kleiner Hexer: Der Mann, der in diesem Grab liegen wird, ist mehr als nur unser schlimmster Feind. Alle unsere Hoffnungen ausgerechnet auf ihn zu setzen fällt mir ungefähr so leicht wie einen Ball aus Stacheldraht zu schlucken. Also schlag dir deine gerechte Empörung aus dem Kopf, dich ausgerechnet mit den Mächten der Hölle zu verbünden, bevor ich es tue.«

»Es ist nicht so schlimm, Robert«, sagte Rowlf.

»Was?«

»Tot zu sein.«

Robert sah ihn durchdringend an, und plötzlich wurde ihm vieles klar, was so offensichtlich gewesen war, dass er sich verblüfft fragte, wieso er es auch nur eine einzige Sekunde lang nicht hatte erkennen können. »Seit wann?«, fragte er stockend.

Rowlfs Finger tasteten über den hässlichen Riss in seiner Jacke, wo ihn die Degenklinge durchbohrt hatte. »Ich hab dir doch gesagt, dass ich mich zur Ruhe gesetzt hab, oder?«

Er hatte nur nicht erwähnt, dass es so endgültig gewesen war.

»Und wie ... ist es?«

»Tot zu sein?« Rowlf hob die Schultern. »Anders.«

Robert sah zu Howard hoch, dann zu der Dämonin und dann noch einmal und deutlich länger zu Howard. Seine Gestalt begann zusehends zu verblassen, und beinahe hätte Robert gelacht, als er sich an die Worte der Dämonenfrau erinnerte: *Ihr kürzlich verstorbener Freund.* »Anders?«, wandte er sich an Rowlf.

»Ganz anders«, bestätigte Rowlf. »Aber wirklich nicht schlimm. Eher ... interessant.«

»Interessant.« Er sah noch einmal zu Howard hoch. *Interessant?*

Ihm war kalt. Und er war sehr neugierig.

»Tu es.«

Themseufer, London. Morgen

Suko war schnelle Reaktionen von sich gewohnt, doch in diesem Moment überraschte er sich selbst: Seine rechte Handkante landete mit vernichtender Wucht an Bills Halsschlagader, noch bevor er auch nur wirklich den Entschluss dazu gefasst hatte, und praktisch gleichzeitig riss er sich auch schon los, machte einen halben Schritt zurück und ließ die Bewegung in eine blitzartige Drehung münden, an deren Ende sein Fuß schräg nach oben schoss und das Ding, das einmal Bill gewesen war, mit der Gewalt eines Vorschlaghammers unter dem Kinn traf; ein Tritt nicht wie, sondern besser als aus jedem Lehrbuch, der jeden normalen Gegner auf der Stelle ausgeschaltet und mit großer Wahrscheinlichkeit sogar getötet hätte.

Das Ding, das einmal Bill gewesen war, wankte nicht einmal. Ganz im Gegenteil war es Suko, der zurücktaumelte und plötzlich um sein Gleichgewicht kämpfen musste, denn es war, als hätte er gegen eine Wand aus Gummi geschlagen, die seine eigene Kraft verstärkt auf ihn zurückwarf. Irgendwie gelang es ihm, auf den Beinen zu bleiben, aber seine Hand pochte, als wäre sie gebrochen, und sein Fuß schmerzte so sehr, dass er fast unter ihm weggeknickt wäre.

»Ich lasse nicht zu, dass du ihm etwas antust!«, sagte Bill. Nicht einmal seine Stimme klang noch wie seine eigene und genau genommen nicht einmal mehr wie die eines Menschen: ein nasses Rascheln und Schlürfen, dem es mit jeder Silbe schwerer fiel, so etwas wie verständliche Worte zu formen. »Du weißt nicht, was du tust!«

»Bill!«, flehte Suko.

»Niemand darf ihn anrühren!«, fiel ihm Bill mit seiner schrecklich blubbernd-schlürfenden Stimme ins Wort. »Sie werden uns alle retten! Ihr wisst nichts! Nichts!«

Suko fand endlich wieder in einen halbwegs festen Stand zurück und machte rasch noch einen zusätzlichen Schritt nach hinten, um außer Reichweite des schrecklichen Tentakelbündels zu gelangen, zu dem Bills rechter Arm geworden war.

Die Veränderung hielt immer noch an, auch wenn sie sich jetzt eher unter seiner Kleidung zu vollziehen schien, sodass ihm zumindest der allergrässlichste Anblick erspart blieb. Was er sah, war schlimm genug: Bills geliehener Overall zitterte und wogte, als schlügen geballte Fäuste von innen gegen den grünen Stoff, und er konnte auch nicht mehr ganz gerade stehen. Sein rechtes Knie pulsierte, als hätte sich der Knochen darunter entschieden, sich von seinem angestammten Platz zu lösen und seiner eigenen Wege zu gehen, und das Bein selbst schien auch ein ganzes Stück kürzer zu sein als das andere. Und auch sein rechter Arm begann sich nun zu verändern. Irgendwie sah es plötzlich so aus, als verberge sich ein zusätzliches Ellbogengelenk unter dem Ärmel, und etwas wie schwarze Schmiere lief über den Handrücken und tropfte zu Boden. Ihm ins Gesicht zu sehen wagte Suko nicht, aber allein die Vorstellung, welcher Anblick ihn erwarten mochte, weckte ein Gefühl latenter Übelkeit in seinem Magen.

Sukos Hand schloss sich fester um das Silberkreuz.

»Du solltest das nicht tun«, sagte eine Stimme hinter ihm, die zugleich auf dieselbe entsetzliche Weise unmenschlich wie furchtbar vertraut klang. »Er ist immer noch dein Freund. Genau wie ich.«

Suko hatte vor nichts mehr Angst als vor dem, was er erblicken würde, wenn er sich herumdrehte – obwohl er es natürlich wusste. Sein Herz hämmerte zum Zerspringen, und seine Finger schlossen sich so fest um das silberne Kreuz, dass seine Knöchel weiß hervortraten.

»Mir ist klar, dass du mir nicht glauben kannst, aber es ist anders, als du denkst. Wir sind nicht eure Feinde.«

Suko hatte geglaubt, dass es nichts mehr gab, was ihn noch erschrecken konnte, aber natürlich stimmte das nicht.

Das Schlimmste war vielleicht, dass John immer noch John war. Alles an ihm war schwarz – seine Kleider, das Haar und die Haut, selbst das Weiße war aus seinen Augen verschwunden – aber er hatte sich nicht in ein Albtraummonster verwandelt, wie es Bill gerade erging. Darüber hinaus aber war er noch immer er.

Das Schlimme war nicht die Veränderung, die man sah, es war das, was Suko spürte: Die totale Verneinung alles Lebendigen und Fühlenden. Wenn es so etwas wie negatives Leben gab, dann stand es ihm jetzt in Johns Gestalt gegenüber.

»Du hast Shao getötet«, sagte er leise, und das war auch alles, was er jemals zu diesem Ding sagen würde.

»Und es tut mir aufrichtig leid«, antwortete das John-Monster. »Der Wandel ist nicht leicht. Es gibt Konflikte. Widerstrebende Konzepte, die sich ausschließen. Jede Geburt ist schmerzhaft und manchmal mit Opfern verbunden.«

Sukos Hand schloss sich sogar noch einmal fester um das Kreuz, und diesmal spürte er den Schmerz. Aber es war ein guter Schmerz, und statt loszulassen, drückte er sogar noch fester zu, obwohl ihm das Pochen in seiner Hand mittlerweile die Tränen in die Augen trieb, denn vielleicht war es genau diese Pein, die ihn noch davor bewahrte, den Verstand zu verlieren.

»Leg das Kreuz weg«, fuhr John fort, als klar wurde, dass

er keine Antwort bekommen würde. »Du kannst mir damit nicht schaden, und du kannst uns nicht aufhalten. Aber du kannst dir selbst und deinem Freund großen Schaden zufügen, und das wollen wir nicht.«

»Weil ihr ja so große Menschenfreunde seid«, höhnte Suko und verfluchte sich gleichzeitig dafür, überhaupt etwas zu sagen. Welchen Sinn hatte es? Niemand sprach mit dem Tsunami, der die Stadt überrollte.

»Die Menschen haben keine Freunde verdient«, antwortete das John-Ding. »Du hältst uns für Feinde des Lebens? Das sind wir nicht. Der einzige Feind, den das Leben auf dieser Welt hat, ist der Mensch.« Er machte eine ausholende Geste, der ein kurzer Sturm zitternder Schatten folgte. »Wir haben unzählige Welten besiedelt, Suko, aber eure ist die einzige, die von ihren eigenen Bewohnern zugrunde gerichtet wird. Welten die Leben tragen sind unendlich selten. Dieser Planet ist zu kostbar, um ihn euch zu überlassen.«

»Und das gibt euch das Recht, uns alle zu töten?«

»Aber das tun wir nicht«, behauptete das, was einmal John gewesen war. Auf der anderen Seite des Flusses explodierte etwas und schickte eine lodernde Flammensäule hoch in den Himmel, und Suko hätte um ein Haar gelacht. Aber da war zugleich etwas, das ihn irritierte, etwas, das er gesehen oder vielleicht auch nur gedacht hatte. Etwas Wichtiges.

»Ihr werdet nicht sterben. Nicht alle. Nicht einmal viele, verglichen mit dem, was ihr euch selbst angetan habt und noch immer antut.«

Und dann begriff er es; mit solcher Wucht, dass er nur hoffen konnte, dass ihm sein grässliches Gegenüber dieses Begreifen nicht ansah.

»Euer Volk wird weiterleben«, fuhr die John-Kreatur fort. »Nicht in seiner jetzigen Form. Nicht als egoistische, kriegerische Individuen, sondern als Teil unserer Gemeinschaft.« Er deutete auf Bill. »Frag deinen Freund. Er ist noch dort drinnen. Und das wird er immer sein.«

Nur dass wir dann keine Menschen mehr sind, dachte Suko.

Die Kreaturen, die London verheerten und sich anschickten, dasselbe mit der ganzen Welt zu tun, sprachen nicht, und sie dachten nicht, und in ihnen war rein gar nichts Menschliches. Sie waren eine Naturgewalt, eine tödliche, verheerende Macht, deren einziger Daseinszweck es war, sich auszubreiten und alles andere zu verschlingen, und das Ding, mit dem er sprach, hatte nicht viel mit ihnen gemein. Da war noch ein Rest von Menschlichkeit in ihm, ein winziges, verblassendes Echo dessen, was John einmal gewesen war, und dieser Schatten seines früheren Selbst hatte ... Angst?

Angst vor ihm?

Das war lächerlich. Es gab rein gar nichts, was er noch tun konnte. Suko war schon so gut wie tot, schlimmer noch: Sobald diese schreckliche Verhöhnung Johns seine Versuche einstellte, ihn zu Tode zu quatschen, würde auch er sich in ein Ungeheuer wie Bill verwandeln, wenn nicht Schlimmeres. Wovor also sollte sich die John-Kreatur fürchten?

Aber was hinderte ihn eigentlich daran, es herauszufinden? Er hatte nichts mehr zu verlieren.

Suko sprang ansatzlos vor, und er war sogar noch schneller als gerade, als er mit Bill gekämpft hatte. Die kurze Distanz zu John zu überwinden kostete ihn nicht einmal eine halbe Sekunde und das Kreuz in seiner Hand hochzureißen und zuzuschlagen sogar noch weniger Zeit.

Das Ungeheuer in Johns Gestalt versuchte auszuweichen, aber es war geradezu lächerlich langsam, und in dem vorletzten Sekundenbruchteil, bevor das magische Kreuz seinen

Schädel zertrümmerte begriff Suko auch, wovor es Angst hatte.

Im allerletzten Sekundenbruchteil schoss eine schwarze Peitschenschnur aus der Nacht heran, wickelte sich um sein Handgelenk und riss seinen Arm mit solcher Gewalt zurück, dass er spüren konnte, wo seine Schulter ausgekugelt wurde. Der dazugehörige Schmerz kam mit einer guten halben Sekunde Verzögerung, daher aber so schlimm, dass er gellend aufschrie. Das Kreuz entglitt seinen plötzlich kraftlos gewordenen Fingern und klirrte zu Boden, und für einen Moment verschwamm alles vor seinen Augen. Saurer Speichel sammelte sich unter seiner Zunge, und er widerstand gerade noch im letzten Moment dem Impuls, ihn herunterzuschlucken, wodurch ihm vermutlich endgültig übel geworden wäre.

Stöhnend wälzte er sich auf die (unverletzte) Seite, blinzelte die Tränen weg und versuchte sich hochzustemmen, aber der Schmerz war zu schlimm – und das, was er sah, zu erschreckend.

Bill hatte ihn zwar zu Boden geschleudert, doch er schien plötzlich selbst alle Mühe zu haben, sich auf den Beinen zu halten. Sein verwandelter Arm peitschte wild hin und her, und sein ganzer Körper war in Wallung geraten und schien größere Mühe zu haben, die Form zu halten. Auf dem Tentakel, mit dem er Sukos Arm zurückgerissen hatte, glänzte sein Blut, aber das schwarze Protofleisch schien zugleich auch zu kochen. Übelriechender schwarzer Qualm hüllte das groteske Ding ein, das einmal ein Arm gewesen war und sich jetzt in etwas verwandelt hatte, das eher an ineinander verschlungene Schlangen erinnerte. Das Ungeheuer hatte zwar seinen Herrn und Meister gerettet und ihm das Kreuz entrissen, war dabei aber offensichtlich mit dem magischen Talisman in Berührung gekommen, und schon dieser flüchtige Hauch schien tödlich zu sein. Suko konnte sehen, wie sich die Verheerung weiter in seinen zerfließenden Körper hineinfraß und menschliches und außerirdisches Fleisch gleichermaßen zerstörte. Schon nach wenigen Sekunden reichte seine Kraft nicht mehr, um sich aufrecht zu halten. Er fiel schwer auf die Seite, rollte herum und streckte den noch halbwegs menschlich gebliebenen Arm nach Suko aus; in einer Geste, die ebenso gut drohend wie auch verzweifelt flehend war.

Er starb, begriff Suko. Sein verwandelter Körper zerfiel, ausgelöscht durch die bloße Berührung des Silberkreuzes, und was von seinem Freund noch da war, irgendwo tief in der entsetzlichen Kreatur, in die ihn das Gift von den Sternen verwandelte, das verging in diesem Moment.

»Er ist ... noch da«, hauchte er.

Dann starb er, und seine außerirdische Hülle fing mit einem einzigen berstenden Schlag endgültig Feuer und verbrannte binnen weniger Sekunden zu feiner grauer Asche.

Suko ignorierte den pochenden Schmerz in seiner Schulter ebenso wie den Kummer über den Tod seines Freundes und das sichere Wissen, in einer oder zwei Sekunden zu sterben, warf sich herum und nach vorn und sprang mit ausgestreckten Armen zu dem Kreuz. Das John-Ding stieß eine Mischung aus einem erschrockenen Knurren und einem wütenden Bellen aus und jagte auf ihn zu, doch dieses Mal war Suko schneller. Seine Hand schloss sich um das Kreuz, und ein schwarzer Fuß von übermenschlicher Stärke stampfte auf sein Handgelenk herab, brach jeden einzelnen Knochen darin und ließ ihn in reiner Agonie aufbrüllen. Instinktiv warf er sich herum und brachte einen Tritt an, der jeden anderen von den Beinen gefegt hätte, von dem schwarzen Protomonster in Johns Gestalt aber nicht einmal zur Kenntnis genommen wurde. Es verlagerte lediglich sein Gleichgewicht, um ihm einen wuchtigen Tritt in die Seite zu versetzen, der ihm nicht nur mehrere Rippen brach, sondern ihn auch meterweit außer Reichweite des Kreuzes rollen ließ.

»Das war dumm, Suko«, sagte das John-Ding. »Du hast deinen Freund getötet, das ist alles, was du erreicht hast. Du kannst uns nicht mehr aufhalten. Niemand kann das noch. Es geschieht bereits.«

Sein Gesicht ... brodelte. Einen Moment lang schien es seinen Halt zu verlieren, wie eine Maske aus schwarzem Wachs, die im Sonnenlicht schmolz, dann festigte es sich wieder und kehrte in seine ursprüngliche Form zurück. Aber nicht ganz. Das Wesen, in dessen Gesicht Suko jetzt blickte, hatte wieder eine Winzigkeit mehr von dem John verloren, den Suko gekannt hatte.

»Es beginnt, Suko«, sagte John noch einmal. »Du kannst nichts mehr tun. Das konntest du nie. Aber bevor du stirbst, sollst du noch Zeuge werden, wie eine neue Welt entsteht.«

Suko spürte, wie die Wirklichkeit zerriss.

Themseufer, London. Morgen

London brannte. Und es war kein leichter Tod, sondern feurige Agonie und kreischendes Inferno, in dem eine Million verzweifelter Seelen ihre Todesqual in einen Himmel hinaufschrien, der vom flackernden Licht zahlloser Brände und unentwegt aufblitzender Explosionen in die Farbe frischen Blutes getaucht wurde, und auf dem Raketen und grelle Leuchtspurgeschosse ihre lodernden Bahnen zogen. Kaum einen Steinwurf entfernt brannte der Big Ben wie eine monströse Fackel, und etwas Gigantisches und unvorstellbar Böses stieg hinter uns aus den schwarzen Fluten der Themse, die unter seiner bloßen Nähe zu kochen und in grauen Schwaden aufzusteigen begannen. Vor einem Augenblick war ein Kampfjet tief genug über den Fluss hinweggejagt, um mit seiner Druckwelle das Wasser aufspritzen zu lassen, und beinahe gleichzeitig war ein ganzes Geschwader schwarzer Helikopter über das andere Themseufer gedonnert und hatte mit seinen Bordwaffen das Feuer auf etwas im Wasser eröffnet, das mit einem gepeinigten Brüllen darauf antwortete.

Nichts von alledem drang wirklich an mein Bewusstsein. Ich registrierte es, aber ich war unfähig, wirklich zu begreifen, was ich sah und hörte. London starb, und über uns hatte sich der Himmel aufgetan, um den Zorn des Universums selbst auf die Welt herabzuschleudern. Noch war es nur ein winziger Punkt, ein Stern unter Tausenden, dessen Licht nahezu vom Gleißen der brennenden Stadt ausgelöscht wurde, aber sein Funkeln war bösartiger als das aller anderen. Finaler. Und er wuchs.

»Aber das ist unmöglich«, murmelte Jarvin neben mir. Ich registrierte überhaupt erst jetzt, dass ich nicht allein war. Sowohl er als auch Saron waren mit mir durch die Zeit gestürzt und richteten sich benommen neben mir auf; oder zumindest Saron. Jarvin hatte sich halb aufgesetzt und starrte aus aufgerissenen Augen in den Himmel.

»Das ... das kann nicht sein«, stammelte er. »Wie ...?«

»Sein Ziel war niemals ihr albernes Luftschiff, Ratsherr«, sagte Saron. In seiner Stimme war ein sonderbarer Unterton, der mich trotz allem den Blick von dem bösartigen Funkeln am Himmel losreißen und ihn ansehen ließ. Vor allem die Art, eie er das letzte Wort aussprach. »Sie haben ihn geschickt, um John zu töten.«

»Was soll das heißen?«, fauchte Jarvin, »und wieso ...«

Er sprach nicht weiter, und das konnte ich auch gut verstehen. Saron war zwei oder drei Schritte weit zurückgewichen und hatte sich ganz zu Jarvin herumgedreht. Seine Waffe zielte auf sein Gesicht.

»Was ...?«, setzte ich noch einmal an, und Saron machte eine winzige, drohende Bewegung mit seinem Gewehr, die mich abermals verstummen ließ.

»Sie haben nicht wirklich geglaubt, dass die Geschehnisse der letzten Tage Zufall waren, oder?«, fragte er. »So dumm können nicht einmal Sie sein.«

Jarvin japste hörbar nach Luft, aber er fing sich auch schnell wieder. »Was soll das?«, schnappte er. »Was fällt dir ein, so mit ...«

Saron drückte ab, und ein einzelner Blitz traf Jarvins linken Arm und trennte ihn dicht unterhalb des Ellenbogens ab. Jarvin kippte ohne einen Laut nach hinten und krümmte sich, und ich war mit einem einzigen Satz auf den Beinen und bei ihm. Kaum eine Sekunde war vergangen, und trotzdem hatte sich bereits eine Blutlache unter ihm gebildet, die mit erschreckender Schnelligkeit größer wurde. Der Ratsherr lag auf der Seite und hatte den verstümmelten Arm an den Körper gepresst. Seine Augen standen offen, waren aber glasig, und er zitterte am ganzen Leib.

»Hast du den Verstand verloren?«, keuchte ich. Einen Moment lang versuchte ich, die Blutung mit bloßen Händen zu stoppen, dann meldete sich mein Verstand zu Wort, und ich sah hektisch an mir hinab und suchte nach irgendetwas, womit ich den Arm abbinden konnte.

»Spar dir die Mühe«, sagte Saron kalt. »Du tust ihm keinen Gefallen damit. Und in drei oder vier Minuten ist sowieso alles vorbei.«

Er hatte Recht, und auch wenn ich nicht einmal glaubte, dass uns noch so viel Zeit blieb, verschwendete ich trotzdem noch etliche kostbare Sekunden damit, eine der zahllosen Schnallen meines Kampfanzugs zu lösen und den Armstumpf damit unbeholfen abzubinden. Ohne sonderlichen Erfolg.

»Warum?«, fragte ich schließlich, nachdem ich die Sinnlosigkeit meines Tuns eingesehen hatte und zu ihm hochsah.

»Weil ich seit dreißig Jahren auf diesen Moment warte«, antwortete Saron, »Ich hätte mir gewünscht, dass es länger dauert, aber …«

»Das meine ich nicht.«

Saron sah mich einen Moment lang auf eine sehr sonderbare Art an. Seine Waffe deutete jetzt auf mich, aber das nahm ich kaum zur Kenntnis. Irgendwie spürte ich, dass er nicht abdrücken würde. Und selbst wenn … es spielte wohl kaum noch eine Rolle.

»Weil wir in ihrer Welt nicht mehr leben wollen«, antwortete er schließlich. »Vielleicht wollen wir keine Zombies mehr sein.«

Es dauerte noch einmal lange Sekunden, bis ich wirklich begriff, was diese Worte bedeuteten, obwohl es im Grunde gar nichts daran zu deuteln gab. Vielleicht war der Gedanke einfach zu monströs, um ihn auch nur zu denken.

»Du arbeitest für sie?« Auch nur die Worte auszusprechen kostete mich fast all meine Kraft. »Für diese ... Monster?«

»Nicht nur ich«, bekannte Saron. »Wir haben Jahrhunderte für Monster gearbeitet, die uns Zombies nennen und uns schlechter behandeln als ihre Maschinen und Haustiere. Was erwartest du? Loyalität?«

»Dir ist doch klar, dass sie euch betrügen.«

»Warum sollten sie?«, erwiderte Saron und schüttelte zusätzlich bekräftigend den Kopf. »Wir sind keine Gefahr für sie. Wir werden nie genug sein, um den Aufwand eines Krieges gegen uns zu rechtfertigen. Unsere Art wird irgendwann den natürlichen Weg aller Dinge gehen und verschwinden, und dann gehört ihnen diese Welt allein. Zeit hat keine Bedeutung für sie. Sie sind es gewohnt, in Jahrmillionen zu rechnen.«

Ich fragte mich, ob er diesen Blödsinn tatsächlich glaubte, verzichtete aber darauf, die Frage laut auszusprechen, sondern sah stattdessen traurig auf den sterbenden Ratsherrn hinab. Wie verzweifelt musste ein ganzes Volk sein, sich gegen seine eigene Art zu wenden und einer Macht zu vertrauen, die die Bedeutung des Wortes Wahrheit nicht einmal kannte?

Ich sah wieder zu Saron hoch. Seine Waffe zielte noch immer auf mein Gesicht, aber mein Blick suchte den winzigen bösen Stern ein kleines Stück über seiner linken Schulter. Er war näher gekommen.

»Du weißt, dass du ebenfalls sterben wirst«, sagte ich.

»Ja«, antwortete Saron teilnahmslos. »In exakt dreieinhalb Minuten, um präzise zu sein. Aber das war es mir wert.«

»Mich sterben zu sehen?« Jetzt wusste ich, dass er verrückt war. Allerdings war das auch kein großer Trost.

»Dabei zu sein, wenn es beginnt«, antwortete er. »Und außerdem werde ich wiedererweckt.«

»Du wirst trotzdem tot sein, Saron«, sagte ich, während ich einen weiteren raschen Blick auf den heranrasenden Todesstern warf. Meine Gedanken rasten, was strenggenommen lächerlich war. Es gab rein gar nichts mehr; was ich noch tun konnte. »Jemand wird wieder aufwachen. Jemand mit deinem Gesicht, mit deinem Körper und deinen Erinnerungen, das ist wahr. Aber das wirst trotzdem nicht mehr du sein. Nicht der Saron, mit dem ich gerade rede.«

Darüber musste er einen Moment nachdenken, hob aber schließlich nur die Schultern. »Selbst wenn es so wäre, hätte ich es nicht ändern können. Niemand hätte das gekonnt.«

»Weil du an die Vorsehung glaubst?«

Saron tat mir sogar den Gefallen, flüchtig zu lächeln, und bedeutete mir zugleich mit einer Kopfbewegung aufzustehen. Ich gehorchte, wenn auch erst nach einem kurzen Zögern und mit schlechtem Gewissen, Jarvin im Stich zu lassen.

»Ich habe die Bilder gesehen, die Oculus aufgefangen hat«, antwortete er dann. »Genau wie du, John.« Er machte eine deutende Geste hinter sich. »Das hier. Dich, mich und der bedauernswerte Ratsherr. Verstehst du? Es ist schon geschehen. Wir sind in der Vergangenheit, und niemand kann das ändern, was bereits geschehen ist.«

»Und haben wir das da auch gesehen?«, fragte ich mit einer Geste auf den Himmel. Apophis war noch einmal größer geworden und mittlerweile der hellste Stern am Himmel.

»Die Aufnahme hat nur uns gezeigt«, antwortete er, »nicht den Himmel.«

Da war ein Fehler in seiner Argumentation, aber ich kam

nicht darauf welcher. Etwas stimmte nicht, das war alles, was ich wusste, das aber mit vollkommener Gewissheit.

»Aber wir waren in London, noch vor ein paar Augenblicken«, sagte ich. »Im London deiner Zeit, Saron.«

»Das ist mir aufgefallen«, antwortete er.

»Und genau das ist unmöglich«, erwiderte ich mit einer neuerlichen Geste in den Himmel hinauf. Etwas explodierte hinter dem Horizont, vermutlich noch keine Atombombe, aber etwas, das ihr nahekam. »London existiert in deiner Zeit noch, Saron, wenn auch nur als Ruine. Dieses Ding dort oben ist größer als der Mount Everest. Es wird nicht nur London zerstören, sondern ganz England von der Landkarte sprengen. In deiner Zeit dürfte hier nur noch ein Krater sein, ungefähr eine halbe Meile unter der Meeresoberfläche.«

»Davon verstehe ich nichts«, antwortete Saron ausweichend und ein wenig verunsichert. »So etwas ist noch nie passiert. Wer will schon sagen, wie das wirklich abläuft?«

»So etwas ist noch nie passiert? Natürlich ist es ...«

»Und es spielt auch keine Rolle mehr.« Saron schnitt mir mit einer unwirschen Geste das Wort ab. »Wir sollten ein paar Schritte zurückgehen. Es geschieht gleich, und du willst es doch nicht verpassen, oder? Wann bekommt man schon die Chance, den Beginn einer neuen Zeit mitzuerleben.«

Saron hängte sich wortlos das Gewehr über die Schultern und entfernte sich ein paar Schritte, und nach weiteren fünf oder zehn Sekunden folgte ich ihm, warf dabei aber noch einen Blick in den Himmel. Apophis war zur Größe einer Münze angeschwollen und loderte jetzt in einer Mischung aus Rot und Orange und einem boshaften höllischen Blau.

»Wenn es dir ein Trost ist, John«, sagte Saron, »du hättest es beinahe geschafft.«

»Was?«, fragte ich verdutzt.

»Sie haben ihre Pläne um mehr als ein Jahrhundert vorgezogen, nachdem sie von deinem Auftauchen erfahren haben. Und ich glaube, mit dem großen Stein dort oben wollten sie eigentlich auch nach etwas Anderem werfen. Ich hätte es nicht für möglich gehalten, aber sie haben wohl Angst vor dir.«

»Vor mir?«

»Vielleicht vor dem, was du bist ... oder etwas, das du tun könntest. Aber das ist nicht mehr wichtig. Es beginnt.«

Er deutete auf das London-Eye. Im ersten Moment verstand ich nicht, was er meinte, doch dann begann die Luft im Inneren des gewaltigen Rades zu flimmern, anfangs wie ein Hitzeschleier über heißem Asphalt in der Wüste, aus dem rasch ein Wabern und Wogen wurde, in dem der Blick keinen Halt fand, sodass mir schon nach einer Sekunde schwindelig und nach der zweiten ernsthaft übel zu werden begann. Etwas geschah, nicht nur im Inneren des gigantischen Runds, in dessen Zentrum nun ein Punkt absoluter Schwärze erschien, sodass es jetzt tatsächlich an das riesige Auge erinnerte, dem es seinen Spitznamen verdankte, sondern auch in mir. Da war plötzlich etwas Neues, das nicht dort sein sollte und das ich mit jeder Sekunde deutlicher fühlte, sowohl körperlich als auch auf eine vollkommen andere, fremde Weise, wie ich es noch nie zuvor im Leben gespürt hatte.

Dann wurde aus dem Wogen ein Sturm, und in der nächsten Sekunde ein Orkan. Die Wirklichkeit faltete sich auf unmögliche Art in sich zusammen, zerbrach und formte sich vollkommen falsch neu, und dann stanzte etwas mit unvorstellbarer Gewalt ein Loch in die Realität, wo einen halben Lidschlag zuvor noch das wirbelnde Licht im Inneren des London-Eye gewesen war.

Robert! Jetzt! Lauf!

Ich hatte noch immer keine Ahnung, wer dieser Robert war, aber ein einziger Blick nach oben überzeugte mich auch davon, besser auf die lautlose Stimme in meinen Gedanken zu hören. Apophis war mittlerweile halb so groß wie der Mond, und sein loderndes Höllenlicht überstrahlte selbst den roten Widerschein der Brände am Himmel.

Ich stürmte los.

Vielleicht zu spät.

Wir brauchten nur wenige Sekunden, um das Auge und damit den Abgrund zu erreichen, der in der Wirklichkeit klaffte, doch fast als hätte er bemerkt, dass ihm seine Beute im letzten Augenblick noch zu entkommen drohte, schien Apophis seine Anstrengungen zu verdoppeln, um uns doch noch einzuholen, und fiel wie ein abstürzender Berg auf die Erde herab. Alles wurde rot, dann gelb und schließlich weiß, und ein ungeheuerliches Brüllen hob an, dessen Lautstärke allein ausgereicht hätte zu töten, wären wir ihm auch nur eine einzige Sekunde länger ausgesetzt gewesen, gefolgt von einem Schwall ungeheuerlicher Hitze, die mein Haar verkohlte und meine Lunge zum Schwelen bringen wollte. Rings um uns herum fing die Luft Feuer, und die Erde erbebte wie unter dem Hammerschlag eines zornigen Gottes, und gerade als ich in die wirbelnde Schwärze des Auges sprang, sah ich, wie das Wasser der Themse zu kochen begann und sich dann in tausend Grad heißen Dampf verwandelte, gemartert von der Hitze des explodierenden Sterns am Himmel und dem Höllenfeuer aus dem Inneren der Erde, die sich unter ihm auftat. Die Hitze stieg noch einmal an, verbrannte mein Gesicht und meine Hände und brachte mein Blut zum Sieden – und verschwand.

Es war das Bizarrste, das ich je erlebt hatte. Die Zeit blieb stehen, für einen einzigen endlosen Moment, schüttelte sich wie ein waidwundes Tier, und ein Geräusch erklang, als stöhne die Schöpfung selbst unter der Gewalt, die ihr angetan wurde.

Dann begann sie rückwärtszulaufen.

Nach einer letzten Sekunde der Höllenqual erloschen die Schmerzen, meine Hände und mein Gesicht hörten auf zu brennen, und das grausame Licht, das meine Augen geblendet hatte, verblasste und kroch in den Himmel zurück. Schatten begannen rings um uns herum zu tanzen, in der Zeit verzerrte Echos von Dingen, die gewesen waren, und plötzlich brodelte der Platz vor dem Eye vor schwarzen, Tentakel schwingenden, schnappenden und geifernden Ungeheuern, hunderten, tausenden und hunderttausenden schwarzer Protomonstern, eine unendliche Flut, die rückwärts aus den Ruinen der Stadt auftauchte und sich in den Tunnel durch das Sein zurückzog, eine unvorstellbare Masse, die über uns hinwegschwappte, ohne uns auch nur zu berühren.

Weiter! Du darfst nicht stehenbleiben! Wenn du anhältst, ist alles verloren!

Ich meinte eine Gestalt zu sehen, eine schmale, vom Alter gebeugte Gestalt mit grauem Haar und krankem Gesicht, die in nicht existierender Entfernung am Ende des Tunnels stand und mir zuwinkte, aber sie löste sich in einem Strudel aus zerbrochener Realität auf, bevor ich sie wirklich erkennen konnte, und der Irrsinn ging weiter. Die Ungeheuer waren verschwunden, zurückgekrochen in den Abgrund des Wahnsinns, aus dem sie hervorbrechen würden, Explosionen erschienen als mattrotes Glühen am Himmel und verdichteten sich zu Wolken aus Feuer und schwarzem Qualm, ehe sie in grellen Blitzen erloschen, und ich meinte, Menschen zu erkennen, die mir auf unmögliche Weise vertraut vorkamen und kämpften, und dann erschien die gebeugte Gestalt noch einmal, weiter vor uns und nun tatsächlich kaum mehr als ein Gespenst, durch das das Licht schimmerte.

Fang es auf!

Ohne auch nur genau zu wissen, wieso, hob ich den Arm.

Themseufer. London. Morgen

Suko konnte fühlen, wie das Leben aus ihm herauslief; aus einem Dutzend mehr oder weniger tiefen und schmerzhaften Wunden, die er davongetragen hatte. Tief in seinem Innersten begann sich eine Dunkelheit zu regen, die die Erlösung von körperlicher Pein und barmherziges Vergessen versprach.

Er hätte nichts lieber getan, als dieser Verlockung nachzugeben, hätte er nicht zugleich gespürt, dass da noch etwas auf ihn wartete. Etwas das noch zu erledigen war.

Blaues Licht drang durch seine geschlossenen Lider, und plötzlich hatte er am ganzen Leib ein Gefühl wie kribbelnde Ameisen, und ein tiefes, elektrisches Brummen erklang. Als er sich zwang, die Augen aufzuschlagen, sah er blaues Elmsfeuer über das Metallgerüst des London-Eye huschen, und zugleich erwachte im Zentrum des gewaltigen Rades eine wirbelnde Dunkelheit, als versuche etwas, ein Loch in die Realität zu stoßen.

»Warum ... tust du das, John?«, hörte er sich selbst flüstern.

Er hatte nicht damit gerechnet, aber die schwarze Höllenkopie seines Freundes drehte sich noch einmal zu ihm herum und sah aus Augen auf ihn herab, deren Blick seine Seele verbrannte. Er sagte nichts. Vielleicht konnte er es auch gar nicht mehr, denn seine Gestalt begann mehr und mehr von ihrer Menschlichkeit zu verlieren, obwohl sie sich zugleich nicht im Geringsten zu verändern schien – aber in seinen Augen war etwas Neues, eine lebendige Schwärze, die nur darauf wartete, hervorzubrechen und alles zu verschlingen, was atmete und fühlte.

»Shao«, flüsterte Suko. »Warum hast du ... Shao umgebracht?«

Aus dem blauen Elmsfeuer wurde ein Gleißen. Funken sprühten, und es roch nach schmelzendem Lack und heißem Metall. Zuerst eine, dann noch eine und schließlich eine dritte Gondel fingen krachend Feuer, und aus der Dunkelheit im Herzen des Auges wurde ein Wirbel, der sich rasend schnell ausbreitete und zu einem Schlund wuchs, der nicht nur direkt bis ins Herz der Hölle hinabführte, sondern zu einem viel schlimmeren Ort.

Das Ding, das einmal John gewesen war, machte einen schwerfälligen Schritt in seine Richtung und blieb zitternd wieder stehen, wie von unsichtbaren Kräften gehalten, die ihn in verschiedene Richtungen zugleich zu zerren versuchten. Die Düsternis in seinen Augen wurde verzehrender, aber darunter, noch einmal tiefer und bereits im Verblassen begriffen, war noch etwas anderes, ein grausamer Schmerz, der sich daranmachte, auch noch den Rest dessen zu verschlingen, was einmal John gewesen war.

Aber noch war es da. Wenn auch nicht mehr als ein schwaches Echo seines früheren Selbst, so war es dennoch so, wie Bill es gesagt hatte: Etwas von dem, was John einmal ausgemacht hatte, war noch da, auch wenn es von Sekunde zu Sekunde schwächer wurde.

»Shao«, sagte Suko noch einmal. Das Sprechen fiel ihm zusehends schwerer. Nicht nur Johns Zeit lief ab. »Sie war ... deine ... Freundin. Sie hat dich ... geliebt, John, auf ihre Art. Und du sie auch, das weiß ... ich. Warum hast du sie getötet?«

Er bekam keine Antwort und hatte auch nicht damit gerechnet. Das John-Monster stand einfach nur da und sah auf ihn herab. Vielleicht wollte er ihm beim Sterben zusehen. Aber das war ihm mittlerweile auch schon egal. Bei aller Feindseligkeit und allem Erschreckenden war da noch eine ganz schwache Spur des alten John tief am Grunde dieser seelenlosen schwarzen Augen.

»Du hättest sie nicht umbringen müssen, um das hier ... zu erreichen.«

John schwieg weiter. Der Tunnel hinter ihm weitete sich und wurde länger, und nun glaubte Suko eine Bewegung darin zu erkennen, zwei oder drei Männer, die aber zu weit weg waren und zu unscharf, um sie zu erkennen. Aber etwas an ihnen war falsch, und nach einer weiteren Sekunde begriff er auch was: Sie bewegten sich abgehackt und ruckelnd wie in einem hundert Jahre alten rückwärtslaufenden Stummfilm.

»Shao«, brachte John mit einer schrecklich verzerrten Stimme heraus. Unendlich langsam und wie gegen unsichtbare Ketten ankämpfend, an deren Ende Riesen zerrten, drehte er sich herum und sah in den brodelnden Tunnel, an dessen Ende nun noch etwas Anderes erschien, eine zischende, geifernde Meute, die wie ein Welten verschlingender schwarzer Tsunami heranraste.

»Shao?«, krächzte John noch einmal. Er sah erneut auf Suko herab, und in seinen Augen erschien ein Schmerz, der die Grenzen des Vorstellbaren überstieg. »Es tut mir leid ... so leid«, sagte er. Etwas Neues und zugleich Vertrautes erschien in seinem Blick, vielleicht ein letztes Aufbäumen des John, der er einmal gewesen war und der noch immer tief in ihm existierte, eine schreiende Seele, die im Gefängnis ihrer eigenen Gedanken eingesperrt und dazu verdammt war, hilflos dabei zuzusehen, wie alles zugrunde ging, was er jemals gekannt und geliebt hatte.

Die schwarze Flut raste heran, näherte sich immer schneller und verschlang die drei einsamen Gestalten, ohne sie dabei wirklich zu berühren. John sah über die Schulter zu Suko, dann wieder der heranrasenden Meute entgegen, und schließlich machte er einen Schritt zur Seite, ließ sich in die Hocke sinken und streckte die Hand nach dem Silberkreuz aus.

»Es tut mir so leid«, wiederholte er. »Bitte verzeih mir, Suko.« Damit schloss sich seine Hand um das Kreuz.

Ein durchdringendes Zischen erklang, Funken stoben, und übelriechender grauer Rauch stieg von seiner schmelzenden Hand in die Höhe. Ein schriller, trällernder Schrei kam über seine Lippen, der rein gar nichts Menschliches mehr hatte. Seine linke Hand schoss vor und umklammerte das andere Handgelenk, wie um sich selbst von dem abzuhalten, was er tat. Seine Hand brannte jetzt. Kochender schwarzer Morast tropfte in zähen Fäden zu Boden, und Flammen tanzten an seinem Arm nach oben und breiteten sich rasend schnell über seinen ganzen Körper aus, um ihn ebenso schnell und gründlich zu verzehren, wie sie es gerade mit Bill getan hatten.

Aber die Zeit, die John noch blieb, reichte ihm, um auszuholen und das Kreuz einer herantobenden Bestie entgegenzuschleudern – ein finales, trotziges Aufbäumen dessen, was einmal John Sinclair gewesen war, und das sich mit seinem letzten Atemzug und der Kraft seines unwiderruflich letzten Gedanken gegen die finstere Macht aufbäumte, die seine Menschlichkeit verzehrte.

Das Kreuz traf das heranrasende Protomonster wie ein silberner Blitz, verwandelte es in einen Geysir aus auseinanderspritzendem schwarzem Morast, in dem es sich aufwärtsbewegte und in den tobenden Wirbel hineinraste.

Für einen Moment kam es Suko vor, als wäre dort noch eine zweite Gestalt, ein zweiter und unversehrter, auf sonderbare

Weise vollkommen *anderer* John, der am anderen Ende des Universums und der Zeit stand und den Arm hob.

Dann flammte das John-Ding grellweiß auf und zerfiel zu Asche. Nur einen Atemzug später war die schwarze Meute heran und überrollte auch Suko.

Sein allerletzter Gedanke galt John.

Er verzieh ihm.

Chicxulub, Yucatan. 67.234.678 bc

Ein silbernes Kreuz landete mit einem hörbaren Klatschen und solcher Wucht in meiner ausgestreckten Hand, dass mein Arm zurückgerissen wurde und ich es um ein Haar fallengelassen hätte, hätten sich meine Finger nicht ohne mein Zutun blitzartig um das kostbare Artefakt geschlossen. Und es war nicht irgendein Kreuz, es war mein Kreuz, jener uralte magische Talisman, der Zeit meines Lebens meine mächtigste Waffe im Kampf gegen die Mächte jener fremden Dimension gewesen war, die von den meisten einfach nur Hölle genannt wird. Hergestellt vom Propheten Hesekiel in babylonischer Gefangenschaft, lange bevor das Kreuz durch das Opfer eines bestimmten Nazareners zum Symbol des Guten geworden war.

Verblüfft fragte ich mich, wie es hierherkam, wagte es aber zugleich auch nicht, diesem Gedanken weiter zu folgen, denn ich hatte das Gefühl, für einen einzigen Augenblick etwas gesehen zu haben, das diese Frage beantwortete – und das mir ganz und gar nicht gefiel.

Stattdessen konzentrierte ich mich darauf, das Kreuz noch fester zu halten und auf gar keinen Fall langsamer zu werden. Etwas geschah mit dem Tunnel aus Nichts, durch den Saron und ich stürmten. Blaues Elmsfeuer tanzte über meinen Körper und sprang knisternd und Funken sprühend zwischen Saron und mir hin und her, und mal hatte ich das Gefühl, dass der Tunnel sich im nächsten Augenblick auflöste, mal schien er sich bis in die Unendlichkeit und darüber hinaus auszudehnen. Ich hatte nicht vergessen, was die Stimme zu mir gesagt hatte. Ich durfte auf gar keinen Fall stehen bleiben.

Ich war nicht einmal sicher, ob ich es überhaupt konnte, denn Saron und ich wurden von einer gewaltigen Kraft weitergerissen, der keiner von uns etwas entgegenzusetzen hatte. Jahrhunderte und Jahrmillionen wirbelten an uns vorbei, Millionen von Meilen und Möglichkeiten und Dinge, die niemals sein würden oder werden durften. Irgendwo weit vor uns war jetzt ein winziger Fleck hellen Tageslichts, der allmählich größer wurde, mit dessen Farbe aber etwas nicht stimmte, und aus dem stöhnenden Laut war längst ein Heulen und Tosen wie vom schlimmsten aller nur vorstellbaren Stürme geworden.

Vielleicht war es einzig mein magisches Kreuz, das mich noch am Leben und halbwegs bei Verstand hielt, denn ich spürte nur zu deutlich, wie der Wahnsinn mit unsichtbaren Krallen an meinem Verstand zerrte. Ich stürzte weiter durch die Zeit und die Möglichkeiten, und es war ein Weg, der nicht für den Geist des Menschen gedacht war. Ich hörte Saron irgendwo hinter mir schreien, und ich wagte mir nicht einmal vorzustellen, wie er sich fühlen mochte, ohne den magischen Schutz des Kreuzes. Etwas zerrte an mir. Es war, als zöge sich die Wirklichkeit zusammen, um mich auszuspucken und dorthin zurückzubefördern, wo ich hergekommen war, und ich begann immer schneller in eine Richtung zu stürzen, die es gar nicht gab.

Es war das Kreuz, das mich rettete, seine uralte magische Macht, die sich gegen die fremde Magie stemmte, die aus einem anderen Universum in das unsere herüberdrängte. Es war ein Kampf der Titanen, das Ringen zweier Urgewalten, jede so mächtig wie die Schöpfung selbst, der sie entsprungen war. Das Kreuz in meiner Hand wurde warm, dann heiß, und ich meinte die Wellen unwiderstehlicher magischer Kraft beinahe sehen zu können, mit denen es sich gegen diese fremde, falsche Magie wehrte – und am Ende gewann. Irgendwann war es vorbei, wenigstens für mich. Unter mir war plötzlich nichts mehr, und mir blieb nicht einmal genug Zeit, um wirklich zu erschrecken, da fiel ich auch schon aus vier oder fünf Metern Höhe auf einen Boden, auf dem ich mir nur deshalb nicht alle Knochen brach, weil er mit einer dicken Gummischicht bedeckt war. Grelles Scheinwerferlicht stach in meine Augen, und die Luft roch nach einer absurden Mischung aus Kräutern und stechender Chemie. Meine Schläfe prallte mit solcher Wucht gegen etwas Hartes, dass ich für die nächsten Sekunden voll und ganz damit beschäftigt war, bei Bewusstsein zu bleiben. Es gelang mir, auch wenn es mich weitere wertvolle Augenblicke kostete, und als ich wieder halbwegs klar sehen (und denken) konnte, begriff ich zweierlei: Ich war nicht auf eine Gummimatte gefallen, sondern auf eine dicke Schicht aus intensiv grünem Moos, die meinem Aufprall die ärgste Wucht nahm, und das grelle Licht, das mir in die Augen stach, war kein Scheinwerfer, sondern eine Sonne, die viel zu hell war und von einem unnatürlich blauen Himmel schien. Benommen drehte ich mich ganz auf den Rücken, hielt nach Saron Ausschau und stellte fest, dass er nicht da war, also stand ich vollends auf und unterzog mein neue Umgebung einer etwas aufmerksameren Musterung. Ein kleines Stück hinter mir stieg der Boden zu einer drei oder vier Meter hohen Böschung an, über der die Luft flimmerte. Das musste wohl das Ende des Tunnels sein, durch den wir gestürzt waren.

Genau in diesem Moment ertönte über mir ein schrilles Kreischen, ein Laut, wie ich ihn noch nie zuvor gehört hatte, genauso wenig wie irgendein anderer Mensch auf der Welt.

Als ich den Kopf in den Nacken legte und nach oben sah, wusste ich endgültig, dass wir nicht mehr in unserer Zeit waren, und auch nicht mehr in der von Saron und Jarvin, denn in beiden gab es keine leibhaftigen Drachen.

Hier vermutlich auch nicht, denn die Kreatur, die über den viel zu blauen Himmel über uns glitt, war kein Drache, sondern etwas viel Bizarreres.

Es war ein Pteranodon, einer jener legendären Flugsaurier, die die meisten von uns schon einmal im Kino, in Büchern und im Fernsehen gesehen haben, aber noch kein Mensch mit eigenen Augen.

Und er war nicht der einzige. Ein zweites, etwas leiseres Kreischen antwortete auf den schrillen Ruf des Drachen, und als ich mich in die entsprechende Richtung drehte, erblickte ich einen ganzen Schwarm der geflügelten Ungeheuer weit draußen über einem Meer, das das Licht der lodernden Sonne hell genug reflektierte, um mir die Tränen in die Augen zu treiben. Ich hatte mich nicht nur in der Zeit bewegt, wie es schien. Der Ozean erstreckte sich bis zum Horizont und wahrscheinlich noch weit drüber hinaus. Zur Linken, ein ganzes Stück entfernt und mit Farben, die mir wie alles hier gerade eine Spur zu intensiv vorkamen, um noch natürlich zu wirken, erhoben sich die Wipfel eines dichten Waldes, der sich bis ans Meer heranschob, in der anderen Richtung türmten sich gewaltige Fels- und Steingebilde, die das Ufer wie die Zinnen und Türme einer trutzigen Burg überragten. Etwas bewegte sich im Wasser, gerade weit genug entfernt, um es nicht wirklich erkennen zu können, aber es war immens groß.

Ich spürte ein sonderbares Ziehen, drehte mich herum und wurde mit einem höchst erstaunlichen Anblick belohnt, nämlich dem von Saron, der inmitten des Bereiches hitzeflimmernder Luft aus dem Nichts erschien, eine Art grotesker Schwimmbewegung machte und dann kopfüber die Böschung herunterpurzelte. Er schlug hart auf, aber das Moos dämpfte seinen Aufprall genau wie bei mir gerade, und er blutete zwar aus einer hässlichen Platzwunde an der Schläfe, wirkte darüber hinaus aber nur ein bisschen benommen.

»Schön, dass du auch schon kommst«, sagte ich.

»Auch schon?« Saron blinzelte. »Heißt das, du bist schon länger hier?«

»Eine ganze Weile«, log ich. »Anscheinend legt nicht jeder den Weg gleich schnell zurück.«

Saron dachte sichtlich einen Moment lang über diese Behauptung nach, hob dann die Schultern.

»Dieses Kreuz«, murmelte Saron, »was ... ist das? Wo kommt es her?«

»Das ist eine lange Geschichte«, antwortete ich ausweichend, und ohne zu ihm zurückzusehen. Auch wenn ich das Gefühl hatte, dass mir Zeit genug bleiben würde, jede Geschichte zu erzählen, die mir nur einfiel.

Schließlich wandte ich mich dem Kreis aus hitzeflimmernder Luft über der Böschung hinter uns zu. Er kam mir größer vor als sein Gegenstück in der Zukunft, und der Wirbel schien sich in die entgegengesetzte Richtung zu drehen. Dahinter bewegte sich etwas, aber es war unmöglich zu sagen was, denn es schlug dem Blick immer wieder ein Schnippchen.

Ich ergriff das Kreuz noch fester und begann die Böschung hinaufzusteigen, blieb aber schon nach zwei Schritten erschrocken wieder stehen, als etwas Winziges mit entschieden zu vielen Beinen unmittelbar vor meinen Füßen aus dem Moos sprang und mit einem protestierenden Pfeifen im Gebüsch auf der linken Seite verschwand. Für eine halbe Sekunde. Dann kam es zurück, jagte Haken schlagend zwischen Saron und mir hindurch und war endgültig verschwunden, und aus dem Gebüsch tauchte ein Ungeheuer wie aus dem übelsten aller üblen Träume auf.

Es war ein Dinosaurier. Vielleicht auch ein Vogel. Oder eine Mischung aus beidem. Oder auch etwas, das weder mit dem einen noch dem anderen verwandt war und von dem noch nie ein Mensch etwas gehört hatte, geschweige denn gesehen. Ein gutes Stück größer als ein Truthahn und mindestens doppelt so hässlich rannte er noch zwei hoppelnde Schritte hinter seiner Beute her und stoppte dann mitten in der Bewegung. Er sah verdutzt aus, wich schließlich wieder einen halben Schritt zurück und erstarrte dann abermals mitten in der Bewegung, einen Fuß noch halb in der Luft und mit schräg gelegtem Kopf. Er sah ein bisschen komisch aus, fand ich, schon beinahe drollig.

Jedenfalls so lange, bis mir das tückische Funkeln in seinen beunruhigend klugen Augen auffiel und die mörderischen Krallen an seinen dreizehigen Truthahnfüßen, und er die seltsame Mischung aus Schnabel und Maul öffnete, sodass ich das Ehrfurcht gebietende Gebiss aus Dutzenden nadelspitzer Zähne sah.

»Was ist denn das?«, entfuhr es Saron.

»Etwas, das vermutlich kein großer Freund von Thanksgiving wäre, wenn es davon wüsste«, antwortete ich. Saron sah mich nur fragend an, und das groteske Wesen legte den Kopf auf die Seite, stieß einen seltsamen keckernden Laut aus, wie um sich über diese Respektlosigkeit zu beschweren. Auch in meinen eigenen Gedanken war plötzlich eine Stimme, die mich fast empört fragte, ob ich diesen Moment wirklich passend für dumme Scherze hielt. Sie hatte recht, aber ich konnte trotzdem nicht anders, als direkt an den seltsamen Sauriervogel gewandt fortzufahren:

»Kumpel, wenn du wüsstest, was die Zukunft für deine Nachfahren bereithält, würde dich wahrscheinlich glatt der Schlag treffen.«

Der Saurier legte den Kopf auf die andere Seite und sah ein bisschen beleidigt aus, beugte sich aber zugleich auch ein Stück vor und erinnerte sich endlich daran, auch den zweiten Fuß wieder auf den Boden zu setzen. Zugleich schob er zwei lächerlich kleine Ärmchen nach vorne, die ich bisher für Flügel gehalten hatte, denn sie waren mit dicken, flauschigen Federn besetzt. Eigentlich hätte er nun vollends albern aussehen sollen, aber das tat er nicht. Ganz im Gegenteil konnte ich selbst spüren, wie das spöttische Lächeln auf meinem Gesicht gefror, als ich die mörderischen Klauen sah, in denen diese plötzlich gar nicht mehr so komisch aussehenden Händchen endeten.

Saron schien ähnlich zu empfinden, denn er nahm mit einer raschen Bewegung die Waffe von der Schulter und richtete sie auf den Saurier. Der Kopf der Kreatur ruckte mit einer nun ganz eindeutig vogelähnlichen Bewegung herum, fast als hätte er diese neue Bedrohung sofort als die größere eingeschätzt. Was natürlich vollkommen unmöglich war.

»Vielleicht solltest du das besser lassen«, sagte ich nervös.

»Sobald dieses Ding da seine Krallen einfährt«, antwortete Saron grimmig. Sein Finger strich über den Abzug, betätigte ihn aber noch nicht, und das war vermutlich auch gut so, denn da war noch etwas, das ich über Wesen wie diese zu wissen glaubte und das alles andere als beruhigend war. Ich hatte vergessen was, aber es war wichtig.

Und ich musste mich auch nicht erinnern, denn im nächsten Moment sah ich es.

Sarons Augen weiteten sich um eine Winzigkeit, und sein Gewehrlauf bewegte sich in meine Richtung und zielte dann auf einen Punkt irgendwo hinter mir. Nicht minder erschrocken sah ich über die Schulter zurück und war nicht einmal mehr wirklich überrascht, eine zweite bunt gefiederte Kreatur zu erblicken, die nur ein halbes Dutzend Schritte hinter mir wie aus dem Nichts aufgetaucht war. Sie war ein bisschen größer als die erste und hatte einen schreiend bunten Federbusch auf dem Kopf, und ihre Klauen scharrten nervös im dichten Moos. Der Schnabel begann hektisch zu klappern.

Vielleicht wäre plappern das richtige Wort gewesen, denn kaum war er damit fertig, da tauchte ein dritter Vogelsaurier hinter uns auf, dann ein vierter und fünfter und sechster, und dann hörte ich auf zu zählen. In diesem Punkt hatten all die schlauen Bücher und Dokus auf Discovery-Channel und National Geographic gleichermaßen Recht wie Unrecht: Sie jagten tatsächlich im Rudel, und sie waren verdammt schlau.

»Vielleicht solltest du doch ...«, begann ich, und Saron nahm mir die Mühe ab, den Satz zu Ende zu sprechen, indem er abdrückte und den Sauriervogel hinter mir mit einem einzigen gezielten Schuss erledigte.

Jedenfalls sollte es so sein.

So schnell Saron auch war, das Truthahn-Monster war schneller, indem es sich im letzten Moment duckte, sodass die Salve nur einen Teil seiner bunten Federkrone kappte, was ihr nicht wirklich wehtat, sie aber anscheinend sehr wütend machte. Mit einem zornigen Kreischen schoss sie auf mich los und machte einen grotesken Satz. Die gewaltigen Klauen an seinen Füßen hackten nach meinem Gesicht und verfehlten es buchstäblich um Haaresbreite, und sein Schnabel klappte unmöglich weit auf, um sich um meine Kehle zu schließen und sie herauszureißen.

Sarons zweiter Schuss war besser gezielt, denn er zog zwar eine dünne, höllisch brennende Linie aus Schmerz über mein Gesicht, schnitt den Terrorvogel aber auch glatt in zwei Teile, die mit einem schweren nassen Klatschen rechts und links von mir zu Boden fielen und mich dabei mit einem Schwall intensiv nach Kupfer riechendem Blut besudelten, sodass ich mindestens genauso angeekelt wie erschrocken zurückprallte und um ein Haar gefallen wäre.

Ob es der Zorn über den Mord an ihrem Anführer oder der Blutgeruch war, der den Rest der Meute rasend machte, ließ sich unmöglich sagen, machte im Endergebnis aber auch keinen Unterschied. Die ganze Bande stürzte sich wie auf ein gemeinsames Kommando hin auf uns. Saron erschoss einen weiteren Raubsaurier und sogar noch einen dritten, und auch mir gelang es, einer der Bestien das Kreuz über den Schädel zu ziehen, doch dann war der Rest der Meute heran. Es gab keinen heroischen Kampf, kein letztes Gefecht oder trotzigen Widerstand – wir wurden einfach überrannt. Klauen und Zähne und Schnäbel hackten und schlugen nach meiner Kevlar-Panzerung, hinterließen blutige Schrammen in meinem Gesicht und auf meinen Händen und schlugen nach meinen Augen und meiner Kehle. Ich rammte einem weiteren Vogelsaurier das Silberkreuz ins Gesicht, dann schloss sich ein mit Zähnen gespickter Schnabel um mein Handgelenk. Die Kevlar-Panzerung schützte mich vor schweren Verletzungen, aber der Druck war wie ein Schraubstock, und ich konnte gar nicht anders, als das Kreuz loszulassen. Hinter mir schrie Saron in einer Mischung aus Schmerz und Wut auf, und eine Kralle fand wie ein Fleischerhaken zielsicher eine Lücke in meiner Panzerung und wühlte sich wie ein glühender Dolch in mein Fleisch.

Das war es also, dachte ich. Ich hatte nicht einmal wirklich Angst, als wäre mein Vorrat an Furcht einfach aufgebraucht, aber ich empfand fast so etwas wie Empörung, dass es so enden sollte, nicht in einem letzten heroischen Kampf gegen einen der Großen Alten selbst zu fallen.

Der Gedanke gab mir doch noch einmal die Kraft, den Sauriervogel von mir herunterzustoßen und nach meinem Kreuz zu greifen, und beinahe hätte ich es sogar geschafft.

Eine dreizehige Klaue rammte meine Hand tief genug in das weiche Moos, dass ich den harten Fels darunter fühlen konnte. Sein Schnabelmaul klappte auf und näherte sich meinem Gesicht, sodass ich nach Fisch und Unrat stinkenden Atem riechen konnte. Dann war er verschwunden, von einem Sekundenbruchteil auf den anderen, und aus dem plötzlich kopflosen Hals schoss eine Fontäne aus heißem Blut. Hastig stieß ich den toten Vogelsaurier von mir herunter, versetzte noch im Aufspringen einem zweiten einen Tritt, der ihn in einem Wust stiebender Federn davonkugeln ließ, und wirbelte gerade rechtzeitig zu Saron herum, um meinen Irrtum zu begreifen. Es war nicht Saron, der mir das Leben gerettet hatte.

Ein weiterer Vogelsaurier wurde genau in diesem Moment von einer lebendigen schwarzen Peitschenschnur getroffen und in einer Explosion aus Federn und Blut in die Höhe gerissen, und ein weiteres Protomonster tauchte fast gleichzeitig hinter Saron auf und breitete all seine Tentakel aus, um ihn in eine tödliche Umarmung zu schließen.

Saron spürte die Gefahr im letzten Moment, fuhr in einer rasend schnellen halben Pirouette herum und auf ein Knie und zerschredderte das Monstrum mit einer kurzen Salve aus seinem Gewehr, und auch ich raffte hastig das Kreuz auf, war mit einem einzigen Satz neben Saron und schlug damit nach einem weiteren Protomonster, das versuchte, ihm in den Rücken zu fallen. Es war eine instinktive Bewegung ohne viel Hoffnung auf Erfolg, aber ich erlebte eine Überraschung: Mein Hieb schleuderte das Monster nicht nur zurück, sondern verwandelte es auch in einen Haufen aus zerschmelzendem Morast. Saron erledigte in derselben Sekunde ein weiteres Tentakelwesen, schwenkte seine Waffe herum, ohne den Finger vom Auslöser zu nehmen, und trieb so ein weiteres halbes Dutzend Angreifer zurück. Dann hörte der Strom silberfarbener Blitze urplötzlich auf, und die Waffe stieß nur noch ein Rattern wie eine durchgeknallte Nähmaschine aus. Das Magazin war leer.

Saron fluchte lauthals, warf das Magazin aus und grub hektisch in der Tasche nach einem neuen, und ich sprang mit einem raschen großen Schritt vor ihn und schwang das Kreuz. Ein weiteres Protomonster zerfiel zu qualmendem Matsch, und die anderen wichen erbost pfeifend und trällernd ein Stück weit zurück. Nicht sehr weit, gerade aus der Reichweite des Silberkreuzes, und ihre Tentakel und Schnäbel schlugen und schnappten weiter drohend in unsere Richtung.

Trotzdem machte ich mir nichts vor. Wir hatten keine Chance. Einige wenige Protomonster waren noch damit beschäftigt, Jagd auf die Tuthahnsaurier zu machen, doch wir waren von nahezu zwei Dutzend Tentakel schwingender Ungeheuer umgeben, die einen allmählich kleiner werdenden Dreiviertel-Kreis bildeten. Die einzige Richtung, die uns noch blieb, war die Böschung hinauf und auf das Wabern des Zeitportals zu.

Saron rammte ein frisches Magazin in seine Waffe und trat neben mich, und ich ließ ihm den Spaß, zwei weitere Protomonster in brodelnde Pampe zu verwandeln, doch dann drückte ich den Lauf seiner Waffe herunter und schüttelte zusätzlich den Kopf. »Lass das. Vielleicht brauchen wir die Munition noch.«

Saron blickte zwar zweifelnd, eröffnete aber nicht wieder das Feuer, und wir wichen nebeneinander Schritt für Schritt rückwärtsgehend die Böschung hinauf. Erneut verspürte ich dieses seltsame Ziehen, das sich fast wie ein Zahnschmerz anfühlte, aber zugleich auch ganz anders, aber diesmal fiel kein weiterer Mann vom Himmel, und das Gefühl verging auch beinahe sofort wieder; und wir bewegten uns weiter rückwärts. Die Protomonster folgten uns, waren aber darauf bedacht, sich außer Reichweite des Kreuzes zu halten, und auch wenn ich ihnen nicht einmal einen so rudimentären Gedanken zubilligen mochte, war doch schließlich einfach nicht mehr zu übersehen, dass sie uns gezielt in eine bestimmte Richtung trieben: auf den rotierenden Kreis hitzeflimmernder Luft zu, der den Eingang in die Zukunft markierte.

Ich hielt instinktiv den Atem an, als wir den Kamm der Böschung erreichten und hineintraten, aber nichts geschah. Das Ziehen wiederholte sich und verschwand beinahe noch schneller, und ich hörte, wie sich Saron neben mir herumdrehte und dann scharf die Luft zwischen den Zähnen einsog. Hastig drehte ich mich ebenfalls um.

»Gut, dass ich auf dich gehört habe«, sagte Saron. »Wir werden die Munition tatsächlich noch brauchen.«

Und da waren sie, direkt auf der anderen Seite des Hügels und nur einen Steinwurf entfernt: Tausende, Hunderttausende, Millionen und Abermillionen stummer, glotzäugiger Ungeheuer, eine ungeheuerliche Armee, die das Land bis zum Horizont und vielleicht darüber hinaus bedeckte, eine Armee der Finsternis, die darauf wartete, über die Welten der Zukunft herzufallen und sie in die lebensfeindliche Hölle zu verwandeln, in die Saron und seine Brüder und Schwestern hineingeboren worden waren.

Eine halbe Ewigkeit entfernt hockte eine schwarze Monstrosität, ein Koloss aus pulsierendem schwarzem Fleisch und zuschnappenden Mäulern und glotzenden Augen und schleifenden Tentakeln geronnener Bosheit, viel zu groß für etwas, das lebendig sein durfte.

Zum dritten Mal spürte ich das seltsame Ziehen, und diesmal hielt es länger an und war ungleich intensiver, ein Gefühl wie eine Spannung, die sich mehr und mehr aufbaute, bis etwas zerreißen musste.

Ganz kurz bevor es geschah, verschwand das Gefühl auch wieder, aber nicht ganz und auch nicht zum letzten Mal.

Saron fummelte nervös an seiner Waffe herum, schien etwas sagen zu wollen und beließ es dann dabei, ein paar Schritte auf die erste von einer Million Reihen wartender Protomonster hin zu tun, die geduldig darauf warteten, dass sich das Tor durch die Zeit auch von dieser Seite aus öffnete.

»Wieso greifen sie nicht an?«, fragte Saron nervös.

»Ich glaube, er will, dass wir es sehen«, antwortete ich mit einer Geste auf den schwarzen Koloss im Zentrum der Armee. Trotz allem war die Entfernung zu groß, um es wirklich zu erkennen, aber ich fühlte dafür umso deutlicher, wie sich der Blick eines unendlich bösen einzelnen Zyklopenauges auf uns richtete.

Ich sah über die Schulter und erkannte, dass sich das Portal von dieser Seite zu verändern begann. Blaues Elmsfeuer und haardünne verästelte blaue Blitze verwoben sich zu einem knisternden Lichtgewitter, in dessen Zentrum sich ein mir schon bekanntes Wogen und Wabern zu bilden begann.

Das Tor öffnete sich.

»Was sollen wir sehen?«, fragte Saron mit einiger Verspätung.

»Das da.« Ich deutete auf den Wirbel, der immer schneller und verzehrender wurde. Man konnte die ungeheuren Energien beinahe sehen, die sich anschickten, ein Loch in das Gefüge der Zeit selbst zu reißen. »Vielleicht sind wir uns ja ähnlicher, als ich dachte. Wenigstens in einem Punkt.«

»Und welchem?«

Ich blickte in den Himmel, bevor ich antwortete. Noch war

nichts zu sehen, aber das Ziehen und die Spannung waren wieder da, und diesmal würde es nicht wieder verschwinden. »Er wollte wohl, dass ich meine Niederlage begreife, bevor ich sterbe.« Ich sah Saron an, dann wieder den schwarzen Titanen, von dem ich jetzt fast sicher war, keinem anderen als Cthulhu selbst gegenüberzustehen.

»Falls es dir ein Trost ist, mein Freund«, rief ich, »ich fühle mich geehrt, dass ihr Angst genug vor mir gehabt habt, um gleich mit einem kleinen Mond nach mir zu werfen.«

Der Koloss knurrte, ein unglaublich tiefer, vibrierender Laut, wie das Grollen eines Erdbebens. Einer seiner kirchturmgroßen Krakenarme hämmerte mit einer Gewalt auf den Boden, die bis in die Zähne zu fühlen war, und ich musste nicht hinter mich sehen, um zu wissen, dass sich das Zeitportal endgültig öffnete.

»Was hast du damit gemeint?«, fragte Saron.

»Nicht wichtig«, antwortete ich und sah wieder nach oben. Aus dem Ziehen war ein Reißen und Dehnen geworden, und ich meinte einen winzigen hellen Punkt am Himmel zu erkennen, wie eine Nadelspitze aus Licht, die ein Loch In den Himmel bohrte. »Aber weißt du, Saron, in einem Punkt hattest du zugleich Recht wie Unrecht: Man kann zwar nichts an dem ändern, was schon passiert ist. Aber man kann durchaus dafür sorgen, dass es gar nicht erst passiert.«

Saron blickte nur noch verwirrter, doch diesmal versuchte ich gar nicht erst, irgendetwas zu erklären. Stattdessen deutete ich nach oben. Aus dem winzigen hellen Punkt wurde ein Stern, dann eine zweite lodernde Sonne und dann ein zorniger Gott, der brüllend vom Himmel stürzte.

Apophis kam.

Epilog

London, England. Jetzt

Hätte er noch ein wenig fester zugeschlagen, wäre die Tür vermutlich aus den Angeln geflogen. Hinter dem Rahmen rieselten bereits Staub und kleine Putzsplitter hervor, und sein letzter Hieb hatte einen haarfeinen Riss in dem angeblich so stabilen Holz des Türblatts hinterlassen.

Das war nicht in Ordnung.

Suko kannte seine eigene Kraft und wusste sehr wohl, dass es ihm keine Mühe bereitete, so ziemlich jede Tür mit Ausnahme der eines Safes mit der bloßen Faust einzuschlagen, aber erstens hatte er nicht die Faust benutzt, sondern die flache Hand – schließlich wollte er John aufwecken, nicht seine Wohnung demolieren –, und zweitens war er dabei gewesen, als John diese angeblich einbruchssichere Wohnungstür für viel Geld hatte einbauen lassen, nachdem er wieder einmal von einer längeren Reise zurückgekommen war und festgestellt hatte, in seiner Abwesenheit ebenso ungebetenen wie unerwünschten Besuch gehabt zu haben.

Eindeutig zu viel Geld, wie Suko damals schon angemerkt hatte, und was der Zustand der angeblichen Sicherheitstür nun auch zu bestätigen schien. Ganz offensichtlich hatten sie John gehörig übers Ohr gehauen und ihm minderwertigen Schund angedreht, vermutlich made in China.

Dieser Gedanke ausgerechnet von ihm – immerhin einem waschechten Chinesen – entbehrte nicht einer gewissen Ironie, aber das dazugehörige Lächeln wollte Sukos Lippen nicht erreichen. Die Wahrheit war, dass er sich immer größere Sorgen um seinen Freund machte. Und er wusste nicht einmal warum.

Suko überlegte einen Moment ernsthaft, dem bösen Spiel ein Ende zu bereiten und heftig genug anzuklopfen, um (wortwörtlich) einzutreten und sich davon zu überzeugen, dass auch wirklich alles in Ordnung war, entschied sich aber dann dagegen und trat sogar einen Schritt zurück, um stattdessen sein ultramodernes Smartphone aus der Tasche zu ziehen und zum mindestens zwanzigsten Mal binnen ebenso vieler Minuten auf das Display zu blicken. Das Ergebnis war dasselbe wie bei den neunzehn Malen zuvor: Kein Rückruf von John. Wider besseres Wissen wählte er die Nummer noch einmal, wurde wie erwartet mit einer automatisierten Abwesenheitsmitteilung belohnt und erwog nun wirklich ernsthaft, die Tür kurzerhand einzuschlagen, als ein helles Ping hinter ihm die Ankunft der Liftkabine verkündete und Shao und Bill Conolly (Johns ältester Freund) in den Flur heraustraten. Shaos wunderschönes Gesicht zeigte wie üblich einen Ausdruck asiatischer Undurchschaubarkeit, allerhöchstens in ihren Augen und für jemanden, der sie so gut kannte wie Suko, war eine blasse Ahnung ihrer wahren Gefühle zu erkennen. Bill hingegen wirkte eindeutig besorgt, und zwar mehr als nur ein bisschen.

Er hielt sich nicht mit der Begrüßung oder irgendeiner anderen überflüssigen Freundlichkeit auf, sondern kam sofort zur Sache. »Was ist passiert?«

»Hat Shao dir nichts gesagt?« Suko war ein bisschen überrascht. Seine Freundin war nicht dafür bekannt, außergewöhnlich wortkarg zu sein.

»Doch«, bestätigte Bill. »Aber manchmal ist es lehrreich, dasselbe aus einem anderen Mund zu hören. Also?«

»Er macht nicht auf«, erklärte Suko das Offensichtliche. »Ich habe geklingelt, geklopft, drei E-Mails und ein Dutzend SMS geschickt, aber er reagiert nicht.«

»Und im Yard?«

»Ist er bisher nicht aufgetaucht. Glenda ist schon richtig in Sorge. Ich konnte sie gerade noch davon abhalten, gleich ein ganz großes Fass aufzumachen. Du weißt ja, wie zuverlässig John normalerweise ist. Einfach zu verschwinden und niemandem etwas zu sagen, das ist nicht seine Art.«

»Sein Wagen steht auch noch in der Tiefgarage«, fügte Shao hinzu. »Dort haben wir zuerst nachgesehen.«

Bill nickte ernst. »So etwas ist ganz und gar nicht seine Art.« Er machte eine Kopfbewegung zur Tür. »Tritt sie ein.«

»Warum ich?«

»Weil es mir viel lieber ist, er ist sauer auf dich als auf mich, wenn sich alles als falscher Alarm herausstellen sollte«, antwortete Bill ernsthaft. Suko sah ihn zwar angemessen empört an, trat aber trotzdem einen halben Schritt zurück und suchte nach festem Stand, während er zugleich das Türschloss anvisierte, um es mit einem gezielten Tritt herauszusprengen.

Gerade wollte er es tun, da ging die Tür auf, und ein reichlich verdutzt dreinblickender John Sinclair sah zu ihnen heraus und maß sie mit einem stirnrunzelnden Blick.

»Was wird das?«, fragte er. »Eine Betriebsversammlung?«

»Dir auch einen schönen guten Morgen«, sagte Bill.

»Du hast nicht aufgemacht, und ...«, fügte Suko hinzu.

»... wir waren ein bisschen in Sorge«, schloss Shao. Ihre Fingerspitzen strichen in einer unbewussten Geste über ihre Kehle, was Suko irritierte, ohne dass er sagen konnte warum.

»Und deshalb schlagt ihr fast meine Tür ein und randaliert auf dem Flur?«, fragte John. »Was sollen denn die Nachbarn von mir denken?«

»Wir sind deine Nachbarn«, erinnerte Shao ihn. Ihre Hand strich erneut über ihre Kehle.

Suko spürte plötzlich einen dünnen, aber schmerzhaften Stich dicht unter dem Herzen und hatte das völlig widersinnige Gefühl, John die Schuld daran geben zu müssen.

Und wir haben uns offenbar nicht ganz zu unrecht ein wenig um dich gesorgt, dachte Suko. Zu sagen, dass John nicht gut aussah, hätte es nicht einmal annähernd getroffen. Er war unrasiert und blass, und unter seinen Augen lagen tiefe dunkle Ringe. Seine Kleider sahen aus, als hätte er darin geschlafen.

»Ist auch wirklich alles in Ordnung mit dir?«, fragte Suko.

»Ja«, antwortete John und schüttelte den Kopf. »Ich habe nicht besonders gut geschlafen, das ist alles. Und das ist auch eure Schuld. Oder wenigstens die Schuld von einem von euch.«

»Wieso?«, fragten Bill und Suko wie aus einem Mund.

»Weil ihr die Einzigen seid, die einen Schlüssel für meine Wohnung haben.« John trat einen halben Schritt zurück, zog die Tür dabei weiter auf und stockte dann für einen Moment, als er sah, was Suko ihr angetan hatte. Er verbiss sich jeden Kommentar, aber sein Blick sprach Bände. Über dieses Thema würden sie noch reden.

»Ich habe gerade Kaffee gemacht«, fuhr er fort. »Ihr könnt eine Tasse trinken, während ich dusche und mich rasiere. So kann ich mich unmöglich im Yard sehen lassen.«

»Da hast du Recht«, sagte Bill wenig charmant, während sie John in sein großzügig geschnittenes Apartment folgten. Es roch tatsächlich nach frisch aufgebrühtem Kaffee, und trotz der frühen Stunde lief – ungewöhnlich für John – bereits der Fernseher; irgendeine Discovery-Doku über das Aussterben der Dinosaurier, wie Suko beiläufig registrierte. »Aber das ist keine Antwort auf die Frage, was mit dir los ist ... und wieso ist es unsere Schuld?«

»Jetzt regt euch wieder ab«, sagte John lachend. »Das war nur ein Scherz. Aber ihr könnt ruhig zugeben, wer es war. Ich bin nicht böse. Im Gegenteil.«

»Wer was war?«, fragte Suko. Allmählich überkam ihn ein wirklich seltsames Gefühl. Und es wurde immer schlimmer, mit jedem Schritt, den er in die Wohnung hineintat. Sein Herz klopfte, und er hatte das verrückte Gefühl, gleich mit etwas ungemein Gefährlichem und Tödlichem konfrontiert zu werden. Ohne dass er etwas dagegen tun konnte, ging er an John vorbei, öffnete die Schlafzimmertür und blieb darunter stehen. Sein Blick tastete aufmerksam über die Einrichtung, das große Fenster und die Wände.

»Darf ich fragen, was du in meinem Schlafzimmer zu finden hoffst?«, fragte John hinter ihm.

Suko fuhr zu gleichen Teilen erschrocken wie auch verlegen herum und rettete sich schließlich in ein linkisches Lächeln.

»Also einmal ganz davon abgesehen, dass das unhöflich ist«, fuhr John fort, »könnte es einen Grund geben, dass die Tür zu ist. Du könntest etwas sehen, das mir peinlich ist.«

»Schmutzige Socken?«, witzelte Bill.

John ignorierte den Einwurf, wartete, bis Suko an ihm vorbeigegangen war, und zog die Tür zu. Hinter ihnen klapperte Shao bereits mit den Tassen für den versprochenen Kaffee, und Bill war an den Wohnzimmertisch getreten und blätterte neugierig in einem Buch mit einem glänzenden schwarzen Einband, das darauf gelegen hatte.

»Seit wann liest du denn sowas?«, fragte er.

»Eigentlich gar nicht, und damit wären wir auch schon beim Thema.« John ließ seinen Blick übertrieben vorwurfsvoll von einem zum anderen wandern. »Also? Wer war es?«

»Wer war was?«, fragte Bill.

»Dieses Buch«, sagte John, während er Bill selbiges aus der Hand nahm und demonstrativ damit wedelte, »lag gestern Abend auf dem Tisch, als ich nach Hause gekommen bin. Ich habe es nicht dorthin gelegt. Und du hast Recht, Bill, so etwas lese ich normalerweise nicht. Es ist irgendeine abgedrehte Zeitreisegeschichte. Ich habe ein bisschen darin geblättert, um zu sehen, ob eine Karte drin liegt oder ein Brief, aber dann muss ich mich wohl festgelesen haben.« Er hob die Schultern und bedachte Suko mit einem vorwurfsvollen Blick. »Das Nächste, woran ich mich erinnere, ist, dass jemand versucht hat, meine Wohnungstür einzuschlagen.«

»Du hast diesen Schinken in einer einzigen Nacht durchgelesen?«, fragte Bill ungläubig. Vielleicht auch ein bisschen bewundernd.

»Muss wohl so sein«, antwortete John. »Ich erinnere mich jedenfalls an jedes Wort.«

Auch Suko war beeindruckt, denn er konnte Bills Staunen durchaus verstehen. Das Buch war alles andere als dünn. Und es ging etwas davon aus, das ihn beunruhigte.

»Also?«, fragte John. »Wer von euch Witzbolden war das?«

Niemand antwortete, aber Suko nahm John das Buch aus der Hand und warf einen Blick auf den Einband. Weder der Titel noch der Autorenname sagten ihm etwas.

Oculus.

Da war eine schwache Erinnerung, die sich beim Klang dieses Wortes tief in ihm regen wollte. Aber sie entschlüpfte ihm auch zu schnell wieder, um wirklich danach zu greifen.

Außerdem hatte er das merkwürdige Gefühl, dass es vielleicht besser war, wenn er sich nicht erinnerte.

»Und?«, fragte Bill, »war eine Karte drin? Oder eine Widmung?«

»Nein«, antwortete John. »Aber das hier.«

Er hob etwas vom Tisch auf, um es ihnen zu zeigen.

Es waren vier Eintrittskarten für das London-Eye.

»Also?«, fragte John noch einmal. »Wer von euch ist der edle Spender?«

Er bekam auch jetzt nur ein dreifaches Kopfschütteln zur Antwort, und Suko wollte gerade etwas sagen, als er noch einmal Shao ansah und dabei etwas entdeckte, das ihn ein bisschen erschreckte: Ihre Fingerspitzen tasteten schon wieder über ihren Hals, und für einen Moment meinte er eine dünne rote Linie darauf zu erkennen, wie die Spur einer nicht ganz verheilten Wunde.

Doch als er das nächste Mal hinsah, war sie verschwunden. Er musste sich wohl getäuscht haben.